Ronso Kaigai
MYSTERY
231

ずれた銃声

Doris Miles Disney
Fire At Will

ドリス・マイルズ・ディズニー
友田葉子［訳］

論創社

Fire at Will
1950
by Doris Miles Disney

目次

ずれた銃声　5
訳者あとがき　263
解説　横井　司　265

主要登場人物

ジェイムズ（ジム）・オニール……コネティカット州ハンプトン郡、州検事局勤務の州警察刑事
マーガレット……ジムの妻
アンナ・エラリー……ウォレントンの旧家、エラリー家の女主人
ウィリアム（ウィル）・エラリー……アンナの次男
リタ・クビアック……ウィルの妻
エリノア・デルメイン……ウィルの長女
ノーマン（ノーム）・デルメイン……エリノアの夫
テレサ（テス）・マーティン……ウィルの次女。エリノアの双子の姉妹
ロイ・マーティン……テレサの夫
ブランチ・エラリー……ウィルの三女
ジョーン・エラリー……ウィルの四女
マギー・エラリー……アンナの義妹
ローラ・エラリー……アンナの義妹
ハリー・エラリー……ローラの息子
エッタ・モーズリー……ローラの家政婦
クルーズリー……エラリー家の主治医
マッジ・ランキン……エラリー家の隣人

ずれた銃声

エラリー家系図

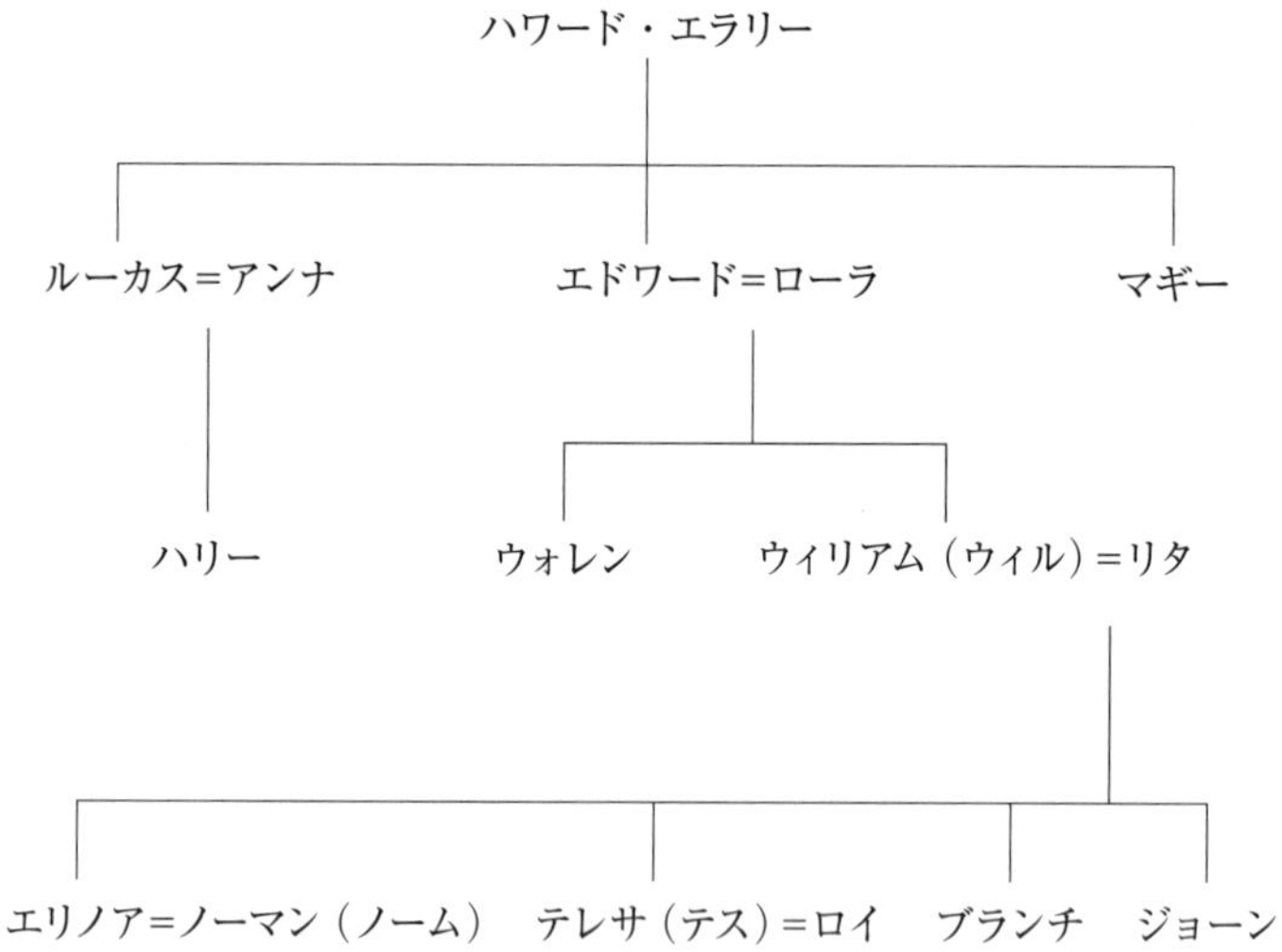

ハワード・エラリー
ルーカス＝アンナ
エドワード＝ローラ
マギー
ハリー
ウォレン
ウィリアム（ウィル）＝リタ
エリノア＝ノーマン（ノーム）
テレサ（テス）＝ロイ
ブランチ
ジョーン

第一章

コネティカット州ハンプトン郡の州検事局に勤務する州警察の刑事、ジム・オニールは、六月下旬のある朝、オフィスのデスクに座っていた。普段に比べてデスクの上は片付いていて、電話も鳴らなかった。現在、ジムが担当している重要事件は四件だけだ。デスクに広げているのは、そのうちの一つ、凶器を用いた暴行事件の報告書だった。最初の報告は、病院に搬送された被害者は順調に回復中だというもので、次に、容疑者のねぐらであるブリッジポートの下宿屋を特定したものの、その日の明け方に逃亡を許した、とあった。

型どおりの事件だ。ジムはあくびをし、書類を押しやった。一両日中にも被疑者は逮捕され、秋には高等裁判所に送られるだろう。そして口論にスパナでけりをつけようとした報いとして、州刑務所に数年間収監されるのだ。

頭の後ろで腕を組んで椅子に背を預け、郡裁判所内にあるオフィスの窓から外を眺めた。夏の明るい陽ざしが降りそそぐ暑い日で、屋内で過ごすにはもったいない陽気だ。こんな日は家に帰ってランチを食べ、午後、妻のマーガレットと幼い娘のサラを連れてどこかに出かけたらどんなに楽しいだろう。この際、数時間休ませてもらってもバチは当たらないのではないか？　インカーマン事件で昨日まで働きづめだったのだ。家族をないがしろにしてばかりもいられないではないか。

暴行事件の報告書をそそくさとファイルに押し込み、デスクの引き出しに鍵を掛けて部屋を出た。オフィスの外で足を止め、そこに座っている秘書に声をかけた。「ジェニー、ちょっと家に帰るよ。一時間かそこらに何かあったら自宅に連絡してくれ。そのあとは、たぶん七時か七時半くらいまで外出すると思う。四時頃、一度電話を入れるよ。いいよな?」

ジムのもとで、すでに何年か働いているジェニーは言った。「ごゆっくり。そろそろ、午後休むくらいしてもいい頃ですよ」

ジムはにやりと笑った。「さすがだね、ジェニー。何でもお見通しだ」

自宅まで十二マイルの道のりを、車で戻った。一年前、三歳のサラをハンプトン郊外よりもこぢんまりしたコミュニティで育てたいというマーガレットの強い意向を汲んで自宅を売却し、ウォレントンに新居を購入したのだった。さして特徴のないレンガ造りの家だったが、マーガレットは大喜びでガーデニングを始め、地域の活動に参加し、自宅の修繕や改良でジムをせっついた。サラが安全に遊べるよう、裏庭の一画をフェンスで囲ったのもその一環だった。

都会育ちのジムは、この引っ越しに複雑な心境を抱いていた。町の住民全員と知り合いというのも善し悪しだ。車での通勤時間も長くなったし、ウォレントンには、ジムに加わってもらいたがっているクラブや市民組織がいくつもあった。商店街にでも行こうものなら、何人もの人に呼び止められて捜査中の事件について質問攻めに遭うことも珍しくなかった。

とはいえ、家は快適で、ウォレントンもいい町には違いなかった。前の週に動力芝刈り機を買ったので、芝刈り——自宅の敷地はせいぜい幅九十フィート、奥行き百八十フィート程度なのは重々承知していたが、いったい何エーカーあるのだろう、とジムはいつもこぼしていた——も、去年ほど大変ではなくなるはずだ。

ウォレントンの町に入り、ジムは満足げに雲一つない空を見やった。干ばつの心配は農家に任せよう。この天気が続けば続くほど、芝生の手入れの心配は減る。草が乾いた茶色い庭を何の懸念もなく眺められるということだ。

車を自宅の私道に乗り入れ、クラクションを軽く鳴らした。

妻のマーガレットは、ちょうどサラの遊び場のゲートを開けているところだった。振り向いてうれしそうな笑みを浮かべ、ジムのもとへ駆け寄る妻の後ろから、サラがおぼつかない足取りでついてきた。

「お帰りなさい！」と、マーガレットが呼びかけた。「でも、どうしてこんな時間に帰れたの？」

ジムは車の窓から身を乗り出し、妻にキスをした。「午後、休みを取ったんだ。どこか田舎に出かけないか、サラと三人で」

それは、帰る道々、ジムが楽しみにしていた瞬間だった。マーガレットが彼に抱きつき、あなたは家族思いの最高の夫だわ、と言うのだ。

ところが、妻の顔には明らかな動揺の色が浮かんだ。「まあ――ええと――そうね、すてきなアイデアだわ。たぶん、なんとかできると思う――夕方だったら」

「それって、どういう――」

「おかえりなさい、パパ。これ、みて！」サラが、ドアハンドルを懸命に引っ張った。「みて、パパ」と汚れた手を差し出す。指に薄桃色のミミズが巻きついていた。

「サラ、お願いだからミミズで遊ばないでちょうだい」マーガレットが娘を諭した。「ミミズは土の中にいるものなのよ。作物が育つお手伝いをするの……実はねジム、もうじき、ヘレン・ソーンダーズとレノア・アクスリーが来ることになってるの。婦人協会の広報の話し合いがあってね――秋に資金集めの活動をするのは知ってるでしょう」

「さあね、知らないよ……サラ、パパにそのミミズをくれないか」ジムは車を降り、妻への返答のよそよそしさをできるだけ消すよう努めながら娘に話しかけた。

「だめ」サラはミミズを握り締めた。「サラがみつけたの。サラのなんだから」

「わかったよ、それはサラのだ。そのミミズをどうするんだい?」

「ジム、私が広報部の仕事をしているのはよく知っているじゃないの……サラ、何を口に入れたの? あら、ごめんなさい、てっきり……ねえジム、今から電話して、来るなとは言えないわ。私からお茶に誘ったんですもの。なるべく急いでお茶を出せば、四時半頃には出かけられるんじゃないかしら。サラにお昼寝をさせなければならないから、どっちにしても三時までは出られないし」

マーガレットは夫と腕を組み、家のほうに足を向けた。「前もってわかっていたら、明日に延期することもできたのに」と、もっともな感想を口にした。

「婦人市民向上協会が何だっていうんだ」ジムは落胆した。妻に手痛い傷を負わされた気分だった。妻と娘を連れて出かけようと思って大急ぎで帰ってきたのに、マーガレットときたら……。

ジムは、嬉々として自分を見上げる娘に目をやった。屈み込んでサラを抱き上げ、宙高く持ち上げる。サラがキャッキャと笑って両手を広げたので、ミミズはジムの額に落下した。ジムは思わず小声で悪態をついて、それを払い落とした。

「サラのミミズ! いなくなっちゃった、パパ」

「あとで別のを見つければいいさ」

マーガレットが先に立って家の中へ入った。「サラに、ベイクドポテトとキューブステーキを食べさせたところなの。缶のスープを開けてあげるわね。私はクリームチーズとピーナッツバターのサンドイッチにミルクで済ませるつもりだったんだけど、あなたはそれじゃ嫌でしょうから」

「ああ。クリームチーズとピーナッツバターのサンドイッチなんてのは食べる気にならないな。ぜひともスープにしてもらおう」

朝食用アルコーブに座り、サラを膝に乗せた。キッチンは涼しく、居心地がよかった。マーガレットに腹を立てるのは筋違いだ。まさか自分が帰ってくるとは思わず、午後の予定を入れてしまっただけなのだから。ジムは機嫌を直して言った。「そのうち、スープ会社の人に礼状を書かなきゃいけないな。いつもランチをありがとう、って」

マーガレットは笑った。「だったら、全員に出さなくちゃね。これまでに全種類食べてるもの」

「パパ、ミミズもしんだら、ひとみたいに、てんごくにいくの?」と、サラが訊いた。

ジムは少し考えてから、正直に答えた。「わからないな」

「でも、かみさまがいいっていったら、いけるんでしょ?」

「ああ、そうだね」

「考えたんだけど」ランチを食べ始めてすぐ、マーガレットが言った。「午後、ガレージ脇の格子垣《トレリス》にもう一度ペンキを塗ってもらえないかしら。窓枠を塗ったときのがほとんど一缶残ってるし、格子垣には二度塗りが必要ですもの。一時間もかからないでしょうから、終わってシャワーを浴びる頃には――」

「嫌だよ！」ジムは妻の言葉を遮った。「格子垣のペンキ塗りをするために午後、休みを取ったわけじゃない。昨日、君が図書館で借りてきた本の中からよさそうなのを探して、庭の木の下でロングカクテルを飲みながら、のんびり読書でもするよ。お客が帰ったら二人でディナーに行こう。でも出かけるのが遅くなるから、パムが子守りに来てくれるかどうかオールドフィールドの奥さんに確認したほうがいいな」

こうしてジムは、思い描いていた家族水入らずののどかな午後を自ら諦めたのだった。

電話をかけたマーガレットが戻ってきて、パムは公園のプールに泳ぎに行っているが、夕方なら大丈夫そうだと報告した。そして昼寝をさせに、サラを二階へ連れて上がった。昼食を食べたばかりで、カクテルを飲むには早すぎると思い直し、ジムはリビングに行ってマーガレットが図書館から借りてきた本のタイトルにざっと目を通した。ウィンストン・チャーチルの『彼らの最良の時』に目が留まり、手に取った。もう少し軽いものが読みたくなったときのため、推理小説も一冊選んだ。

裏庭に出て、いちばん大きなカエデの木陰に腰を落ち着けると、チャーチルの本の謝辞をちらっと見ただけで脇へ置き、推理小説を開いた。「ガートルード・モルトビーは崩れ落ちるように椅子に座り、たった今読んだ匿名の手紙を床に落とした」という一行目の文も読み終わらないうちに、隣家の庭から声をかけられた。

「やあ、ジム！」

顔を上げると、中年で小太りのジョージ・オールドフィールドがこちらへ向かって歩いてくるところだった。オニール家の私道を横切るのを待って、ジムは無表情に「やあ」と返した。

「ジム、実は困ったことになっているんだ」と、ジョージは足早に近づきながら言った。「本当にまいったよ。奥さんから君が午後休みを取ったと聞いてマーサに言ったんだ。これこそ、問題を解決してくれる救いの手だ、ってね」

「そうなのか？」ジムの口調に警戒心がにじんだ。傍らの椅子を指し示す。「まあ座れよ、ジョージ」

ジョージは椅子をまたぐように座り、「そうだとも、まさに救いの手さ」と繰り返した。「ネイト・チェザリーが今日の午後、埋葬されるのは知ってるだろう。彼は退役軍人会に所属していて——しかも創設メンバーの一人だったんだが——組織の活動にいつも熱心に取り組んでくれた。金曜の夜遅くに亡くなって、土曜の昼まで奥さんが知らせてくれなかったんだ。その頃にはもう、メンバーの半分は週末で出払っちまってた。ゆうべ、もう一度あちこち連絡してみたが、まだ戻っていなかったり、こんなに急では仕事の都合がつかなかったりでな。それでここに来たってわけだ」——ジョージは大げさに両腕を広げてみせた——「弔銃隊のメンバーが一人足りなくてね。午前中ずっと電話にかじりついていたんだが、名簿を全部当たっても、どうしても一人足りないんだよ！」

「まさか、私にやれって言うんじゃないよな」ジムはすかさず、釘を刺した。「お役には立てないよ。君らの会のメンバーではないし、そもそも退役軍人じゃないからね」

「知ってるさ。だが、代理はできるだろう？　なんたって警察官だ。少なくとも銃の扱いには慣れている。メンバーの帽子と腕章をつければ、誰にもわかりゃしないさ」

椅子に深く沈み込んだジムは、体じゅうで抵抗の意を示していた。「悪いが、力にはなれないよ、ジョージ。会に属していないから、手順も知らない。ヘマをやらかして迷惑をかけるのが落ちだ。やっぱり無理だよ」

「なあ、俺がどんなに困っているか考えてくれよ」ジョージが懇願した。「俺は人事担当指揮官なんだ。メンバーを揃える責任があるのに、ドッボにはまっちまった。頼む！ 手を貸してくれ。本当に困ってるんだよ！」

実際、ジョージの丸顔は必死の形相だった。「もし君が困ったときには、きっと力になるから」ジムはふさふさした黒髪を指でかき上げて首を振り、「無理だ」と、はっきり断った。「申し訳ないが、協力はできない」

そうは言いながらも、ジムは内心、困惑していた。懇願を続けるジョージに、そもそも退役軍人会などというものはなくなればいいんだ、とも、三十一年前にたった半年間訓練キャンプに参加しただけの、五十すぎのなまくら商人のために陸軍葬をするなんてばかげている、とも言えなかった。いくら固辞してもジョージはしつこく粘り、とうとうジムは推理小説も快適な椅子も、これから飲もうと思っていたロングカクテルも諦めて立ち上がり、自宅に向かったのだった。

「急いで支度をしてくれるかい？」ジョージが背後から呼びかけた。「今、二時半だが、葬儀はスタージェス葬儀場で三時に開始予定だ。少し前にスタンバイしなけりゃならない。準備ができたら知らせるよ」

「わかった」ジムはぶっきらぼうに応えた。

「助かるよ。そのうち、きっと恩返しするからな」

「ぜひ、そうなってもらいたいもんだ」と小声で言いながら、裏庭から家へと続く階段を上った。「こっちと同じくらい大きな犠牲を払ってくれることになるといいがな」

マーガレットが来客に備えてリビングを片付けていた。ジムはドア枠に寄りかかり、せっかくのオフが台無しになったことをしきりにこぼした。

「あなたがあの帽子をかぶって、ライフルを持つの?」マーガレットの目に笑みが差し、口角が上がりかけたが、なんとかそれを抑え、同情するように言った。「残念ね。ようやく自分の時間が取れたっていうのに」

「残念なのは、君がマーサに、私が午後家にいると漏らしたことだよ」と言い返した。「そのせいで、こうなったんだからね」

「でも、あなたの車が私道に停まってるじゃない。家にいるのは一目瞭然よ。それにパムにサラの子守りを頼もうと電話したら、どうしてあなたが仕事に行っていないのかマーサに訊かれたから、正直に答えたの。だって、葬儀や弔銃隊のことなんて知らなかったんですもの」

「そうだな」と、ジムは認めた。「確かにそのとおりだ。だが、それにしたって――」

さらにぶつぶつとこぼしながら、ジムは廊下を抜け、二階にある夫婦の広い寝室に上がった。向かいのサラの部屋のドアが少し開いていたので、中を覗いた。サラはすでに眠っていて、くたびれかけたゾウのぬいぐるみを抱き締めたその頰に、黒い睫毛《まつげ》が緩やかな弧を描いていた。ほのぼのする娘の姿に、父として心とろける思いを抱き、いくらか気を取り直して自室に戻った。

スタージェス葬儀場の外で帽子と腕章を身に着け、米西戦争時代のものと思われるライフルを手にしたジムは、ネイト・チェザリーの遺体が運び出されて階段を下りてくるのを、ほかのメンバーとともに待っていた。弔銃隊の面々は、小声で喋りながらリラックスムードだった。開いた窓から録音の賛美歌が漏れ聞こえてくる。霊柩車が縁石のそばに停まっており、運転手が車を降りて葬儀屋の助手の一人と打ち合わせをしていた。参列者の車が並ぶ先に延びるクリントン・ストリートは木陰の並木道で、走る車もなく、午後の陽ざしのなかで平和そのものだった。

弔銃隊のメンバーたちは、ジムも名前くらいは知っている、ウォレントンの名士である女性に関する噂話に興じていた。ジムはほとんど聞き流していたのだが、話の中に出てきた男の苗字に、にわかに興味を掻き立てられた。「レックだって？」と訊き直した。「うちの通りに住むラス・レックか？」

「ああ、そいつさ」と誰かが答えたのと同時に、ジョージが号令をかけた。「気をつけ！」

それなりの機敏さで、隊は歩道の両側に整列した。ラッパ手が背後で出番を待ってうろうろしている。葬儀場の両開きの扉が大きく開き、ストライプのズボンと黒の上着姿でグレーの手袋をはめた葬儀屋のスタージェスが重々しく姿を現した。脇へ一歩下がり、参列者を戸口へ誘導する。当然ながら、このとき、ジムがアンナ・エラリーに気づくことはなかった。背筋を真っすぐに伸ばした細身で白髪のその女性は、それぞれの車に乗り込もうとする故人の縁者や友人の一人でしかなかったのだ。

最後の会葬者が出てくると、辺りが一瞬静まり返った。ジムの隣に立っていた弔銃隊の一人、ジェイク・フリートウッドがささやいた。「さっき話していた女がいるぞ。葬儀に参列したんだな」

ジムはささやき返した。「夫が海軍で海外派遣されているときに、どうしてレックと浮気なんてできるんだ？　レックだって海軍にいたんだろうに」

「違うね」フリートウッドは口元を動かさないようにして言った。「レックは海軍にいたんじゃない。ガブリエル夫人の寝室にいたのさ」

棺が階段を運ばれてきた。冗談の時間は終わりだ。ジムは神妙な面持ちで、歩道を挟んで真向かいに立つメンバーの顔を見つめた。

ノース墓地はウォレントンで最も古く、中心地から一マイル離れた町外れにある。緩やかな丘の斜面に広がる敷地の北側と東側には数軒の住宅が、裏には樹木に覆われた峡谷があり、南側はこんもりした森に面していた。チェザリーの墓は墓地の端、森のすぐそばだった。

埋葬の儀式が始まると、大きな雲に太陽が隠れた。儀式が終わる前に急に風が吹きだし、遠くで鳴っていた雷の音が近づいてきた。牧師の声が途切れて一瞬、間があき、墓を囲む一団は暗くなった空にちらりと不安そうな視線を向けた。

「装塡《そうてん》！」ジョージがきびきびした口調で号令をかけた。

ジムは緊張で汗がにじんだ。銃が詰まってしまったらどうしよう。もしも空砲がうまく入らなかったら？

銃は詰まらなかった。空砲はスムーズに入り、ボルトがカチリと音をたててはまった。

「弔銃用意……撃て！」

一斉射撃はばらついた。最後の発射音のこだまがまだ消えていないなか、フリートウッドがジムの耳元でささやいた。「これじゃあ、まるで各個射撃だな」

「装塡……用意……撃て！」

今回はさらにひどかった。一発だけ、ほかより一秒は遅れたのだ。

「装塡……用意……撃て！」

三発目の発射音が丘の斜面に反響したときになって、ジムは左手の奥のほうでちょっとした騒ぎが起きているのに気がついた。

「エラリーの婆さんだ」弔銃隊の一人が呟いた。「気を失ったんで、ノーマン・デルメインが車に運んでいる」

喪服姿のぐったりとした白髪の女性がノーマン・デルメインに抱きかかえられ、別の女性が先に立って車に駆け寄りドアを開けるのを、ジムは目の端で捉えた。

騒ぎはそれで収まった。ラッパ手がラッパを唇に当て、葬送のラッパを吹いた。その音を雷鳴がかき消し、空に稲妻が走った。葬儀が終了すると、参列者は雨が降りださないうちにそれぞれの車へと急いだ。

雨は、なんとか最後の一台が墓地を出るまで降らずにもった。土砂降りになったのは短時間で、ジムがジョージの車を降りて芝生を横切り、わが家の玄関にたどり着く頃にはもう弱まっていた。マーガレットの客が帰り支度をしていた。サラは、すでにパムが自宅に連れていったとのことだった。雨がやみ、婦人市民向上協会の二人は帰っていった。

時間は四時半になっていた。アイスティーのグラスとケーキ皿をトレイに載せてキッチンへ運ぶ妻のあとについて歩きながら、ジムは葬儀の様子を詳しく話して聞かせた。マーガレットは、着ている薄手のドレスに目をやった。

「ちょっと着替えるわ。雨が降ったら急に涼しくなったから、スーツにしようかしら……。ガブリエル夫人とラス・レックの話は眉唾物ね。彼女は婦人協会のメンバーなのよ」

「婦人協会に入っているると浮気はしないって言うのかい？　両方は成り立たないのかな」

マーガレットが笑った。「つまり、そんな人には見えないってことよ。まあ、わからないけど――」

二人は仲良く二階へ上がり、マーガレットがスーツに着替えて化粧直しをするあいだ、ジムはベッドにゆったりと寝そべった。今度は彼女が午後の話をする番だ。婦人協会を悩ます問題について、妻は夫に報告した。

マーガレットは寝室とバスルームのあいだを忙しく行き来した。「信じられない人たちがいるのよ」

と言い放つ。「町の誇りってものがないんだわ。私たちがやろうとすることに反対するしか能がないの。例えば、商店街の外観を改善したほうがいい、って商工会議所に提案した件がそう。店主たちは一人として――」

ベッド脇の増設電話が話の腰を折った。ジムが屈んで受話器を取った。「もしもし。はい、私です」

クローゼットにいたマーガレットは、ハンガーからスーツのジャケットを外していた。ジムが言った。「何ですって？　チェザリーの葬儀でですか」

その口調で充分だった。マーガレットは諦め顔でジャケットを戻した。事件が起きたに違いない。つまり、ディナーはお預けということだ。

「わかりました、すぐに行きます」と言って、ジムが受話器を戻した。その顔は落ち込んでいた。

「ウォレントン警察署長からだ。今日の午後、アンナ・エラリーが葬儀で撃たれたそうだ。私の目と鼻の先でだ。私も含め、誰もが彼女は気を失ったのだと思った。家族が家に連れ帰って主治医を呼んだら、医師は死因を心臓発作と断定したらしい。今、遺体はスタージェス葬儀社に保管されているんだが、五分前にスタージェスが署長に、背中に銃痕があると電話してきたそうだ」

ジムは立ち上がり、上着を羽織った。「私の目と鼻の先だったんだ」と繰り返した。「どうしても行かなくちゃならない」

「そうね」と、マーガレットは言った。

第二章

ストレイダー署長は、スタージェス葬儀場でジムを待っていた。白髪交じりのブロンドで、はっきりした色のない明るい目をした、細身で真面目そうな顔の男だった。いかにもアメリカの農夫といった雰囲気の人物だ。有能で実直な警察官であり、ウォレントンの三年連続交通事故死ゼロという記録をとても誇りにしていた。しかし、殺人は畑違いだった。署長になって七年、ウォレントンでは殺人事件など一件も起きたことがなかったのだ。

スタージェスとともに葬儀場の玄関ホールで待っていたストレイダーは、見るからに安堵した表情でジムを迎えた。「私よりスタージェスさんのほうが詳しい事情をご存じですから、彼に説明してもらったほうがいいでしょう」

さまざまな死に接し慣れている葬儀屋は、普段の丁重な態度を崩すことなく、落ち着いた口調で話し始めた。「予想外のことが起きたのです。電話を受けたときには心臓発作だとお聞きしたのですが――」

「誰が電話をしてきたのですか」

「エラリー家の孫娘の夫、ノーマン・デルメインです。彼と話したあと、クルーズリー医師が電話に出ました。エラリー夫人の長年の主治医です。昨日、夫人に会っていたので、特に不審も抱かず、通常の手順で死亡診断書にサインしたそうなんです。よくある動脈硬化による心臓発作とのことでした。ですが、そういう病状だったわりには、夫人はずいぶん活動的に動いていたんですよ。普通の人より楽天的だったってことかもしれませんがね。今日の午後だって、チェザリーの葬儀に参列していました。オニールさん、あなたもご存じですよね」

「ええ」ジムはそっけなく答えた。

「気を失ったと思われたあのとき、実は撃たれていたんですね。デルメインが抱きかかえて運ぶのを見て、てっきり、ご主人の葬儀を終えたばかりでストレスが大きかったのだろうと思ったのですが」

「ご主人はいつ亡くなったのですか」

スタージェスは頭の中で計算してから答えた。「埋葬されたのは、二週間前の土曜日です」

「そういえばクーリエ紙の死亡記事を読んだ覚えがあります。死因は何だったんです?」

「心臓発作です」

「ほう」最初に想定されたアンナ・エラリーの死因と夫の死因が同じだった偶然を不審に思い、ジムは眉をひそめた。「クルーズリーは、夫の主治医でもあったのですか」

「そうだと思います。ご主人が発作を起こしたときに電話してきたのは、クルーズリー先生でしたから」反応があるかと言葉を切ったスタージェスだったが、ジムが何も言わないので続けた。「デルメインはエラリー夫人を車で自宅に連れて帰りました。家に担ぎ込んで主治医に電話をしたときには、確かに息があったようです。クルーズリー先生は直ちに駆けつけたのですが、そのときにはもう亡くなっていました」

「そして、銃創を見逃して心臓発作と誤診したわけですね。被害者は出血していなかったんですか」

「ほとんどしていませんでした――外から見たかぎりでは、ということですが。黒いドレスでしたから多少の血はわからなかったのです。いずれにしても、小さな傷でした」

「傷は背中でしたね。射出口はどうなってます？　それとも、銃弾はまだ体内にあるんですか」

「いいえ、右肩から出ています。そちらも、それほど大きくはありません。たいして血も出ていませんでした」

「当然、検死官には知らせたんですよね……ええと、ライト医師でしょうかね」

ストレイダー署長が答えた。「ライト医師にもクルーズリー医師にも連絡しました。ライト先生は今こちらへ向かっていますが、クルーズリー先生は留守でして、病院のスタッフが所在を確認中です」

「できるだけ早く話を聞きたいですね」ジムは眉間に皺《しわ》を寄せたが、スタージェスはかまわず意見を口にした。

「なぜ弔銃隊の空砲に実弾が混ざっていたのか、どうしてもわかりません」

そのとたん、ジムには新聞の見出しが見えた気がした。〈年配女性が誤射により死亡した陸軍葬の弔銃隊にハンプトン郡州検事局の刑事が参加〉――

「それは違います」ジムはスタージェスの言葉を遮るように言った。「われわれは空に向けて撃ったのですから」

「そうですよね」と、スタージェスは頷いた。当惑しきった顔に深い皺が寄った。「だったら、彼女はどうやって――」

ジムは答えなかった。二発目の一斉射撃のあと、明らかに遅れて墓地に響いた銃声のことを思い出していたのだ。こうなると、もう笑い事ではない。大変な事態に発展していると言っても過言ではなく、ジムは心の中で、エラリー夫人が倒れたこととその銃声を結びつけて考えなかった自分を責めていた。

「オールドフィールドのせいで、とんだことになった。弔銃隊も退役軍人会も、くそ食らえだ」と思う。「ヘマをしないよう気を遣うばかりに、ライフルに空砲を詰めて撃つ作業にあれほど集中していなければ、何が起きたか気づけたかもしれないのに……」

次に口を開いたのはストレイダーだった。「オールドフィールドに連絡しておきました。ライフルと空砲の管理責任者、スキップ・ウィルソンを拾ってこちらへ向かっています」

「そうですか。エラリー夫人の家族はどうしていますか？　夫人に起きたことはもう知っているんですか」

「いいえ。スタージェスさんから通報を受けた際、あなたが到着するまで誰にも話さないよう念を押しましたので」

「よろしい。では、早速取りかかりましょう。ストレイダー署長、州検事局に連絡していただけますか。必要な捜査員を派遣してくれるはずです。州検事に、あとで私から報告すると伝えてください」

「わかりました」電話に向かったストレイダーに、もう一つ要求が出された。「ハンプトンへの電話が終わったら、所轄の警官を集めて墓地に向かわせてもらえますか。隣接する森も捜索するよう指示してください。捜すのは凶器の銃と弾、それからオートマチックだった場合を考えて薬莢《やっきょう》もです」ジムはスタージェスを振り返った。「遺体を見せていただいてもいいですか――」

死体防腐処理室《エンバーミング》は地下にあった。その一室のテーブルの上に、アンナ・エラリーの遺体はうつ伏せで安置されていた。背中の真ん中に小さな青黒い穴が、右肩にそれより大きな穴があり、大きいほうは周囲の皮膚が裂けていた。傍らのスタンドに彼女の着ていた服がたたんで置かれていた。遺体検分を終えると、ジムはいちばん上にあった黒いドレスを手に取り、明かりにかざした。畝《うね》模様のある厚手の生地で、銃弾を受けた穴の周りには乾いた血がこびりついている。だが、血の量は少ない。射出口のほうが出血が多かったようだが、肩パッドがそれを吸収していた。肩の縫い目が裂けていなければ、外から見たかぎり弾が貫通したようには見えないだろう。

葬儀場の静寂は、ほどなく破られた。最初に検死官が到着し、そのあとにジョージ・オールドフィールドとスキップ・ウィルソンが姿を見せた。チェザリーの葬儀用のライフルと弾薬を準備したウィルソンは、空砲と実弾を間違えて渡した可能性は絶対にない、と声高に主張した。次にやってきたのは州警察の鑑識員たちで、最寄りの州警察宿舎から駆けつけた警官二人と、ジムと同じ州検事局の刑事、コップとバイロも一緒だった。

ジムはコップとバイロに事情聴取のため被害者の家族を集めるよう指示し、警官らを、墓地で銃と弾丸を捜索している地元警察に合流させた。その場に残っていたウォレントン署の警官の一人が弔銃隊のメンバーの招集に当たり、あとの二人が葬儀の参列者のリストアップを始めた。鑑識員は、アンナ・エラリーの遺体その他の写真撮影、計測、指紋採取を急いで終えると墓地へ向かった。こうした慌ただしい出入りのなか、クルーズリー医師が現れた。

すぐにジムが気づき、まず死体防腐処理室に連れていって夫人の遺体を見てもらってから、一階の誰もいない薄暗い休憩室の一つに案内した。ヴェネチアンブラインドを上げて明かりを入れ、ぶしつけな視線を長々と医師に注ぐ。背が高く、健康的に見える短く刈った白髪と、黒い眉と目とのコントラストが印象的だ。六十代と思《おぼ》しき、知的で身なりの整った細面の医師はなかなかの美男子で、女性患者がかなり集まるだろう、とジムは思った。とはいえ、医師としての力量はいかがなものか。なにしろ、銃創を見落として死因を心臓発作と断定したのだ。

クルーズリーは、ジムが指し示した椅子に腰を下ろした。その顔は青ざめていた。煙草に火をつける手が震えている。ジムの質問を待たずに喋りだした。自分の犯した間違いを正当化しようとするのだが、不安が先に立つのか、うまく弁明できていなかった。

エラリー夫人は結婚して間もない頃から自分の患者で、高血圧を患っていたため、食事制限と自分が処方する薬を併用し、年に数回、検診に訪れていたということを早口でまくしたてた。

ジムが質問を差し挟んだ。「最後に夫人に会ったのは、いつですか」

「昨日の午後です。孫娘のジョーンから午前中に電話があって、立ち寄ってほしいと言われたのです。前の晩よく眠れなかったので、診察してほしがっているとのことでした。夫人は二週間前にご主人を亡くされていて、そのことが体調に影響するかもしれないと、私も気にかけていたものですから——」

「昨日の血圧はどうでしたか」

「急を要するほどではありませんでした——一八五です。でも帰り際に、来週、診療所に来るよう勧め、しっかり休んで激しい活動は避けるよう念を押しました」

「ご主人も診ていらっしゃったのですか」

「ファミリー・ドクターなので、夫人と四人のお孫さんは診ていましたが、ルーカスは健康そのもので、少なくとも亡くなる前の三年以上は診療したことがありませんでした。もちろん、心臓発作に襲われた晩は呼ばれましたが」

ジムは頷いた。ルーカス・エラリーの死の詳細については、後まわしでいいだろう。

「すると、今日の午後、ノーマン・デルメインから電話があったのです。彼の奥さんは――」

「知っています」

「ノーマンはずいぶん興奮した口ぶりでした。エラリー夫人がチェザリーの葬儀で倒れて、自宅に運んだけれど脈がとても弱いと言うんです。すぐに来てくれと頼まれました。とにかく大急ぎで駆けつけたのですが、着いたときにはもう、夫人は亡くなっていました」

「遺体にはどういう診察をしたのですか」

「それは――」クルーズリーは体の位置を入れ替え、憂うつそうな顔をした。「無意識に私は、夫人の死をどこかで予期していたような気がします。ご主人を突然亡くされたショックと、あの年齢と――夫人は七十歳でした――これまでの病歴を考え合わせると――」

「具体的には、どのような診察をなさったんです？」

「通常の手順ですよ。亡くなっていることに疑問の余地はありませんでした。心音が聞こえるかを確認し、喉頭に聴診器を当てました。そこなら微かな呼吸でも聞き取れますから」

「服を脱がせるなど、さらに念入りな診断はしなかったのですか」

「オニールさん、誤解のないように言っておきますが、あの状況では、その必要性があるとは思えませんでした。はっきりとチアノーゼが出ていましたし、全身の様子からも衰弱していた健康状態からも、心臓発作と考えるのが妥当だったのです」

「先ほどまで、ライト先生が検死をなさっていたのですが――」ジムはさりげない口調で言った。

「弾丸が脾臓か心臓壁を貫いたための内出血が死因だとのことでした」

　クルーズリーは頷いた。「ええ、外出血は認められませんでした」真っ白なハンカチを広げ、額を拭った。「私の立場に立って考えてみてください、オニールさん。私は、検死官を呼ばずに死亡診断書を書いてよいと法が定める、二十四時間以内に夫人を診断したのですよ。だいたい、彼女のようなご婦人が銃撃されて亡くなるなんて思わないでしょう。そんなことはまったくの想定外ですよ。もしそういう可能性に思い至っていたら、本当の死因に気づかれるのがわかっていて、みすみすスタージェスに遺体を引き渡すわけがないじゃありませんか。そんな隠蔽《いんぺい》工作をして何のメリットがあるっていうんです？」

　ジムは無言のまま、心の中でこう言った。「時間だ。それで一、二時間は稼げる。メリットがあるとすれば、それだ」

　読心術者ではない医師は、心に多少の余裕を得たらしかった。「決して意図的にやったのではありません。それは断言します。間違いだったのです。不幸な過ち以外の何物でもありません」

　クルーズリーは言葉を切り、真剣なまなざしでジムを見つめた。「町の人たちは、夫人の死は事故で、弔銃隊が使用した空砲になぜか実弾が交じっていたのだと噂しています。そんな事故を隠しだてする理由は、私にはありませんよ」

「その噂は誤りです」ウォレントンの住民が弔銃隊に押しつけた疑いに苛立ちを感じたものの、ジムは顔には出さず、ルーカス・エラリーの死について尋ねた。「ご主人はおいくつだったんですか」

　急に話題が変わったことに、クルーズリーはほっとした様子を見せた。煙草に火をつけ、椅子の上でくつろいだように座り直す。

「ルーカスは二週間前の水曜日、七十五歳の誕生日に亡くなりました」

「心臓発作だったそうですね」

「はい。夕食後に発作に襲われ、すぐに連絡を受けましたが、お宅に伺ったときには昏睡状態でした。ジギタリスの皮下注射とショック療法を施したあと、コラミンとアドレナリンも打ったのですが、真夜中前に息を引き取りました」

「事前に心臓疾患の兆候はなかったのですか」

「ええ、ありませんでした。といっても、七十五の誕生日を迎える高齢でしたし、活動的な生活ぶりでしたから、無理がたたったのかもしれません。突然の発作に襲われたとしてもおかしくはないでしょう。ライトに電話して検死をしてもらったところ、死因は急性の動脈血栓だという私の意見に同意しました」

「検死解剖はしなかったのですか」

クルーズリーの顔がこわばった。

「ライトも私も、解剖の必要があるとは少しも考えませんでした」

その後、ジムはクルーズリーを解放した。

検死官のライト医師が葬儀場に戻ってきた。ライトは、ルーカスは自然死だったというクルーズリーの診断を裏づけたが、言葉の端にわずかに迷いと疑念が感じられた。アンナ・エラリーの死が影響しているのだろう。

アンナの遺体が救急車に移され、検死解剖が行われるハンプトン総合病院へ出発するのを見届けると、ジムはストレイダー署長を捜し出した。

「署へ行きましょう」と、ジムは言った。「これ以上ここにいてもすることはありませんし、スタージェスさんもお困りでしょうから」

スタージェスは、全面的に警察に協力するので自由に葬儀場を使ってもらってかまわないと慇懃に申し出たが、ジムはさっさと車に乗り込み、ストレイダーの車のあとについてウォレントン署へ向かった。

署に到着すると、弔銃隊の面々が待ち構えていた。葬儀ではジムの隣でさかんに低俗な噂話に興じていたジェイク・フリートウッドも、さすがに神妙な面持ちだった。ジムを睨みつけるようにして、彼と仲間たちは戦地で目にした銃の操作法について一斉に話し始めた。みな、空砲と実弾を間違えるはずはない、と何度も繰り返した。自分たちがその二つを取り違えるなどあり得ない、と。

ジムも内心、彼らの意見に賛成だった。実弾と空砲を誤るとは考えにくい。正義感に憤るごく平凡な男たちを見まわす。この中の一人が、仲間に気づかれずに空砲を実弾にすり替え、アンナ・エラリーを狙い撃ちにしたとはどうしても考えられない。

それでもやはり、彼らを捜査の対象から外すわけにはいかないだろう。

弔銃隊が帰ると、ジムは激しい苛立ちを感じてため息をつき、不機嫌な目でストレイダーを見た。「事件が起きたときにすぐに気づいてさえいれば。あの場で全員を残して捜索していたら、あるいは……。まったく、ついてないな！」

「誰だって気づきませんよ」と、ストレイダーは言った。「あの場で捜索に乗りだせる人などいませんでした」

「私がそうすべきだったんです」ジムは二発目の発砲のあと、遅れて墓地に響いた銃声のことを話した。「それなのに、ずいぶん下手くそで軍人らしくないな、と思っただけで流してしまったんです」

「私も同じことを思いました」

ジムは煙草に火をつけ、「今さら何を言っても仕方がない」と、きっぱりとした口調で言った。「捜査に集中しましょう。エラリー一家に会う前に、彼らについて教えてください」

「私の世代で言うと、ルーカスとアンナが中心ですね。二人は一八九〇年代後半に結婚しました。アンナはウォレン家の出身です」

敬意を込めた言い方に、ジムが関心を示した。「ウォレン家というのは？」

「ウォレン――ウォレントン――」ストレイダーは強調して言った。「一六七〇年代にこの地に住み着いた一家です。この町の有力者だったのですが、しだいに勢いが衰えていきました。アンナが結婚したときには、すでにご両親は他界し、彼女は年配の伯母と暮らしていて、ウォレン家の財産はほとんど残っていませんでした。亡くなったルーカスの父親は、エラリー馬車会社をルーカスと弟のエドワードに託したのですが、エドワードは会社から手を引き、投資で大金を稼いだのち、十年か十一年前に他界しました。一方、ルーカスは自動車が台頭したあとも馬車に固執し、ようやく車を導入したものの時代に乗り遅れてしまったのです。ルーカスがどうやってあの豪邸を維持し、四人の孫娘を育てたのかはわかりません。いまでも多少の土地を所有していて、ささやかな家賃収入があるのは確かですが――」

「孫娘の話に行く前に」と、ジムは言った。「夫妻の子供の話を聞かせていただけますか」

「ウォレンとウィルという双子の息子がいました。ウォレンは第一次世界大戦で戦死しました。二十一歳くらいだったはずです。彼は、なんとか再び一族に富をもたらそうとしていたのですがね」

ストレイダーは首を振った。「不思議なことに兄弟でもずいぶん違うもので、ウォレンとウィルが、そのいい例です。ウォレンは非常に有能でした。一九一七年に軍に入隊するとすぐに将校に任命され、海外へ派遣されました。ところが、ウィルのほうは――人はよかったんですが、これといって目立った活躍はしませんでした。同じく入隊したのですが兵卒どまりで、一度も海外派遣されてはいませんん」

「でも終戦を迎えたとき、ウィルは生き残り、ウォレンは戦死したわけですね」と、ジムが言った。

「ええ。生き残ったウィルは約一年後に除隊し、ウォーターベリー出身のポーランド人の娘と結婚しました。リタ・クビアックという娘です。ウィルの家族は大反対でした。最初はウィルを家に入れようとしなかったくらいです――家名を汚したと言ってね。でもしばらくすると、ウィルにリタを連れてくることを許したのです。そこがまたウィルらしいところで、リタを連れて、これ幸いと両親のもとへ帰りました。自分の力で何かを始めるという考えはなかったんですよ。そのくせ、妻に居場所を与えようとしたわけですね。実家に夫婦で戻って、家業を続けました――当時、エラリー家は自転車の部品を製造していましてね――それで一旗揚げようとしたのです」ジムがちらっと時計に目をやったのに気づき、ストレイダーは時間がないことを思い出してエラリー家の残りの話をざっと要約した。

「ウィルとリタは四人の娘をもうけました。最初に生まれたのが双子で、次がブランチ、末娘がジョーンです。ジョーンがまだ赤ん坊の頃にウィルが交通事故で亡くなり、約一年半後、リタは電力会社に勤めていたトニー・グリーンと駆け落ちしてしまいました。ウォレントンの町では、それはもうたいへんなスキャンダルでしたよ！」ストレイダーは昔を懐かしむように、にやっとした。「それでも、エラリー夫妻は毅然とした態度を貫いて孫たちを育て、そのうちに人々の噂話も立ち消えになりました」

　ジムは立ち上がった。「まずグッドリッチに電話を入れます。そうしたら始めましょう……リタ・クビアックは、その後どうなったのですか」

「姿を消した日以来、誰も消息を知りません」

　州検事への電話を終えてジムの車でアンナ・エラリーの自宅へ向かう途中、ジムはストレイダーに尋ねた。「孫娘たちのほかにも家族がいるのですか」

「エドワードの未亡人と息子のハリーがいます。どうやら、エドワードは死んだとき、妻のローラに安定した生活を送れるだけの財産を遺したようです」

　エラリー家の二つの家族は、町の中でも古い住宅街に隣り合って住んでいた。十九世紀後半に建てられた、大きくて不格好な建築様式の家が並ぶことで知られる区域だ。アンナの家まではさほど時間がかからず、近くに来るまで、二人はそれ以上言葉を発しなかった。ジムはエラリー家についてすでに得た情報を頭の中で整理し、ストレイダーは一家に起きた別の出来事を思い返していたのだった。

「そこを左折してノース・ストリートへ入ってください」ようやくストレイダーが口を開いた。

　ジムは広い木陰の道へと左折した。この通りを真っすぐ行くと墓地がある。

「次の角から、右手の四軒目の家です」

　エラリー家の私道には、すでに数台の車が停まっていた。ジムはその後ろに車をつけてエンジンを切り、周囲を見まわした。

　屋敷はだだっ広く、くすんでいて、くたびれた印象だった。前庭の芝生は刈られているが、砂利敷きの私道は穴や轍《わだち》がそこらじゅうにあり、修繕が必要なのは誰の目にも明らかだった。裏の木々のあいだから、納屋と、側面の開いた仏塔《パゴダ》のような形の建物が見える。東屋《あずまや》というやつだろう、とジムは思った。

車を降り、母屋に向かった。ストレイダーがあとに従った。表のポーチの塗装は剝げ、手すりがたわんでいる。どこを取っても、全体的に荒廃が進んでいるように見えた。

ストレイダーが声をかけた。「マギー・エラリーの話を、まだしていませんでしたね」

ジムは足を止め、振り返った。「それは誰です?」

「エドワードとルーカスの妹です。父親のハワード・エラリーは娘を溺愛し、遺産としてかなりの額の現金を遺しました。兄二人が馬車会社を継いだのに対し、マギーは現金をもらったのです。十万ドル近い金額だったと言われています。ところが、第一次世界大戦の数年前に入水自殺をしてしまいました。婚約していたのですが、それが破談になり、それからおかしくなったようです。実は、母親もマギーを産んだあと、同じ場所で川に飛び込んで自殺しているんです」

「驚いたな」ジムは思わず漏らした。「なんという一家だ!」再び歩きだす。「その多額の現金は誰の手に渡ったんですか」

「誰にも。それも噂ですがね。それともう一つ――」

「何です?」

二人はポーチの階段の下で止まった。わざと感情を押し殺した声でストレイダーが言った。「マギーの婚約者だったのが、クルーズリー医師なんです」

「ほう」ジムは階段を上がった。「次から次に興味深い話が出てくるな」網戸の脇にある呼び鈴を押す。

黒っぽい羽目板張りの廊下を覗き込んでいると、中ほどに置かれたベンチからコップ刑事が立ち上がって戸口に来るのが見えた。ほの暗い明かりを背負っているため、大柄な体の輪郭がぼんやり見えるだけだ。網戸を開けて二人を中に入れ、顎で家の奥を指した。「ご家族は奥の書斎にいます」

コップの背後から足音がして、黒髪で黒い瞳をした長身の若い女性が現れた。ジムからストレイダーへと視線を動かし、遠慮がちに挨拶をした。「こんにちは、ストレイダーさん」

「どうも」ストレイダーは制帽を脱いだ。「州検事局刑事のオニールさんです。オニールさん、こちらはデルメイン夫人……ご結婚される前は、エリノア・エラリーさんでした」

ジムは会釈した。「初めまして」

「おいでになるのを、ずっとお待ちしていたんですよ。こちらの刑事さんは」――エリノアはコップを指し示した――「祖母の亡くなり方についていくつか訊きたいことがある、としか教えてくださらなくて。みんな、書斎でお待ちしています」

そう言うと回れ右をし、先に立って廊下を進んだ。

書斎は、二面の壁に作り付けの書棚があり、三つ目の壁に暖炉が、四つ目の壁の前にどっしりした机と古風な長椅子が置かれた、広い部屋だった。室内に、円を描くように六人が座っていた。アンナの孫娘と思われるあとの三人と二人の男性、それに、取り澄ました顔をした六十歳くらいの女性だ。

エリノアが早口に紹介を始めた。「こちらが州検事局刑事のオニールさんよ。大叔母のローラと、妹のマーティン夫人、ブランチ、ジョーン、そして夫と義弟《おとうと》です」

ジムは、部屋に集った人々を観察した。マーティン夫人というのが、エリノアの双子の妹に違いない。年格好が同じで、黒い瞳と黒髪がそっくりだ。ブランチは美しいブロンドで、目はグレーがかったブルーをしており、姉妹の中で群を抜いて美人だった。ジョーンは四人のうち明らかに最年少に見えた。髪はやや暗めのブロンド、というより明るい茶色と言ったほうが近いだろうか。深いブルーの瞳で、生き生きとしたバラ色の顔をしている。まさに、健康的という言葉がぴったりだ。ノーマン・デルメインは日に焼けて浅黒く、隣に座る双子のもう一人の夫であるマーティンがやけに色白に見えた。

簡単な挨拶が終わると、エリノアが言った。「どうぞおかけになってください、オニールさん。もちろん、ストレイダーさんも」ダイヤの指輪をはめた手で暖炉の前にある二脚の椅子を指し示した。「ありがとうございます」ジムは、一同と向かい合う位置に椅子を置き直して座った。「遅くなって申し訳ありませんでした。コップ刑事からお聞きになったと思いますが、エラリー夫人の死に関してお訊きしたいことが出てきまして――」

「どういうことか見当もつきませんわ」ローラ・エラリーが口を挟んだ。「義姉《あね》は心臓発作で亡くなったのです。クルーズリー先生がそうおっしゃってました」

話の途中で割り込んできたことも、きびきびした独断的な口調も気に入らなかったジムは、同じくらいきっぱりと答えた。「心臓発作ではありません。何者かがチェザリーの葬儀の場で夫人を狙撃したのです」

遺族全員の顔をぐるりと見まわす。当惑、ショック、不信――どの顔にも一様にそうした感情が浮かび、誰もが驚愕の声を漏らした。

ジムは黙って待った。ローラが目を閉じた。「眩暈《めまい》がするわ――」

慌ててキッチンへ行ったノーマン・デルメインが入れてきたグラスの水を飲むと、ローラはジムを見た。「何かの間違いです」

「それはありません」

「でも陸軍葬だったんですよ」そう言ったノーマンは、どうやらジムが弔銃隊のメンバーだったことに気づいていないようだ。「きっと彼らが墓地で撃った弾の一つが——」

「デルメインさん」——ジムはぶっきらぼうに言った——「弔銃隊が撃ったのは空砲で、しかも空に向けて発砲したのです。念のため言わせていただくと、空砲は実弾と違って先端部分に弾芯の代わりに詰め物をしてありましてね。元軍人で構成された弔銃隊のメンバーに、実弾と空砲の区別がつかないはずがありません」

ロイ・マーティンが頷いた。「彼の言うとおりだよ、ノーム」

ノーマンの浅黒い顔が赤くなった。のちにジムは、ノーマンは従軍経験がなく、戦時中も国で金儲けをしていて、町の人たちに〈あぶく銭のデルメイン〉と呼ばれていたのを知った。

「だったら、どうしてこんなことになったんですか」エリノアの双子の妹、テレサ・マーティンが訊いた。

ジムが答えを考えているあいだに、先にロイが言った。「墓地の隣の森に、銃を持った人間がいたんだ。峡谷でネズミを撃っていたか、ウサギでも探していたんだろう」

「まあ、なんてこと」と、ローラが声を上げた。「きっと、そうだわ。なんてひどい不注意でしょう！」そして、ジムに訴えた。「オニールさん、この件についてどう対処してくださるんですの？」

「エラリーさん」ジムは気持ちを落ち着けてローラを見つめた。「お義姉《ねえ》さんは、そういうことで亡くなったのではありません。墓地で二発目の一斉空砲射撃があった直後に撃たれたのです。ネズミやウサギを狙うハンターが一発目の銃声を聞き逃すとは思えませんし、それを耳にしたのに墓地の方角に銃を向けたりはしないでしょう。銃声の出所を確認しに来たはずです」

全員の視線がジムに注がれたが、言い終えても、しばらく口を開く者はいなかった。重い沈黙を破ったのはジョーンだった。「オニールさん、だったら祖母は、どうやって撃たれたんですか」

「残念ながら、銃弾は夫人を狙ったものだった可能性があります」

一同に広がった驚愕の声は、今度はなかなか静まらなかった。

第三章

家の正面廊下に面し、家族が〈祖父の仕事部屋〉と呼ぶ小さな部屋で、ジムは一人ずつ話を聞くことにした。室内には、十九世紀半ばのものと思われる大きな四角い金庫、畳み込み式の蓋があるロールトップデスク、台帳やマニュアルなど馬車会社に関する古い資料が並んだ本棚が置かれていた。ラベルの貼られたエラリー社製の馬車の写真が壁に飾られている。ランドー型、ブルーム型、一頭立て二輪馬車、二頭立て四輪馬車など、かなりの枚数に上った。片隅に書斎のものと同じ黒い革張りの長椅子があったが、こちらのほうがずいぶん擦り切れていた。この部屋の主《あるじ》だったルーカスは、晩年、ここでかなりの時間を昼寝に費やしていたのだろう。

誰が最初にジムの聴取を受けるか、家族間でひとしきり話し合いがなされたが、ジムがそれにけりをつけた。「エラリー夫人、よろしければ、あなたからお話をお聞きしましょう」

ジムがロールトップデスクの横に、ローラが数フィート離れた肘掛け椅子に、向かい合って座った。コップにメモを取らせ、ジムはまずローラの経歴を確認した。生まれはリッチフィールドで、一九一三年にエドワードと結婚し、一九一八年にハリーを産んだ。夫は……。

「存じ上げています。ずいぶんと優秀な方だったそうですね」

ローラは悦に入った顔に見えないよう、うっすらと笑みを浮かべた。

「息子さんは、今日はどちらに？」

「午後、ウィルバー・ローマンとテニスをしに公園へ出かけました。もうすぐ帰ってくるはずです」

ジムはコップに目をやり、尋ねた。「誰かを呼びにやったか」

コップが頷くのを確かめて、再び話し始めた。「では、お義姉さんについてですが……」

ローラは、義姉とは仲が良かったと証言した。息子のハリーはブランチに夢中だが、ローラ自身は結婚を認めていいものかどうか迷っているのだという。

「だって、ブランチの父親のウィルとハリーは従兄弟同士ですし、近親結婚に関しては、いろいろと心配な話も耳にしますしね……」

そんなのは迷信だとハリーは言い張るのだが、本当にそうなのか判断がつきかねている、とローラは憂いを含んだ口調で言った。結婚を許そうと思った翌日には、やはりだめだ、と思い直す繰り返しなのだそうだ。

「本人たちは、どう思っているんですか」ジムは言葉を挟んだ。「二人は結婚するつもりなんでしょうか」

ローラは曖昧な顔をした。「それが、どうやらまだ決断はしていないようです。もちろん、経済的な面ではブランチのほうが得だと言えます。ルーカスとアンナは、気の毒にほとんど破産状態だったのですが、ご存じのとおり、うちの主人は……」

ジムは、ローラを現在の出来事に引き戻した。ローラもチェザリーの葬儀に出るはずだったのだが、気分が乗らなかったのでやめにした。軽い頭痛がしたらしい……当日は、アンナとも孫娘たちとも顔を合わせてはいない。誰も家に来なかったし、彼女も訪ねなかった。

「昼食の少し前にアンナに電話をして葬儀に行かないことを伝えると、ノーマンと行くから大丈夫だ、と言われました」

「ほかに何か言っていましたか」

「いいえ、それだけですわ。頭痛が早く治るといいわね、と言ったくらいです。一分も話したかどうか——」

「声の調子は、いつもと変わりませんでしたか」

「ええ、まったく」

昼食後、とローラは続けた。自分は二階の自室に行って横になった。少し眠ったようで、エッタがドアをノックする音で、はっと気がついた。

「エッタというのは?」

「うちの家政婦です。ブランチから電話があって、アンナが意識不明で自宅に運ばれてきたので私にすぐ来てほしい、という伝言を知らせに来たのです。でも私が行ったときには、アンナはもう息を引き取ったあとでした。その直後にクルーズリー先生がいらっしゃって、まさかこんなことになるとは夢にも——」すると、急に希望を抱いたように頭を上げてジムを見た。「クルーズリー先生は腕のいいお医者様です。どんなに私が頼りにしていることか。先生のおかげで、エドワードが亡くなる前と比べたらずっと健康になったんです。何かの間違いということはないんですか。つまり、葬儀屋のスタージェスさんが——」

「いいえ。銃創と心臓発作は、間違うような類いのものではありません」

「そうでしょうね」ローラは深いため息をつき、首を振った。「どう判断すればいいのかわかりません。

一つだけ言えるのは、アンナを狙って撃ち殺す人なんていないということです。だって考えてもみてください、オニールさん！　アンナは孫を持つ七十歳の、ただの未亡人なんですよ。誰かに恨まれるようなことは断じてありませんでした。あなたが何とおっしゃろうと、私にはどうしても弔銃隊ではないかと思えるんですけど――」

「思うのはあなたの勝手です、エラリーさん」と、ジムは苦々しさのこもった声で言い、ちらっとコップに目をやった。大柄な刑事は、真面目くさった顔つきで見返した。

そのあとのローラに対する聴取は手短に済ませ、彼女が横になった時間が一時半で、エッタがノックしたのが四時すぎだということを確認した。

最後の質問は、こうだった。「アンナさんとほかの家族のみなさんとは、うまくいっていたのでしょうか」

孫四人は祖母のアンナに献身的に尽くしていて、祖母が自分たちのためにしてくれた数々の恩に感謝している、とローラは断言した。とにかく家族全員が一つにまとまっていて――。

ジムはローラが描く理想的な家族像を適当に切り上げ、話してくれたことに礼を言って、次はエリノアを呼ぶよう頼んだ。

エリノアは、ほかの家族とともに書斎で待っていた。ストレイダー署長がいるので、みんな聴取についてローラに訊くことができず、部屋をあとにするエリノアを無言で見送った。

ジムは、エリノアの生い立ちと結婚、家族との関係について尋ねた。

「オニールさん、異常事態が起きているんでしょうか。まさか、そんなことって……私は、ちょくちょく実家に顔を見せに来ていました――祖父が亡くなってからはなおさらです――でも、特に問題はなかったんですよ」

「お祖父《じい》様は急死だったそうですね」

「はい。七十五歳の誕生日に亡くなったんです。みんな責任を感じました。お祝いに大勢駆けつけてくださって、そのあと家族で夕食会を催したので、興奮させすぎたのではないかと。夕食後、揃ってお酒を飲んでいるときに様子がおかしくなって、顔色が真っ青になったかと思うと、痛みに苦しみだして呼吸困難に陥ったんです。誰かが――ブランチだったと思いますけど――クルーズリー先生に電話をかけました。ノーマンとロイが祖父を書斎に運んで寝かせましたが、先生がいらっしゃったときには、すでに意識不明の状態になっていました。それはもう恐ろしい光景でした！」

エリノアは両手を握り、そのときの様子がいかに恐ろしかったかわかってほしいと言わんばかりにジムの顔を見た。ジムが頷いて理解を示すと、話を続けた。「祖父は、いつだって健康で、とても活動的でした。不老不死ではないかと思うほどだったんです」

「発作が起きてから、どれくらい生存していらしたのですか」

「三、四時間です。真夜中頃に息を引き取りました。クルーズリー先生は手を尽くしてくださったんですけど。先生がおっしゃるには、動脈血栓だったそうです。たとえそれまで心臓に異常がなかった人でも、祖父くらいの年齢の男性にはよくあることなんですって。特に、あの日のように無理なストレスがかかったときには起きやすいとかで」

さらにいくつか質問をし、祖母が昨日チェザリーの葬儀に行くつもりでいるのを、エリノアは事前に知っていたとわかった。「ブランチとジョーンは行かないほうがいいと考えていたのですが、祖母は一度決めたら絶対に変えない性格なんです。葬儀嫌いの私に運転を頼んでも無駄だと最初から当てにされていませんでしたが、ノーマンは自分で会社をやっているので――デルメイン・モーターセールスというんですけど――今日の午後、祖母を連れていく時間をやり繰りしてくれました。夫はいつもそういう役目を率先して引き受けてくれるんです」

エリノアも、家族はみな仲が良く、いつでも互いに助け合って暮らしているのだ、と断言した。「もちろん」と、そのあとで言い添えた。「ほかの家族と同じで、時にはささいな意見の違いもありますけど、決して深刻なものではありません」

にっこり笑ったエリノアにジムが笑い返さなかったので、笑みはすぐに消えた。アンナが撃ち殺されたというのに、一家の仲の良さを強調するのは妙な感じがする。

ジムは言った。「デルメインさん、あなたは葬儀にいらっしゃらなかったんですよね。でしたら、昼間はどうなさっていたのですか。お祖母《ばあ》様には会われましたか」

エリノアの黒い瞳が大きくなった。「いいえ、会っていません。午前中は忙しく家事をこなして、午後も特別なことはしませんでした。町へ出かけて、クルミパンを買いにラーンド・ベーカリーに寄りました――あの店の月曜限定のパンなんです――それから、私のセーターの色に合う繕い用の青い毛糸がないかと雑貨店にも行きました。結局、思っていた色がなかったんですけど……。そのくらいでしょうか」

「町へ行かれたのは何時ですか」

「どうだったかしら。買い物に行くときは、いつも時間を気にしていませんから」

「だいたいの時間はおわかりでしょう」

エリノアは自信なさげに肩をすくめた。「二時すぎか、二時半前か――そうそう、ドラッグストアでコーラを飲みました。そこでハム・ラスロップと話したんだったわ！」と、勝ち誇ったような表情をした。そんなエリノアを、ジムはげんなりと見守った。「お使いには三十分くらいかかったんでしょうかね」

「もっとですね。コーラを飲みながら煙草を吸ってのんびりしましたから」

「にしても、せいぜい四十五分くらいでしょう――誰かと話し込んだなら別ですが」

「いいえ、それはありませんでした」

「でしたら、帰宅したのはちょうど三時を回った頃ですね」

「たぶん、そうだと思います」エリノアはおどおどしながらも、どこか挑戦的な態度でジムを見つめた。「ほらね？　祖母の死に私が関係ないのは明らかでしょう？」

「お言葉ですが、この段階では、いかなる予断も持つつもりはありません。あなた方の状況を整理するために事実を集めているだけです。例えば、ご家族の中で銃に慣れた方がいらっしゃらないかどうか、とか」

エリノアは冷ややかに応えた。「それなら、みんなそうです。少しだけですけど。従叔父《いとこちがい》のハリーが数年前に峡谷の端に射撃場を作ったので、時々ハリーのライフルを撃っていました。射撃をしたのは私と妹たちで、ノーマンとロイはやったことがないと思います」

「なるほど」ジムは立ち上がり、聴取の終了を告げた。「ありがとうございました、デルメインさん。次はマーティン夫人を呼んでいただけますか」

テレサは、低い声で早口に話した。自分にはアリバイがある、と言うのだった。アンナが撃たれたのは、ジムもはっきり覚えているが、四時数分前だった。テレサはその時間、自宅にいたと主張した。

友人たち――彼女は名前と住所を提供した――が四時頃訪ねてきて、飲み物を出したところへブランチから電話が入った。昼間は夫が車を使っているので、車では行かずにエリノアに拾ってもらったのだが、実家に着いたときには、すでに祖母は亡くなっていた。

ジムは頭の中でウォレントンの地図を描き、テレサの自宅が、早足で歩けば墓地から五分もかからないことに気づいた。

祖母や家族関係について、また、彼女の命を奪いたいと思う人間に心当たりがないか質問した。テレサは落ち着きがなく、神経過敏な女性に見えた。ジムの質問に応えて言った。家族はとても親密ですし、祖母を殺す動機のある人間など一人もいません……。

ジムはテレサを解放し、ブランチを呼んだ。合間に二人だけになったとき、ジムはコップを見て頭を振った。「彼女が祖母を撃って急いで家に帰り、直後にふらりと訪ねてきた友人に飲み物を振る舞ったとは考えにくい。やけに緊張していたんで、ひょっとしたらと思ったんだが――」

言葉を切って、不機嫌そうに机を叩いた。「全員の話を聞かないうちは、推理を組み立てないほうがよさそうだな」

ブランチが部屋に入ってきて椅子に腰かけた。背後から西陽が髪を照らし、ジムはあらためてその鮮やかな色と美しい髪質に目を見張った。自分でも気づかないうちに、彼女に対するジムの口調は柔らかくなっていた。

この家を取り仕切っているのは自分だ、とブランチは言った。一九四三年にハイスクールを卒業して以来、ずっとそうだった。当時、祖母のアンナは高血圧が悪化して安静が必要だったのだそうだ。回復したあとも、これまでどおりの責務を負うことにクルーズリー医師が難色を示した。それでブランチは家に残って、祖母を助けたのだった。

彼女はジムに、その日の行動を説明した。午前中はずっと家にいた、とブランチは言った。こういう大きな家では、やることはいくらでもある。昼食の後片付けをし、夕食用にゼラチン・サラダを作ってからロックガーデンに作業に出た。

「今年に入ってから始めたんです」と説明した。ブランチの声から抑揚が消えた、とジムは思った。だが、単調になったその口調は、内気な性格から来るものかもしれない。話すあいだ、ほとんどジムと目を合わせなかった。「やらなければならないことが山ほどあって、一人で少しずつ取り組んでいるところです」

「ガーデニングがお好きなんですね」

「ええ、とても」それまで硬かったブランチの顔が、わずかにほころんだ。「冬のあいだはできないので、途方に暮れてしまうんです」

「いいご趣味です」ジムは、自分の庭とやり残している作業の量を思い浮かべながらも、進んで土いじりをする彼女の奇特な趣味に理解を示した。

「ずっとお一人だったのですか」

「いいえ、初めのうちは祖母が近くにいました。三時十五分前くらいに葬儀に出かけるのを見ました。それに、妹のジョーンも家にいました。図書館から戻って遅い昼食を食べたあとで庭に出てきたんです」

「妹さんは何をなさったんです?」

「大きなカエデの木の下に座って本を読んでいました」

「どの木か教えていただけますか」

二人は窓に近寄った。仕事部屋は書斎の手前に突き出すような造りになっており、庭が一望できる位置にあった。ブランチは納屋のほうを指さした。「ロックガーデンは向こうの端なんですが……あそこの、木陰にデッキチェアがあるのが、そのカエデの木です」

「そのとき、お二人はお互いに見える場所にいらしたのですか」

「はい」

「お祖母様が出かけられたあとも、ずっと？」

「ええ。雨が降りそうなので妹と家に入ったとき、ちょうど義兄《あに》が祖母を連れて帰ってきたんです」

ジムの次の質問に、ブランチは首を横に振って緑のワンピースのスカートの皺を伸ばした。「いいえ、祖母に取り乱した様子はなく、いつもと同じように見えました……」

質疑応答は続いた。いいえ、うちに車はありません、手放して八年になります。いいえ、午後、私にもジョーンにも来客はありませんでした。はい、銃なら、うちには祖父の古いリボルバーがあります。その机の一番下の引き出しに入っています――。

ジムは引き出しを開けた。黄ばんだ業務用便箋の奥に四十五口径のリボルバーがあった。取り出して匂いを嗅ぎ、空のシリンダーを回す。弾は入っておらず、明らかに何年も発射されていない。ジムは銃を脇に置いた。

「お姉さんの話では、あなた方はターゲット射撃をなさったことがあるそうですね」

ブランチは、さっとジムを見てから目を逸らした。「ええ、少しですが」

ジムはルーカスが死んだ夜のことを尋ねたが、ブランチの説明はエリノアと変わらなかった。

「あなた方が飲んだのは何でしたか」

「何って――あの、バーボン・コークです」

「お祖父様は何杯飲まれました?」

「わかりません。一、二杯でしょうか」

誰が飲み物を作ったかについては覚えていなかった。ノーマンか、あるいはロイだったかもしれない、とのことだった。

家庭生活は順調だった。ただ――ブランチの抑揚のない声に苦々しさが交じった――物心ついた頃から一家は貧しく、何事にも節約を強いられていたのだという。「でも、深刻な対立はありませんでした」と付け加えた。「みんな、祖母を好きでしたもの」

ジムは黙り込んだ。ブランチは、組んでいる両手に目を落とした。「祖母の死は事故だったんです。弔銃隊が――」

ジムの口元が引き締まった。「その可能性は排除したはずですよ、ブランチさん」

今度はブランチが黙り込む番だった。

ジョーン・エラリーが入ってきて部屋を横切って座るのを、ジムは見守った。健康そうな顔色をしているだけでなく、体つきもしっかりしていて、がっしりとしたその体格は、以前見たことのあるヨーロッパの農家の女性を思い起こさせる。母親のリタ・クビアックの血を引いているのかもしれない。ハイスクール卒業後、一年間の司書養成講座を受け、現在はウォレントン図書館で司書補を務めているという。週三日は十時から六時まで、あとの三日は、十時から二時と七時から九時のシフトで働いているのだそうだ。今日は二回勤務する日だったので、二時に帰宅して遅い昼食を食べ、祖母が葬儀に出かけたあと、庭に出て本を読んだ。

「ブランチさんは、どこにいました？」と、ジムは訊いた。

「ブランチからお聞きにならなかったんですか？　姉も外にいて、ロックガーデンで庭仕事をしていました。午後中ずっと一緒でした」

「ご一緒にいらしたんですか」

「というか、お互いの姿が見えるところにいました」

ジムは祖父母についての話と、ジョーン自身が育ってきた環境に関して尋ねた。彼女も、金銭的に苦労したと語った。ブランチと自分は、双子の姉たちの服を着なければならないことをいつも不満に思っていたのだ、と笑みを浮かべて言った。「私は末っ子なので、いちばんくたびれた服を着させられました。お下がりしか着たことがないんですよ。縫い直してもらえるのは、クリスマスと誕生日のプレゼントだけでした。でも祖母は裁縫が得意で、そういうときには、ブランチと私のためにいろいろ手を加えてくれました」

祖父母は厳しすぎたと、ジョーンは思っていた。姉たちも彼女も、祖父母の過干渉には辟易《へきえき》していたのだという。「例えばハイスクールに通っていた頃、私をデートに誘ってくれた男子の家系がわからなければ、祖母はデートに行くのを許してくれなかったんです」ジョーンはまたもや、うっすらと笑みを浮かべた。「あれにには本当に頭にきました。でも今思えば、祖母はそういう厳格な時代に育った人で、それを変えられなかったのもわからないではありません」

仕方ないと諦めたようなしぐさを見せた。「もう慣れてしまいました」

それからジョーンは、その日、祖母が亡くなったあと、どれほど混乱した状態だったかを話しだした。うろうろと歩きまわるノーマンのそばでみんな泣いていて、クルーズリー医師は伯母のローラに鎮静剤を投与した。そして幽霊のように真っ青な顔をしたブランチが電話をしてエリノアとテスが一緒に駆けつけ、テスの連絡を受けたロイがやってきた。誰も祖母の死を受け入れられなかった。

「何事も祖母が取り仕切っていたんです。祖父が亡くなったときだって、祖母はしっかりしていました。今日、祖母が亡くなったとたん、私たちは迷える子羊のようになってしまったのです。ノーマンが、お祖母様が死ぬはずがない、そんなことはあり得ない、と言い張って火に油を注ぎました。あの人は――興奮しやすい質《たち》なんです。そしたら、誰かが葬儀社に電話をして、クルーズリー先生が遺体を運ぶ算段をしてくれました。葬儀社の人たちが来て祖母を運び出して――あのときのことは、思い出してもぞっとします」――ジョーンの声が震えた――「それでようやく私たちは、祖母が死んだのだと理解したんです」

「よくわかります。しかし、あなた方は誰も死因を尋ねなかったのですか」

「私は尋ねませんでしたし、ほかの者も何も言いませんでした。だって、祖父のことがありましたから。祖父もあんなふうに亡くなったので、どこかで急死というものに慣れていたのかもしれません」

ジョーンの聴取を終えると、バイロ刑事が報告に現れた。「州警察のホジキンズが外に来ています。墓周辺をしらみつぶしに捜索したそうですが、何も発見できなかったので、範囲を広げているそうです。森の中でも銃を捜させていますが、弾丸の発見は難しいかもしれないとのことです。干し草の中で針を捜すようなものだ、と」

ジムは眉を寄せた。「判断するのは彼じゃない。とにかく捜索を続けろと伝えてくれ。森も峡谷も墓地も、くまなく捜すように言うんだ。銃と弾丸、それとオートマチックだった場合を考えて薬莢《やっきょう》もな。家族と弔銃隊のリストはどうなっている？　初動捜査では、一秒たりとも時間を無駄にしたくない」

バイロと入れ替わりにラファティー刑事が部屋に入ってきた。手にしていたライフルとピストル三丁を机に置く。

「隣の部屋にありました。ルガーが二丁とベレッタです。家政婦の話では、ハリー・エラリーのものだそうです。ライフルはターゲット射撃用で、拳銃はイタリア土産に持ち帰った代物です」

「すぐに鑑識に回してくれ」と、ジムは命じた。

ラファティーが去ると、コップは思いきってジムに質問した。「弔銃隊の件では、誰かにあなたのことも調べさせるんですか」

上司であるジムは、作り笑いを浮かべた。「この事件が解決したら、その冗談も笑えるだろうよ」

「わかりました」コップは立ち上がってドアに向かった。「次は誰を呼びますか」

「夫のどちらでもいい」

入ってきたのはロイ・マーティンだった。中肉中背で、黒髪でも金髪でもなく、目を惹く特徴はない。ロイは事細かに話しだした。彼は父親の〈マーティン不動産会社〉で働いていて、アンナが撃たれた時間はオフィスで仕事をしていたという。

会社に電話をすると、速記者による裏づけが取れた。マーティンさんは三時頃から奥様から呼び出される四時半頃まで、兵士の貸付金の件で仕事をしていらっしゃいました、と証言したのだ。

「これで僕のアリバイは成立ですよね」ロイは、あからさまにうれしそうな顔で言った。

ジムは、この男を好きになれなかった。どうも独りよがりで冷たい人間に見える。会社の敷地内の見取り図でロイが人に見られずに出入りする方法がわかったなら、この薄ら笑いを喜んで消し去ってやるんだが、と思った。

数分後、ノーマン・デルメインも同様に好きになれないことがわかった。色黒で激しやすく、早口で芝居がかった喋り方をするノーマンに、ジムは嫌悪感を抱いた。彼は大げさなしぐさで頭を抱え、目をぎらぎら輝かせていた。

ノーマンは九年前にエリノアと結婚して、子供はなく、軍隊経験もなかった——大仰に胸元から手を振り上げ、「世の中、何があるかわからない。僕だっていつか、こんなふうに簡単に死んでしまうんだ」と指を弾いてみせた。「短い人生、楽しまなくちゃ。最大限に活かさなくては、と自分に言い聞かせているんですよ。その過程で誰かの役に立てるかもしれないし、そうすれば人から傷つけられることだってないでしょう？　今日の葬儀だってそうです。うちの妻は葬儀が嫌いでしてね、気が滅入ってしまうらしくて。だから昨日、お祖母様を葬儀に連れていってくれないかと頼まれたとき、もちろんいいよ、って答えたんです。ロイは絶対に引き受けないだろうとわかっていましたしね」

「なぜですか」

ノーマンは両手を広げた。「彼に会ったんなら、わかるでしょう。人のために時間を使うやつじゃありませんよ。利益優先のドライな人間ですからね」

自分は、さも利益とは無関係だと言いたげに嫌悪をにじませた。だが、〈あぶく銭のデルメイン〉と呼ばれるノーマンが戦時中は闇市場でガソリンを売り、終戦直後、ようやく車が市場に出まわるようになったとたん、どこから手に入れたのかわからない新車を販売して相当な利益を得ていたことを、ジムはストレイダーから聞いていた。ウォレントンの人々は、ノーマンのことを信用できない男だと思っているらしい。

ノーマンは、その日の午後のことを話しだした。スタージェス葬儀場までアンナを車で連れていき、そのまま式に参列してから墓地へ行った。墓地では、ずっとアンナと一緒だったという。

「すぐそばにいた、ということですか」

「いえ、必ずしもそういうわけでは……。埋葬をよく見ようと、大勢の人が押し合うようにして覗き込んでいましたから。でも、近くにいたのは確かです」と言って、コップを指さした。「ちょうど彼との距離くらいですかね」

ジムは距離を目算した。約四フィートといったところだ。

アンナが倒れるところは見ていない、とノーマンは話を続けた。最初に気づいたのは、彼女が倒れたために起きたざわめきだった――芝生の上に崩れ落ちたアンナの上に何人かが屈み込んでいた。ノーマンは彼女を抱き上げ――やせこけているので、抱えるのは簡単だった――車に運んだ。近所に住むランキン夫人が、後部座席でアンナの頭を膝に乗せて付き添ってくれた。

「ランキン夫人というのは、誰ですか」

「二軒先にある、以前のラックレー家に住んでいる人ですよ。戦後すぐに購入したんです。一人暮らしの未亡人でしてね、とても親切ないい人なんです。あとで歩いて取りに来るから、って言って、葬儀社の助手が車をどかせるように自分の車のキーを渡していました」

「なるほど。そして、あなたはエラリー夫人を自宅に連れて帰った……」

あとの話は短かった。家に運び込んだとき、アンナはまだ息があり、書斎のソファに寝かせたのだが、医師が到着する前に――「腕が痙攣《けいれん》し、口が開いて、そのまま息を引き取りました」

ランキン夫人はローラが到着したとたん、帰っていった。二人は折り合いが悪いのだ、とノーマンは説明したが、なぜ大叔母がランキン夫人を冷たくあしらうのかは知らないそうだ。ただ大叔母が言っていたのは、ランキン夫人の親切そうな態度は信用できない、ということだけで……。

部屋を出るジムのあとについていったコップが戻ってきて、ハリー・エラリーがようやく姿を現したことを告げた。

その直後、戸口に若者が顔を見せた。ジムは新たな興味を掻き立てられて彼を見つめた。ハリーは背が高く、ひょろりとした体型だった。向かいの椅子に座ると、エリノアとテレサとは血がつながっているのがひと目でわかるほっそりとした色黒の顔をこちらに向け、黒い瞳で探るようにジムを見た。カーキ色の短パンに白のTシャツ姿だ。

「帰宅にずいぶん時間がかかりましたね」と、ジムは言った。

「午後はずっと公園にいたんです。ウェッブ——ウィルバー・ローマンとテニスをしてから、プールで泳いでいました。ちょっと前に戻ってきて、ここに連れてこられたというわけです」

「ご自分の車をお持ちなんですか」

「はい」

「公園へはご自分の車で?」

「ええ。途中でローマンを拾って、ついさっき家まで送り届けてきました」

「休暇中なのですか?　それとも働いていらっしゃらないとか」

「休暇中です。ハイスクールで体育教師をしていて、今は夏休みですから」

「夏休み中のアルバイトはしていないのですか」

「ええ、僕はそれほど金に困っていませんからね。独身で実家暮らしなので、わざわざ夏休みに働く必要はないんですよ——そうでしょう？　それとも、労働そのものが尊いのだとでもおっしゃりたいんですか」

「いいえ」

「ですよね。独立記念日の前にビーチに行って、八月までそこにいる予定です。まあ、時々戻ってはきますがね」

ハリーはウィルバー・ローマンの自宅住所をジムに渡し、自分は午後二時から五時すぎまで公園にいて、そのあとローマンと近くのバーへ行き一時間ほど飲みながら語らった、アンナが何者かに撃たれる理由などまったく思い当たらない、と主張した。目をすがめてジムを見ながら言った。「本当に伯母は殺されたと思っていらっしゃるんですか」

「まだわかりません。それを解明しようとしているところです」

口調や態度から変化を読み取るのが仕事のジムは、この若者の変化を敏感に感じ取った。わずかではあるが、知らないそぶりがわざとらしい気がしたのだった。質問がハリーの家にある銃の話に至ると、無関心を装う態度がより顕著になった。ええ、ターゲット射撃用のライフルは持っています。それと、イタリアから持ち帰った銃が三丁あります。ルガー二丁とベレッタです……。

「実包も持ち帰ったんですか」

「はい、三丁とも挿弾子《クリップ》一本分持っています」

「ウォレントン警察に届けを出していますか」

「そこまでは手が回りませんでした」

「届けておくべきでしたね」

「そうですけど、義務じゃありませんからね。やらなくてもいいことには、時間を割かない主義なんです」

ジムが何も言わずにその言葉をやり過ごすと、ハリーは煙草に火をつけて言った。「それにしても不可解ですよね。よりによって、アンナ伯母さんがあんな目に遭うなんて！　絶対に事故ですよ」

「なぜ、そう思うんです？」

わかりません、とハリーは答えた。ただ、エラリー家のようなごく普通の家庭の人間が、狙撃事件に巻き込まれるとは思えないと言うのだった。

「ご家族の仲がいいというのはお聞きしましたよ、エラリーさん――特に、あなたとブランチさんがね」

ハリーの顔を怒りの表情がよぎった。「それは、あなたの聴取とは関係ないことです――でもブランチが僕の大切な人だということは、誰に知られたってかまいませんけどね」

「それについて、ほかのご家族はどう思っていらっしゃるのですか」

「要するに、アンナ伯母さんが、って言いたいんでしょう？　伯母は僕たちの結婚を歓迎していたと思いますよ」ハリーは淡々とした口調で言った。「ブランチや僕が伯母を撃ち殺したくなるような、強硬な反対意見はまったく口にしていませんでした。それにね、オニールさん、残念ながらブランチは僕のために誰かを殺すほど、僕のことを思ってくれてはいないんです」

「どうして？　従兄妹同士だからですか」

「たぶん」

「正確には、従兄の子供ですよね——従姪《じゅうてつ》って言うんでしょうか」

「さあ」

ハリーが何を知っていようがいまいが、隠し事をしているのは明白だった。ジムは聴取を切り上げ、その点について考えを巡らせた。なかでも、銃に関する質問のときのことを思い出していた。あのときハリーは、話題を変えることができて明らかに安堵した表情を見せた……。

第四章

ジムの最初の事情聴取は、ほぼ終了した。まだ話を聞いていないのは、ランキン夫人と、ローラの家政婦、エッタ・モーズリーの二人だけだ。

二人とも五十代前半だったが、共通点はそれだけだった。ランキン夫人は、品のいい服と身だしなみのよさで年齢を感じさせなかった。エッタ・モーズリー――ミス・モーズリーと本人は言った――のほうは、年齢をそのまま受け入れていた。愛想がよくお喋りなランキン夫人に対し、エッタは無口でぎこちなかった。

ランキン夫人は二年前、今住んでいる家を買って移り住んだのだそうだ。二軒のエラリー家とはいずれも近所付き合いがあり、仕事はしていないという。

「主人は、亡くなったときに私がちゃんと暮らしていけるようにしてくれていたんです」と説明する夫人のブルーの瞳は、子供の目のように無邪気だった。わずかに屈んだ際、明るい茶色の髪の中に白髪が交じっているのが見えた。「とても考え深い人でした」

「ご主人は最近亡くなられたのですか」

「五年前です。子供がいないので、ウォレントンに来る前はあちこち住所を変えていました」

ジムはルーカス・エラリーの机の上で両手を組み、ほっそりとしていまだに魅力的な未亡人をじっと見た。「ここにお知り合いがいらっしゃるのですか。それとも、この町と何か縁《ゆかり》がおありとか?」

「いいえ——そういうわけでは。ずいぶん前に、夫のジョナサンとエルキンソン夫妻を訪ねにきたことはありますけど。そのときは短時間の滞在でしたが、ジョナサンが子供の頃に何度も訪ねたらしくて——遠縁に当たるんだそうです——それで、ウォレントンの話をよく聞かされていました」

「二年前にこちらに移り住んだのは、その方たちの提案だったのですか」

「いいえ、ご夫妻はすでに亡くなっていましたから」浮かべた笑みは、どこかきまり悪そうにも見えた。「おかしな話に思われるかもしれませんが、ウォレントンに来たのには、特別な理由はないんです。車でニューヨークへ行く途中、エルキンソン夫妻のことを思い出して、電話帳で調べようと立ち寄ってみただけで……。誰だって、ふとそんな衝動に駆られることはありますでしょう?」共感を求める視線をジムに向ける。

ジムは頷いたものの、心の中では、家を買ってコミュニティの一員になるというきわめて重大な事柄に関して、自分ならそんな衝動に駆られることはない、と思った。ウォレントンに居を構える前に、ジムとマーガレットはハンプトン郡のあらゆる町を見て回り、決断するまでに何カ月もかけたのだ。だから、ランキン夫人が住む場所を行き当たりばったり選んだように思えたのだった。彼女のことは調べてみる必要がありそうだ。

ランキン夫人は続けた。「エルキンソン夫妻は亡くなっていることがわかったのですが、ぶらぶら歩いていたら観光客が宿泊できるすてきな外観のこぎれいな宿があって、一晩泊まったんです。翌日——自分でも何が気に入ったのかわからないんですけど」と、薄笑いを浮かべた。「アパート式ホテルが嫌になっていたのかもしれません。ともかく、真っすぐマーティン不動産へ行って、売りに出ていた今の家を買ったのです。一カ月後にはもう移り住んでいました」

「それで、いかがですか。ウォレントンはお気に召しましたか」

「はい、とても。この町に、自分だけの居場所をつくっているような気がしているんです。婦人協会にも入りました――確か、奥様もメンバーのお一人ですよね？」

「ええ」明らかに自分の私生活に話が逸れるのを歓迎しない口調だったので、ランキン夫人は慌てて言葉を継いだ。「――それと、教会とブリッジ・クラブにも。自分がどこかに属しているという感覚を味わうのは、子供のとき以来です」

その言葉を受け、ジムは彼女の経歴について質問をした。どこで生まれ、結婚していたときはどこに住んでいたのか。ランキン夫人はペンシルバニアにある生まれ故郷の町の名を告げ、いつだったか正確には覚えていないと言いながら、住んだことのある町を一ダースほど挙げた。亡くなった夫のジョナサンは、転勤が多かったのだそうだ。

話は、いよいよ午後の出来事に移った。ランキン夫人が言った。「何が起きたのかは見ていません。隣にいた女性が『まあ！』と言ったのでそちらを見たら、エラリーさんが膝をついていて、崩れ落ちるように前に倒れたんです。デルメインさんが駆け寄って――彼はエラリーさんの少し後ろにいたと思います――私は、家に連れて帰るお手伝いを申し出ました」

「あなたは、弔銃隊よりも少し前に立っていたわけですか」

「はい。弔銃隊はかなり後ろにいましたよね？　普通はお墓のすぐそばにいるものなのに」

ジムを見るその目に他意はなさそうだった。彼が弔銃隊の一人だったとは知らないようだ。

「弔銃隊の発砲を見ていましたか」

「ええ、みんな見ていたと思います」

そのとおりだった。ジムたちが一発目の空砲を装塡《そうてん》し始めると、参列者の視線は一斉にこちらに向けられた。ジムはあらためて、メンバーの誰かが空に向けて撃つ代わりにアンナを狙撃するのは不可能だと思った。だが、ほかの何者かが彼女を狙うには絶好の機会と言える。

ランキン夫人は、自分は銃に関する知識はないし、エラリー家に問題があるとも聞いたことはない、と言った。ジムが午後の出来事に話を戻すと、アンナが息を引き取ったあと、ローラ・エラリーと入れ違いに帰った、と答えた。それ以降のことについては何も知らなかった。そして、葬儀に参列していた人物のリストに、新たに三人の名を挙げたのだった。

コップに連れられて、地味なダークグレーの制服に身を包んだエッタ・モーズリーが入ってきた。白髪で、顔には皺がたくさん刻まれている。椅子の端に腰かけ、おずおずとジムを見た。

ジムは彼女の経歴を尋ねた。エッタはフィラデルフィア出身で、そこでずっと家政婦をしていたのだが、年を取るにつれ、暑い気候が肌に合わなくなった。独身で近しい縁者もなく、どこでも好きなところで働ける身なので、ニューイングランドへ来ることにした。そして三年前、ハンプトンの職業紹介所を通してローラに雇われたのだった……。

話すあいだ、エッタはジムと目を合わせなかった。

その日、ローラは昼食後に自室に上がり、エッタが次に彼女の顔を見たのは、ブランチの電話の件を伝えるためローラの部屋をノックしたときだった。

「あなたは午後、どうなさっていたのですか」と、ジムは訊いた。

すると、昼食の片付けをしたあと三階の自分の部屋で昼寝をしていた、と答えた。四時十五分前くらいに再び一階に下り、夕食用のデザートを作っているところへ電話が入った。

「ハリーさんは何時に公園へ出かけました？」

「昼食後すぐでした」

ジムは椅子の背もたれに体を預け、ゆっくりと煙草に火をつけた。励ますような視線を相手に注ぐ。

「ええと……彼はイタリアから拳銃を持ち帰りましたよね。正確には何丁あるんですか」

エッタはたじろいだ。「私は触ったことなんてありませんし、よく見たことさえないくらいです！ 私が知るわけがないじゃありませんか。知っているのは、坊ちゃまが机の引き出しに入れてらっしゃることくらいで――」

「もちろん、あなたは触っていないでしょう。誰もそんなことは考えていません」ジムは安心させようと静かな口調で言った。「私はただ、彼が拳銃を何丁持っているのかを確認したいだけです」

伏せた瞼《まぶた》の下から、エッタは疑わしそうにちらりとジムに目をやった。「でも、警察の方がお屋敷に来て持っていきましたよ。拳銃の数なら、その人がご存じのはずです。私は銃が恐ろしいんです。ハリー坊ちゃまが戦地から戻って銃を引き出しにしまわれたとき、絶対に触らないようにと言われたので、一度も引き出しは開けていません」自己弁護の必要性が低くなるにつれ、エッタは言葉少なになった。

「きっと誰にも触れられたくなかったんでしょうね。引き出しには鍵を掛けてあったんでしょう？」

「いいえ、最近は、その――」生気のないエッタの目が途方に暮れたようにジムを見たかと思うと、すっと逸れた。「わかりません。たぶん、鍵を掛けてあることもあったと思います。引き出しに鍵はついていますから……」

ジムは銃の話題をやめ、今の仕事に満足しているかどうか尋ねた。

「はい。奥様はすべて私に任せてくださるので、やりたいようにできて助かっています」

いろいろと質問するなかで、二つの家族が互いに気軽に行き来し、仲良くやっているらしいことがわかった。死んだアンナに対して、家族の誰かが憎しみや恐怖といった強い感情を口にするのを聞いたことは一度もないという。

ジムは拳銃に話を戻した。「今日の午後ハリーさんが帰宅された際、われわれが銃を押収したことを話しましたか。彼がここに来る前にということですが」

「ええ、事情をお話しして預かり証をお渡ししました。そんな責任からは少しでも早く解放されたいと思って」エッタは不安げにまばたきをした。「まさか間違ったことはしていませんよね」

ジムに言わせれば、まだ事情聴取を受けていない人間が情報交換するというのはあってはいけないことなのだが、口には出さなかった。そこにいてそれを阻止すべきだった人間がヘマをしたということだ。誰かわからないが、釘を刺しておく必要がある。

エッタに対する聴取はほどなく終了した。彼女がいなくなると、ジムは火のついていない煙草を唇からぶら下げ、部屋にいるあいだ、抑えようとしてもエッタからにじみ出ていた不安について思いを巡らせた。

「彼女は何を心配しているんだろう」と、コップに訊いてみた。

大きな体をした刑事は肩をすくめた。「女性の心配事なんて、見当がつきませんよ。アンナを殺した犯人かもしれないし、まったく関係がないかもしれない。女性に関してはなんとも言えません」

「それはそうだな」ジムは、妻を怒らせてしまい、その理由がどうしてもわからなかったときのことを思い出した。「だが、なんとしても解明しなくては。こいつは大変な事件になりそうだ」

「確かに難題ですね」コップは屈託のない顔で同意した。「まったく、困ったもんです。誰が犯人でもおかしくない。容疑者だらけですよ。ただ言えるのは、たいていの場合、納得のいく殺害理由というのがあるものですが、今回の被害者はどう見ても殺されるほどの財産は持っていませんし、いわゆる『痴情のもつれ』で殺されるには年齢が行きすぎています」コップは言葉を切り、ゴシップ紙で使われるような言葉に上司がどう反応するか横目でうかがったが、ジムはうわの空で煙草に火をつけていた。

バイロが入ってきた。「チェザリーの遺族が、墓地にいた人間を挙げたリストです。それと、こちらにはハリー・エラリーが所持している銃の数と種類が書いてあります」

ジムはチェザリーのリストに目をやり、その長さに顔をしかめた。目の前の机に置いてあった自分のリストと合わせてバイロに返す。「これをストレイダーに渡してくれ。彼はここに書かれた人たちを知っている。可能性のない人物を消して、それ以外の人間がどこに立っていたか確認させてくれ。ストレイダーにリストを縮小してもらってから検証することにしよう」

バイロが出ていくとジムは鉛筆を手に取り、チェザリーが埋葬されたノース墓地の図を描いた。弔銃隊の列にはメンバーの代わりに「x」を描き込み、墓は三角、牧師の位置を点で表す。「s」のついたもう一つの点は葬儀屋だ。二人とも墓のすぐそばにいた。

それ以外はまだ空白だった。墓の左側と弔銃隊の前に軽く陰影をつける。アンナが失神して小さな騒ぎが起きたのは、影をつけたエリア内だった。

「デルメインとランキン夫人を呼んでくれ」と、コップに命じた。

二人はジムの描いた図を見て、おおむね正しいと証言した。

「夫人が倒れたとき、あなた方がいらっしゃった場所を書き入れてください」ジムは、まずランキン夫人に鉛筆を渡した。

ランキン夫人は点と名前を書き、ノーマンも同じように自分の位置を書き入れた。

「あなた方とエラリー夫人のあいだには、何人くらいの人が立っていましたか」

三人、もしくは四人だというので、人数分「z」の印を入れ、二人を帰すと、眉を寄せてスケッチに見入った。チェザリーの墓の背後に木々を描く。かなりこんもりと葉が茂っていたのを覚えている。病理検査の結果が出れば、弾が森から発射されたかどうかはっきりするだろう。それ以上詳しい事実が検査結果から判明するのは期待できない、と、ジムは立ち上がりながら思った。撃たれた瞬間、アンナがどの方向を向いていたのか、ジム自身も知らないからだ。全員の視線が弔銃隊に吸い寄せられていたのだから、アンナが墓に真正面に向いていたか、それともやや体を背けていたか、知っている者は一人もいないだろう。

夕食時をとうに過ぎており、家族の面々はローラの家で食事を摂ることを許された。が、まず身体検査を受けてからだった――男性はバイロが、女性は州警察の婦人警官が担当した。ただ一人、ローラがこれに抵抗したが、ハンプトンへ連行してもかまわないのだと言われると、口をつぐんだ。身体検査後、刑事が付き添って全員、隣のローラの家へ移動した。

誰もいなくなった屋敷内の捜索が始まり、アンナの寝室とルーカスの仕事部屋はジムが直々に調べた。州警察の技術担当者が、仕事部屋にあった金庫を簡単に開けてくれた。

技術担当の男は首を振りながら言った。「こんな古ぼけた金庫に貴重品を入れておくとは、とうてい思えませんがね」

確かに、金庫の中に貴重品はなさそうだった。古い証書類をぱらぱらめくって、ほかの者に詳しく調べさせるため脇に置いたとき、空になった金庫内の棚に積もる埃に新しい跡がついているのが目に留まった。ごく最近、ここから何かが取り出されたか、別の棚に動かされたのだ。

アンナの寝室へ行くあいだ、ジムはルーカスのことを考えていた。死因は心臓発作で、検死解剖の必要はないと誰もが思ったという……。

アンナのクローゼットと整理簞笥《だんす》には、本人の服と持ち物しか入っていなかった。机の中に入っていたのは、さして重要とは思えない手紙や領収書、請求書の類い、毛糸、編針、クローシェ編みの編み物、そして糊とハサミ――いちばん下の引き出しから青い革表紙のスクラップブックが出てくるまでは、何の成果もないように思えた。ページを繰ってみると、それは死んだアンナの結婚生活の記録だった。分厚いノートには過去の思い出がぎっしり詰まっていた。

一ページ目にアンナ・ウォレン・エラリーという名が書かれていて、次のページには押し花が黄色い絹糸で結びつけられていた。その下に美しい文字で、「一八九七年六月十六日、私のブライダル・ブーケから」と書かれている。下半分には結婚式の招待状が貼られていた。「私、ルーエラ・ウォレンは、姪の結婚式に皆様を謹んでご招待いたしたく……」

三ページ目は、黒髪を高く結い上げ、長いヴェールを垂らした優雅な若い女性の写真だった。写真の下には「花嫁の私」とある。

遠い昔の六月に挙げられた結婚式の名残の品は、物悲しさを感じさせた。一瞬手を止めて花嫁の写真に見入ってから、ページをめくった。そこにあったのは、ジムがたった今いる家の写真で、玄関前の階段の上に、アンナが浅黒い口髭の男性と腕を組んで立っていた。「一八九七年八月一日、ハネムーンから帰宅したルーカスと私」

さらにページをめくる。一八九八年七月八日に生まれた双子の息子、ウォレンとウィリアムの誕生を告げる文と赤ん坊の写真、エラリー家がいろいろな来客を楽しませたり、マディソンにある別荘〈アイドル・アワーズ〉でビーチパーティーを催したりしたときの家族写真や、新聞の切り抜きが並んでいた。ポニーに乗る息子たちの写真もあり、双子に挟まれて得意そうな笑みを浮かべる女の子が写っていた。流行遅れの服と髪型を差し引けば、きりっとした目鼻立ちの美しい子だ。写真には次のように添えられていた。「一九〇四年四月二十八日、マギーと双子、初めての乗馬」

何気なくやり過ごしそうになって、その名前にはっと気づいた。もう一度戻って写真を見る。クルーズリー医師と婚約していた妹で、多額の現金を相続したという、父親のお気に入りだったマギー・エラリーだ。彼女が溺死したとき、誰もその金を譲り受けなかった。第一次世界大戦前の出来事だ。そしてここに、半世紀近く前のマギーがいる。誇らしげな顔をした、幼く美しい少女のマギーが……。

子供たちの最初の学校新聞や初めての署名の練習など、残りのページにざっと目を通すと、ジムは持ち帰るためスクラップブックを脇へ置いた。このスクラップブックは、あとで精査する価値がありそうだ。

二度目にグッドリッチ州検事に電話した際、できれば検事自身こちらに駆けつけるということだったが、現れないまま夜が更けてきたので三回目の電話をかけた。

といっても、上司に報告できるほどの成果はない。犯人や動機を示すものは、まだ何も見つかっていないのだ。ブランチが書いた未完成の詩がいくつかと、ジョーンの学生時代の日記くらいでは、捜査の進展は望めなかった。

書斎にあった家庭用聖書に、家族の誕生、結婚、死亡についての記録が残されていた。ルーカスは一八七四年生まれ。一九四九年の死亡日時がアンナの手書きで記されていて、ほかの記載より明らかにインクが新しい。エドワード、一八八一年生まれ、一九三七年死亡。マギー、一八八五年七月九日生まれ、一九一一年九月十二日死亡。母親は一八八五年八月十四日、マギーが生まれた一カ月後に入水自殺していた。

ジムは聖書から顔を上げ、外へ通じるドアから屋敷の裏へ出た。納屋の脇を通り過ぎ、庭をひと回りしてみる。かぐわしい夏の晩だった。峡谷との境に植えられた背の高い生け垣の白い花が放つ香りが、辺りを包み込んでいた。花の名はわからなかったが、歩み寄って小枝を折り、匂いを嗅いでみた。

屋敷内のざわつきのあとで、この静寂は心地よかった。明かりの灯る窓と四方に延びる電線を振り返る。ジムには考える時間が必要だった。この事件に、彼は心なしか不安を抱いていた。通常のルーティーンに従った捜査をしてはいるが、先へ進めないのではないかという胸騒ぎがした。旧家には、どうも過去が棲みついているように思える。この件には、何年も前に死んだマギー、ウォレン、ウィル、そして駆け落ちしたリタ・クビアックが関係している気がしてならない。

アンナ・エラリーの人生は、この家の一部だった。花嫁として嫁いで以来、若き義姉として、母親として、中年になってからは姑として――そして、七十歳でその命を終えた。高齢女性の人生の何が、こういう最期を迎える結果につながったというのだろうか。

ジムが帰宅したのは真夜中すぎだった。一階に明かりが灯っていた。マーガレットが起きて待っていてくれたのだ。車をガレージに入れ、庭を横切って裏口へ向かいながら、ジムは疲労と空腹に襲われていた。妻の顔を見て自宅の平穏な空気に包まれるのが待ち遠しかった。

マーガレットが急いで出迎え、勢い込んで言った。「まあ！　もう帰ってこないんじゃないかと思ったわ。疲れたでしょう！」

「そうでもないさ」ジムは優しく妻を抱き締めた。「でも、帰ってこられてうれしいよ」

マーガレットは夫にキスをすると、すぐにジムの手をほどいた。「何か食べたの？」

「サンドイッチとコーヒーだけね」食べた物の貧弱さに、空腹感がさらに増した。「腹ぺこなんだ」

「ミニッツステーキはどう？」

「いいね。コーヒーも頼むよ」

「今夜はもう山ほど飲んだでしょう。眠れなくなるわよ」

「眠れるさ」と、ジムは断言した。「どうしても飲みたいんだ」

「はいはい、わかったわ」マーガレットは食器棚へ行き、コーヒーポットを取り出した。

「ステーキは冷凍庫の中かい？」

「そうよ」

「じゃあ、コーヒーを淹れてくれているあいだに取ってくるよ」

冷凍庫は、かつては洗い場として使われていたが今では洗濯や裁縫、遊びの場であり、倉庫でもある部屋にあった。メインフロアからは三段低くなっているのだが、明かりのスイッチに手を伸ばすのが面倒だったので、背後のキッチンの明かりを頼りに階段に足を踏み出した。

ジムが転げ落ちた音は、驚くほど凄まじかった。マーガレットが「ジム！」と叫び声を上げた。幸い、夫のもとへ駆けつけるあいだに、首の骨を折って死んでいないことだけはわかった。壁を揺るがすほどの大声でジムがうめいていたからだ。

　ドアの脇にある明かりのスイッチを入れると、ジムは階段の下に大の字に倒れていた。片脚が折れ曲がって体の下敷きになっている。傍らには、ねじ曲がって壊れたオモチャの車が転がっていた……。

第五章

「ありがとう、サラ。でも、もういい」ジムが言った。「水のお代わりは要らないよ」

クッションを敷いた足載せ台《フットスツール》に折れた足首を慎重に置き、痛みに思わずうめき声を漏らした。

「ミルクほしい?」サラは心配そうに父親を見つめている。

「いや、いい」たとえミルクが飲みたかったとしても、答えは同じだった。オニール家のキッチンでは、サラが牛乳瓶の蓋を開けてグラスに注ごうとして大惨事になったことが何度もあったからだ。

「それよりパパのそばに座って、きれいな塗り絵をしてくれないかな」

父娘はリビングにいた。ジムは足首にギプスをはめ、膝の上に置いた折り畳み式のトレイに、エラリー事件のファイルを広げていた。椅子の脇には、まだ使い慣れていない松葉杖が立てかけてある。二階から、マーガレットが朝の日課をこなす掃除機の音が聞こえた。

ジムがサラのオモチャに足を取られて洗い場の床に転げ落ちてから、三十四時間が経過していた。その間《かん》に病院に運ばれ、レントゲンを撮った結果、二カ所を骨折していた足首にギプスをはめられたのだった。昨日の午後遅く、マーガレットとコップでジムを連れて帰り、二階への上り下りは大変なので、ジョージ・オールドフィールドが持ってきてくれた折り畳み式ベッドをダイニングに置いた。ジムがベッドから椅子に移動して腰を落ち着けるより早く、オールドフィールド家とは反対側の隣人、ホークス夫人がカスタードを二つ持って訪ねてきた――銃を突きつけられでもしなければ、ジムが食べることのない菓子だ――ホークス夫人はそれと引き換えに、ジムがケガをしたいきさつに加え、他殺と公表されたエラリー事件に関するささやかな情報も引き出して帰っていった。

コップとラファティーは朝早く、すでに家に立ち寄っていた。ジムは、肘掛け椅子に座ったままで、なんとか捜査を指揮しようとしているのだった。

トラを緑色に塗っていたサラが顔を上げて訊いた。「もし、トラがきたらどうする？　パパはあしがいたくて、にげられないのに」

ジムは弔銃隊のメンバーに関する調書を読んでいるところだったので、曖昧に返事をした。「うーん」

「『うーん』じゃないわ、パパ！　トラがきたら、どうするの？」

「ここらにトラはいないよ……」弔銃隊のメンバーの中に、アンナ・エラリーと関係している者は一人もいなかった。予想どおりだ。アンナの殺害は、外部よりむしろ家族に近いところに要因があるのではないのか……。

「でも、もしいたら？」

「何が？」警察は、葬儀の参列者の六、七人を除く全員を容疑者リストから外していた。六、七人に関しては、容疑が晴れるまで、もう少し調べが必要だ……。

「トラよ、パパ！」当然のことながら、サラの声に苛立ちが交じった。

「ああ、そうか。そうだな、戸締まりをしっかりするかな」

「もし、サンタさんみたいに、トラがえんとつからはいってきたら？」

「そしたら、拳銃で撃つさ」

「でも、けんじゅうがなかったら？」

「そのときは、お前の水鉄砲で撃とうかな」

「まあ、パパったら！」サラは、うれしそうにジムに抱きついた。「そんなの、だめ！　だって、おみずしかでないもん」

ジムのもとには、まだクルーズリー医師に関する報告が届いていなかった。担当のバイロを急《せ》かさなくては。

「パパ、どうやってトラをころすの？」

「棒で殴るんだ」

「ぼうがなかったら？」

森と墓地での銃と弾丸の捜索は、いまだに続いている……。

サラがジムの袖を引っ張った。「ねえ、ぼうがなかったら、どうするの？」

さしあたっての病理検査結果では、被害者が墓を向いて立っていたとすれば森から撃たれたはずだ、という以外、新事実は出ていない。そもそもジムは、捜査開始当初からその線を疑っていた。アンナを撃ったのは弾芯を銅で覆った弾で、五フィート強の距離から小さな口径の自動拳銃によって発射されたものだった。アンナが倒れたとき、ランキン夫人とノーマンが彼女とどのくらい離れた位置に立っていたかを目撃した人物でもいれば少しは推理が前進するのだが、被害者の近くにいた人々の証言はまちまちだ……。

「パパ、ぼうがなかったら？」

被害者が倒れたときのことについては、どうもはっきりしなかった。

掃除機の音が止まり、二階の廊下を歩くマーガレットの足音が聞こえた。

「パパってば！」サラは自分が座っている足載せ台を少しずつジムのほうへ近づけ、いきなり前屈みになって両肘を彼の膝についた。丸々と太った体重がのしかかり、ジムの足に鋭い痛みが走った。

「サラ、頼むからどいてくれ！」父親の唸り声は娘を怖がらせた。飛びのいた拍子に後ろに転がり落ちたサラは、驚きと痛みで叫びだし、その声がジムのうめきと混ざり合った。

「いったい何事なの？」マーガレットが階段を駆け下りてきて泣き叫ぶ娘を抱き上げ、咎《とが》めるような視線を夫に向けた。

ジムは怒りと後悔の交じった目で娘を見た。「サラが、痛む足に全体重を乗せたんだ。思わず大声を出したら、びっくりして後ろに転んでしまった」

マーガレットがなだめるような声を出すうちに、サラの泣き声は鼻をすする程度まで落ち着いてきた。するとマーガレットはサラを立たせて言った。「さあ、もう大丈夫よ。どこもケガはしていないわ」

それを見ていたジムは、冷ややかに訊いた。「私がいない日のこの時間、サラはどうしているんだ。庭の遊び場に出ているんじゃないのかい？」

「まあ、そうね」

「だったら、そこへ連れていってくれ」

「あなたの話し相手になるかと思ったんだけど」

「いいかい、私は殺人事件を抱えているんだ。君がサラにオモチャを片付けさせる癖をつけず、君自身が片付けることもしなかったせいで、私はこの部屋に座ったまま事件を解決しなければならないんだよ。あの階段を下りたら、誰だってサラの車で滑って落ちるしかなかっただろうさ」

「だから言ったでしょう、ジム。私はそこにあるのを知らなかったの。もう二十回は言ったと思うわ。申し訳ないとも、ちゃんと言ったわよね。あなたの言い方だと、まるで私がわざとそこに置いたかのように聞こえるわ！」

「そういうわけじゃないが――」

ジムの言葉は独り言になった。マーガレットはサラを抱いて、さっさと立ち去ってしまったのだ。戻ってくると、マーガレットは努めて冷静に言った。「ジム、娘の前でああいう態度を取るのはやめてくれない？　自分がパパにケガをさせたのか、って今訊かれたわ。あの子に自責の念を感じさせるのも、さっきみたいな物言いを私にするのを聞かせるのもよくないと思うの」

「遊んだあとオモチャをちゃんと片付けることを学ぶのは、サラのためにいいと思うけどな」と言い返しはしたが、言葉に力はなかった。ジムは、かっとなった自分が恥ずかしくなっていた。

和解を望むジムの気持ちを、マーガレットはいち早く汲み取った。ギプスをはめたジムの足に目をやり、顔を和らげた。夫に歩み寄り、優しく髪をクシャクシャにして、「喧嘩はやめましょう」と言った。

ジムはマーガレットの手を下ろして顔に当てた。「そうだね」と、笑顔で妻を見上げる。「さて、私の仕事に必要な平穏な静寂が、ようやく手に入れられるかな？」

その言葉が合図だったかのように、隣に住む十四歳のバートン・ホークスが吹く不安定なサックスの音が聞こえてきた。午前十一時。学校が休みに入ってから、バートンは毎日十一時から十二時までサックスの練習をするのが日課になっていた。

ジムとマーガレットは顔を見合わせて笑った。

「まいったな」と、ジムが言った。

「彼に殺人犯の容疑をかける？」

「そうしたいところだが、無理だろうな」

マーガレットは再び二階に戻っていった。ジムは電話に手を伸ばし、ウォレントン警察署長のストレイダーにかけた。ケガに対する見舞いの言葉をもらい、具合を訊かれたあとで、ジムは言った。

「ちょっと、うちまで来ていただけますか」

「ええ、いいですよ。今すぐ伺います」

ストレイダーを待つあいだ、ジムは病理検査の結果をじっくり読み直した。角度四十五度の射入口は、弾丸が森から発射されたことを意味する。森は墓地からやや下った位置にあるので、犯人は斜め上に向けて発砲したのだろう。あるいは、たまたまそのとき被害者が屈んだとしたら、墓地内にいる人間が撃った可能性も出てくる。

ページをめくって、さらに読み進めた。射入口は第一腰椎の三・五インチ左……弾は脾臓、横隔膜、右肺下葉を通って中腋窩《えきか》線の第五右肋骨に当たった……。

医学用語に関しては、さらりと読み飛ばした。とにかく、弾はそこで跳ね返って上に向かい……胸郭を抜けて……右鎖骨の外側から三分の一の場所を撃ち抜いた。死因は脾臓の出血だ……。

ジムは検査結果を置いた。「なんとか弾を見つけなくては」と呟く。「肋骨で屈折した二十五口径か三十二口径の弾は、肩から抜けたときにはスピードが落ちていたはずだ。だとすると、被害者の立っていた場所から二、三十フィート以内に落ちているかもしれない。いや、断言はできん。弾がどう動くかはわからないからな」

電話が鳴った。バイロ刑事からだった。

「まだ見つかりません。手分けして捜索に当たっているんですが、銃の痕跡も、薬莢や弾も発見できないんです」

「弾のことだが、被害者が立っていた場所周辺に落ちている可能性が高いかもしれない」捜索に当たっている捜査員を励ます意味で、ジムは私見を述べた。「そう考えるとつじつまが合うんだ」

「そうですね」バイロは曖昧に応えた。「ただし、弾は予期しない動きもしますから」

「とにかく、捜索を続けてくれ」

電話を切り、アンナのスクラップブックに手を伸ばしたとき、玄関のベルが鳴った。応対に出たマーガレットがストレイダー署長を案内して部屋に入ってきた。

座ってパイプに火をつけたストレイダーに、ジムは言った。「どうもマギー・エラリーのことが気になるんです。マギーと、彼女が持っていた金について教えていただけますか」

「マギーですか。ええ、かまいませんけど。ええと……」

「クルーズリー医師との婚約の話からお願いします。それは、いつのことですか」

「一九〇五年くらいだったと思います。当時、私はハイスクールの生徒でした。医大を卒業したてのクルーズリーがこの町へやってきて、開業したのを覚えています。といっても、開業したばかりのときは、なかなか人が来ませんでしたがね。町民の大半は、ダウンズ医師とその息子さんの患者だったのです。それでもクルーズリーは開業に踏み切り、患者が来るのを待ちました。マギーと出会ったのは、それから間もなくのことでした。しばらく付き合ったのち、婚約を発表したんです。

ところが結婚式の一週間前、マギーが婚約破棄をしましてね。嫁入り道具一式も、バミューダへの新婚旅行のチケットも買って、新居も契約していたんですよ――もちろん、マギーの金でね――それなのに、彼女のほうから婚約を破棄したのです」

ストレイダーは、にやりとした。「いやあ、噂っていうのはすごいもんですよ！　マギーがクルーズリーに婚約指輪を叩きつけ、部屋に閉じこもって、クルーズリーばかりか誰とも会おうとせず、頭がおかしくなっているという話が町じゅうを駆け巡りました」

そのときの騒動に思いを馳せ、ストレイダーは、しばし口をつぐんだ。

「マギーは、なぜ婚約を解消したのですか」

「エラリー家の家政婦たちが流した噂では――その頃、あの家には複数の家政婦がいましてね――マギーが前触れなくクルーズリーの診察室を訪ねたんだそうです。するとドアが開いていて、クルーズリーが妹と話している声が聞こえました――妹というのは、独身で兄の家の面倒を見ていた女性で、もう何年も前に亡くなっています――クルーズリーが具体的に何を言ったかまではわかりませんが、どうやらマギーには、自分との結婚は金のためだと聞こえたらしいんです」

ストレイダーは首を振った。「なにしろ、マギーはクルーズリーに首ったけでしたからね。彼女にとっては、壮大なロマンスだったんですな。相手も同じ気持ちだと信じきっていて、まさか自分の財産が若い医師の開業に役立つとは思いもよらなかったのでしょう」

「その後、どうなったんですか」

「神経を病んだマギーを、アンナが旅行に連れ出したそうです。旅行から戻った彼女は、以前とは別人でした。それまでは愛想がよく、楽しい女性だったのですが、まったく違ってしまったのです。パーティーの類いにも顔を出さなくなり、家に引きこもるか、一人で散歩に出ることしかしなくなりました。家に客が来ると二階の自室にこもり、人から話しかけられないかぎり自分から言葉を発しようとはせず、どんどんおかしくなっていきました。そして彼女の財産ですが……。

どうやら、一九〇七年の恐慌のときに数千ドルを失ったようです。すると、持っていた株を売り、それで得た金と銀行口座から下ろした金を貸金庫に入れ始めました。銀行の頭取がマギーのしていることを兄たちに報告したのですが、彼らにも止められなかったのだと思います。もう大人なので、何をしようと彼女の自由ですからね」

「精神異常の認定をしてもらって、不適格を申し立てることはできなかったんですか」

「できなくはなかったんですが――」ストレイダーは両手を広げた。「婚約破棄のスキャンダルがあったあとで、それ以上騒ぎを起こしたくなかったんでしょう。しばらくすれば、クルーズリーの件で受けたショックから立ち直るだろうと思ったのかもしれません。あるいは、実際に医者に診てもらって、自分のことができないほどの症状ではないと診断されたとも考えられます。とにかく、マギーは所有しているものをすべて現金化して貸金庫に入れました。金がすべてだ、と言ってね。考えてみれば哀れな話じゃありませんか」

「ええ、確かに」

「そのうちに、貸金庫も信用しなくなったんですよ。家族も、あとになって知ったんですがね。マギーはちょっとした宝石を持っていたんですが、それをどうしても父親の金庫に保管しようとしなくて――」

「そこは分別がはたらいたんですね」

「――家族はマギーに調子を合わせて、自分の手提げ金庫を買わせたんです。ただし、マギーが銀行へ出向いて貸金庫の金を取り出し、全部その金庫に入れたことは知りませんでした。

　それを知ったのは、マギーの死後です。家族は、金庫には宝石しか入っていないと思っていたのです。ところが貸金庫を開けてみると、現金はほとんどありませんでした。彼らの話では、金庫はいつも寝室のベッド脇にあり、鍵はマギーが首に掛けていたそうです。明らかに彼女は金を使っていませんでしたから、八万ドル以上あったはずだというんです。川から引き上げられたとき、鍵は遺体の首に掛かっていました」

「ちゃんと遺体確認ができたんですか。疑問の余地はなかったんでしょうか」

「ありませんでした。遺体が上がったのは飛び込み自殺をした翌日でしてね。確かにマギーでした。何人もが確認しましたから」

　ジムは心に芽生えていた疑念を捨てた。マギー・エラリーは、間違いなく四十年近くも前に死んでいるのだ。

「マギーは事故死と断定されました」と、ストレイダーは話を続けた。「入水場所を示すように川岸に帽子が置かれていたのです。そこは川岸からすぐに水深が深くなっていて、マギーはまったくの金づちでした。遺族のことを考えて事故死と発表されましたが、みんな事実を察していました。母親もマギーを産んだあと、同じ場所で入水自殺をしましたからね。彼女は――母親のほうですが――産後、体調が戻らずに、奇妙な行動ばかりしていたんです。私が聞いた話では、付きっきりで見張る役目の女性を振り切って逃げ出し、身を投げたんだそうです。マギーも、そのことは知っていました」

ストレイダーは肩をすくめた。「本当の理由はわからずじまいです。クルーズリーとの破局をきっかけに母親の件をあらためて思い出したのかもしれないし、もしかしたら、母親は自分のせいで死んだと思い込んだのかもしれませんね」

「誰かに川へ突き落とされた可能性は？　当時、他殺の線では捜査されなかったのですか」

ストレイダーはパイプの煙をふーっと大きく吐き出し、言った。「しましたよ。でも空振りでした。事故の前、現場を通りかかった子供がいたんです。ラニー・フォンテインというんですがね。七、八歳の男の子で、父親が川の近くで農場を営んでいました。釣りに行く途中、マギーのすぐそばを通ったとき、彼女は傍らに帽子と金庫を置いて、草の上に座っていたそうです。そして――」

「なぜ金庫だとわかったんです？」

「きっと、その子が手で箱のサイズを教えたんでしょう。マギーの部屋から金庫が消えていた事実を考え合わせれば、彼女が持って出たのは明白です」

「なるほど。続けてください」

「マギーはその子に話しかけませんでした。おそらく子供は足早に通り過ぎたでしょうね。マギーがまともでないというのは噂になっていたので、仲間と一緒だったら彼女に向かってはやしたてたかもしれませんが、一人なら距離を置いたと思います。とにかく、二人とも言葉は交わさず、ラニーは川がカーブした地点へ行って釣りをしました。マギーからは二〇〇ヤードしか離れていなかったのですが、カーブの先にいたので姿は見えませんでした。一時間ほどそこで釣りをしていたあいだ、物音を聞いたり、誰かを見かけたりはしなかったそうです。帰りにマギーが座っていた場所に差しかかると、帽子だけ残っていて、マギーの姿も金庫もなくなっていました。その後、マギーの捜索が始まり、フォンテイン農場に訊き込みに行った者がラニーの話を聞いて、マギーを見た場所まで案内させたのです。その晩、川ざらいが開始され、翌朝、遺体が発見されました。見つかったのは、彼女が入水したと思われる地点から四分の一マイル以上流れを下った場所でした。しかし、金庫が見つかりません。川ざらい、潜水、機械を使った川底の掘削など、あらゆる手段を用いてさらに半マイル下流まで捜索が続けられました。泥深く沈んでしまったのか――ご存じのとおり、川底には大量の泥が堆積していますからね――捜索隊が見逃したのか、あるいは別の人間が見つけて持っていったのか……。今でも、マギーの金庫を見つけようとその辺りに潜っている若者たちがいますよ。金庫の鍵は、遺体の首に掛かったままでした」ストレイダーは考え深げに話を締めくくった。「いったい、どこへ行ってしまったのやら」

ジムは黙っていた。マギー・エラリーについて考えていたのだ。裏口の網戸が開閉する音がし、パパのところへ行くんだ、としつこく繰り返すサラの甲高い声が聞こえた。パパは今忙しいから邪魔しちゃだめよ、とマーガレットが娘を諭していた。

マーガレット――マギー。二人とも同じ名前だが、妻のマーガレットは家庭と家族のことで忙しい、精神の安定した幸せな女性だ。親から受け継いだ自殺癖も、悲運な挫折もなければ、川の水に飲み込まれ、その手から金庫が滑り落ちることもない……。

自分には金しかない、とマギーは言っていた。ならば彼女が死んだとき、金を持っていたはずだ……。

ジムは首を振ってマギーについての考えを振り払い、煙草に火をつけて言った。「リタ・クビアックは、どんな女性だったのですか」

「この町では見たこともないほどの美人でした」抑揚のない口調だった。「四人の娘の誰も母親には及びません――いちばん似ているのはブランチですがね。リタもブロンドでしたが、もっと顔立ちがよく、表情豊かで活力があったというか――より個性があったというんでしょうか。リタは、ウォーターベリーに住んでいました。ウィルはそこで彼女と出会い、一カ月後に結婚したのです。母親のアンナが激怒したにもかかわらず、ウィルはリタを連れて家に戻りました。よくはわかりませんが、彼には度胸というものがなかったんじゃありませんかね。自分で新たな場所を開拓しようとしたことなどないと思いますよ。結婚後、数週間は家具付きの部屋を借りていたのですが、結局アンナが折れて、二人は実家に住み始めました。嫁姑の関係は初めからよくありませんでした。ウィル以外は、誰もが予想していたことですがね。家政婦を雇う余裕はなかったんですが、通いの掃除婦がいて、あの家でリタが惨めな暮らしをしていると言いふらしていました。やがて双子が生まれ、三年後にブランチが生まれて、リタはますます家に縛られるようになりました。ジョーンの誕生後、リタと電力会社の新米エンジニアとの噂が私の耳に入ってきました。その頃にはもう警察官になっていましてね。警官がいかに近隣の事情に精通しているかは、ご存じでしょう。トニー・グリーンというエンジニアとリタが川の近くで何度も密会しているという、もっぱらの噂でした。連れだって歩いていたり、グリーンの車に同乗しているのを目撃されたりしたのです。まずいな、とは感じても、エラリー家での彼女の暮らしぶりを思い、みんな同情めいた気持ちを抱いていました」

「四人も子供がいたら、自分の暮らしぶりなんて心配する暇はないと思いますけどね」と、ジムは言った。

「それはそうなんですが、そうとも言い切れない面がありましてね。もちろんリタは娘たちを愛していましたが、完全にはわが子と呼べない立場だったのです。なにしろ、姑のアンナが母親であるリタを押しのけるようにして、着る物から食べる物まで、子供たちに関するあらゆることを決めていましたから」

ストレイダーは見るからに同情的だった。「リタのような若い女性にとって、どんなにつらい生活だったでしょう。まだエネルギーに満ちあふれた年齢だというのに、ウィルときたら――ウィル・エラリーがどんな男だったかご存じないでしょうね。正直な善人だったんですが、憤然と立ち上がって自分の意見を声高に述べるなんてことは、ただの一度もありませんでした。おとなしくて、なんでも母親の言いなりで――」ウィル・エラリーの人物像をなんとかジムにわかってもらって、若妻の行為に対する理解を得ようと言葉を探すかのように、ストレイダーは口ごもった。

「役立たずだった。つまり、そういうことですよね？」

「ええ、おっしゃるとおりです。そしてアンナは、嫁であるリタのあら捜しをしては見下していました。それに、舅《しゅうと》のルーカスも彼女に冷淡でした。トニー・グリーンと出会ってからは、リタはそんな仕打ちにもう耐えられなくなったのでしょう。

グリーンは、ウィルとは対照的でした。ハンサムで、冗談もうまく、どこへ行っても楽しめる愉快な若者だったのです。といっても、人妻と駆け落ちするような男ではなかったんですがね」

人に対する判断を軽々しく口にするのをとうに断念したジムは無言のままだったので、ストレイダーが続けた。「それでも、ウィルが仕事帰りに交通事故死するまでリタは我慢しました。保険会社から約二千ドルを受け取り、残りの保険金は娘たちの手に渡りました。そしてある晩、リタはグリーンとデートに出かけたきり戻ってきませんでした。部屋に書き置きがあり、グリーンはその日に仕事を辞めて、彼の車で揃って姿を消したのです。ニュースはたちまちそこらじゅうの新聞に載って、大騒ぎになりました。エラリー家は黙りこくり、その日以来、私の知るかぎり誰もリタの名前を口にしていません。彼女がいなくなったのは一九三〇年で、リタは二度とこの町に戻りませんでした」

ジムは新たな煙草に火をつけて窓の外に目をやり、今聞いた話を反芻《はんすう》した。「しかし、リタから家族に連絡はあったはずです。四人も娘を残していったんですよ。わが子の様子を知らないまま何年も放っておけるとは思えません」

ストレイダーは歯を覗かせて笑った。「三年前に死んだエド・デンビーという老人が当時、郵便局長だったんですがね。一通たりともエラリー家にリタから手紙が来たことはないと、私の一年分の給料を賭けて断言できます。なにしろ、デンビーがリタの筆跡がないか目を凝らし、消印を入念にチェックしていましたから。もし届いていたら、私の耳に入ったはずです」

「まあ、最初はそうだったでしょうが、何年も同じようにチェックし続けはしなかったんじゃないですかね」

「普通に考えればそうかもしれませんが」ストレイダーの口調は懐疑的だった。「エドをご存じないから、そんなことをおっしゃるんですよ」

「電話という手もあります――それとも、電話を傍受していたのですか」

「いいえ、そういうわけでは。ただ、ウォレントンのオペレーター主任を二十五年以上務めていたルーシー・ウォーレスが気づかなかったとは思えません」

ジムは、リタが夜こっそり訪ねてきた可能性を考えてみた。だが、少々メロドラマじみている気がする。おそらくエラリー夫妻は嫁を家に入れようとはしなかっただろうし、万が一招き入れたとしても、誰かが気づいたはずだ。ウォレントンに一年も住んでいれば、それくらいのことはわかる。気がついた人間がいれば、間違いなく噂を流している。となると今のところ、まだ手紙の件は少々引っ掛かるものの、リタ・クビアックは二十年近く前に四人の幼子を残してエラリー家から姿を消し、それ以来、娘たちの近況に関心を示さなかったというストレイダーの説明を受け入れるしかなさそうだ。

次の質問は、クルーズリー医師についてだった。

ストレイダーによれば、クルーズリーはマギーの生存中に別の女性と結婚した。相手はハンプトン出身の看護師で、マギーが婚約を解消した四、五年後のことだったらしい。妻は十五年前に他界し、一人息子は結婚してカリフォルニアに住んでいる。年配の女性に人気があるクルーズリーだが、娘くらいの年頃の女の子たちの評判もいい。だがクルーズリーは再婚をせず、パーティーに参加しゴルフに興じ、ローラ・エラリーやマッジ・ランキンをはじめとするあまたの女性たちの甘い言葉にも動じることなく人生を楽しんでいるという……。

ストレイダーが帰ると、入れ替わりにサラが駆け込んできてジムに抱きつき、口の周りについたミルクとパンくずを首になすりつけた。昼寝のためサラを二階に連れていきながら、マーガレットが肩越しにジムに話しかけた。「お腹すいてる？　サラを寝かしつけたら一緒にお昼を食べようと思っていたんだけど」

「それまで、なんとか生き延びることにしよう」と、ジムは言った。「でも、そんなには待てないよ」

二階から下りてきたマーガレットが廊下から声をかけた。「まずは飲み物をどう？　傷にこたえるかしら？」

「そんなことはないさ」

まもなく、マーガレットはロングカクテルを二杯持ってきた。「トム・コリンズよ」と言ってジムの椅子の肘掛けに腰かけ、自分も一口飲んだ。

もう窓を開けても大丈夫だった。お向かいのバートンのサックス練習は、今日はすでに終了していたからだ。日が陰ってきて、涼しい風が吹いていた。二人は二杯目を口にした。

妻がランチの支度をするあいだ、ジムはアンナのスクラップブックをぱらぱらとめくり、前半分にちりばめられたウォレンとウィルのスナップ写真、一家が出席した社会的行事やスポーツ活動の新聞記事に目を通した。ルーカスが車体の製造を始めたニュースは、新聞にかなり取り上げられていた。マギーの死に関する記事もあったが、ストレイダーから聞いた以上の内容は書かれていなかった。ページを戻すと、長いドレスを着た大人っぽいマギーの写真に目が留まった。肩の高さまである植え込みのそばに立っているスナップ写真だった。その下にアンナの筆跡で「一九一一年、六月。マギー、彼女のモックオレンジの横にて。今年はずいぶん大きく育った」と書かれていた。

ジムはファイルを開いた。ルーカスの金庫に入っていた書類を一つ一つチェックしていたバイロが見つけた一枚のメモ用紙が入っており、そこにはかすれかけたインクで、紙いっぱいにこう書かれていた。「今夜のモックオレンジの香りは、なんと甘美なのだろう。あまりにも甘い匂い。まるで葬儀の花のようだ。愛しい葬儀の花よ」

スクラップブックの写真をもう一度見る。そこに写っているのはマギーのモックオレンジで、金庫で見つかった文を書いたのは彼女自身だ。もしかしたら、常軌を逸したマギーが、つらくなった人生に別れを告げるために書いたものかもしれない。

マーガレットがトレイにランチを載せて運んできた。食べながらジムは、マギーとリタについて、その朝わかったことをすべて妻に話して聞かせた。

話し終えたときには、とっくに食べ終わっていた。二本の煙草に火をつけ、片方をマーガレットに渡して尋ねた。「で、誰がアンナを殺したと思う?」

決してふざけ半分に訊いたわけではない。ジムは妻の判断力に一目置いているのだった。

マーガレットは、庭の芝生と隣のホークス家の赤い家が見える窓にダークブルーの瞳を向け、やや眉を寄せて考え込みながら答えた。「マギーが死んだというのは確かなの? 遺体が別人だった可能性は本当にないのね?」

「ああ、確かだ」

「問題は『木を見て森を見ず』になりそうなことね。関係者が多すぎるわ。いったい何人いるのかしら」マーガレットは指を折って数えた。「四人の孫娘に、その夫たち、ローラと息子のハリー、クルーズリー医師――ランキン夫人だって関係者の一人と言えるわよね。それにリタ・クビアックも。とにかく、リタを見つけ出さなくちゃ」

「見つける努力をしなくちゃ、だろう」と、ジムは訂正した。「なんたって、昨日や今日失踪したわけじゃないんだからな」

「リタが失踪後、一度も戻ってこなかったとか、ましてや連絡もよこさなかったなんて信じられないわ。サラのことを考えてみて。あの子を何年も置き去りになんてできないでしょう。リタがそんなことをしたとは、とても思えないの」

「同感だ」と、ジムは言った。

第六章

ジムはマーガレットと意見交換をすることで、事件をさまざまな角度から検証することができた。

一方その頃、マッジ・ランキンはクルーズリー医師の診察室に座っていた。いつもより早めに健康状態のチェックを終え、クルーズリーが神経性消化不良のための処方箋を書き終えると、ランキン夫人はため息をついた。「当然ですけど、今回の恐ろしいエラリー事件のせいで動揺しているんです。ゆうべだって一睡もできなかったんですよ。オニール刑事は事件の解明に近づいているのかしら、私の知っている人が逮捕されたらどうしましょう、いったい誰がエラリーさんを撃ち殺したのかしら、と同じことばかり考えて、家の中のちょっとした物音にも神経質になってしまうんです。私のように一人暮らしだと、心細いばかりで」

「そうでしょうね」と、クルーズリーは相づちを打った。ランキン夫人は期待して待ったが、「マッジ、あなたのような魅力的な女性が一人暮らしをしていてはいけません。なぜ再婚しないのか不思議です。いくらでもチャンスがあるでしょうに」とは言ってくれなかった。

そういうセリフを切りだすきっかけを、これまで何度もちらつかせてきたのだが、クルーズリーは一度も食いつかなかった。それどころか、彼女をファーストネームで呼んだことさえない。いつだって「ランキンさん」と呼び、病院以外で時々顔を合わせる機会ができた今も、医者と患者の関係を崩そうとはしなかった。

デスクの向こうで穏やかに耳を傾けるクルーズリーの思いやりある態度を見ながら、彼が女性患者とのあいだに引いている一線を崩すことはできないだろうと、ランキン夫人は心ならずも思った。彼は間違いなく壁を設けていて、その壁をどうしても打ち破ろうとしない。理由を考えたところで仕方のないことだ。まだ亡くなった奥さんの思い出を大切にしているのかもしれないし、独身生活を楽しんでいて再婚したくないだけかもしれない。たとえそうだとしても、時には自分をわかってくれる女性と親密な付き合いをして、心の温もりを得る必要もあるのではないのか？　肉体的満足を与えるだけのふしだらな女ではなく、落ち着いて、教養があり、クルーズリーと精神的に対等に並ぶことができて、忙しい医師の生活の空いた時間をいつでも埋めてあげられる女性。つまり、自分のような女と……。

もう一度クルーズリーを見つめたランキン夫人の胸に大胆な気持ちが湧いてきて、息が苦しくなった。白髪といい、すらりとした長身といい、わし鼻の横顔といい、なんてすてきな容姿なのだろう。だが今日の彼は、目と口の周りに苦悶の皺が寄り、疲れているように見える。もし今、自分の本当の気持ちを打ち明けたら？　ひょっとして、ついに彼の壁を崩せるのではないか？

向こう見ずな衝動がますます募り、ランキン夫人が今にも告白しようとしたそのとき、クルーズリーは言った。「ランキンさん、エラリーさんの事件では、あなたはたまたまその場に居合わせただけで、何の関係もないんですよ。エラリー家の人たちとの付き合いも短いですし、それほど親しいわけではないのですから、不安がることはありません。エラリーさんがどうしてあんな事件に巻き込まれたのか気になるお気持ちはわかりますが、できるだけ考えないようにすることです。そのせいで眠れなくなるのは、よくありません」

クルーズリーとしては安心させようとしただけだったのだが、ランキン夫人には、自分をウォレントンの重鎮たちの輪から締め出す言葉に聞こえた。彼女はあくまで外部の人間で、町の旧家の一員に起こった出来事には一切関わりがないのだと念を押されているように思えたのだ。傷ついたランキン夫人は、すぐさま言い返した。「先生のほうこそ、そうなさったらいかが？　よく眠れていないっていうお顔をなさってますわ。エラリーさんの死のせいで、先生も眠れないんですの？」

とたんに、出過ぎたことを口にした自分にぎょっとした。目を合わせられず、インク壺《つぼ》に置いたクルーズリーの手に視線を落とした。まるでインク壺を取り上げて彼女に向かって投げつけようとするかのように、一瞬、その指に力が入ったのがわかった。クルーズリーが何か言いかけたが、その場をなんとか取り繕おうとしたランキン夫人が先に口を開いた。

「例の銃創のことが気になっていらっしゃるんでしょう。わかりますわ。でも、あんなもの、見つけられるわけがないじゃありませんか！　まさか、そんなことが起きるなんて誰も夢にも思いませんもの……エラリーさんが倒れた場にいた私だってそうでした。確かオニール刑事は、弔銃隊の中にいたんですよ――そのときは彼だとは知りませんでしたけど――あの刑事さんがわからなかったんですから、先生が気に病まれる必要はありませんわ！」

努めて明るい口調で締めくくり、勇気を出してクルーズリーの顔を見た。その顔は怒りで紅潮しており、指はインク壺を握ったままだった。

「ほかに何かありますか、ランキンさん」と冷ややかに言うと、答えを待たず早々に立ち上がった。

「処方した薬を食後に二、三日飲めば、よくなると思います」

戸惑い、傷つき、絶望感を胸に診察室をあとにしたランキン夫人は、自分が言ったことをクルーズリーは許してくれないだろうと思った。ああ、いったいどうして、あんなことを言ってしまったのだろう。病院を出て、ぼんやりと自分の車を見ながら自問した。如才なさには自信があり、それを頼りに生きてきたと言ってもいい自分が、心を奪われたウォレントンの男性一人を相手に、取り返しのつかない失敗をするとは。

車に乗り込んで陽ざしの降りそそぐ通りを見つめ、気を取り直して、しばし空想にふけった。彼女の家の暖炉の前で、差し出したグラスを受け取ったクルーズリーが、柔らかな明かりの灯ったリビングを満足そうに見まわして言う。「まさにこれが、私の欲しかった空間だよ、マッジ。今日は大変な一日だったんだ」そして、買ったばかりのエメラルドグリーンのホステスガウンを着た自分を見ながら言うのだ。「今夜の君は、とても美しい。君のいない人生なんて、私には考えられない」

「ばか！」自分自身に悪態をついた。「なんて、ばかなの！」

たった今、診察室で起きたことはもちろん、空想に描いたことまで引き合いに出して自分を責めた。「彼は、あなたを見向きもしないわ。何があっても、するもんですか。もし彼を射止める女性がいたとしても、もっとお金持ちで、社会的地位も家族も持つ、ローラ・エラリーのような人だわ。最初から、彼はあなたのことをお見通しだったのよ。お医者様ですもの、人間性なんて手に取るようにわかる。あなたの素性を察して、近寄ってこないんだわ。振り向いてくれたことなんて一度だってなかったじゃないの」

泣きながらエンジンをかける。自宅までの道のりを運転するあいだ、涙はこぼれ続けた。だが、家に着いてガレージに車を停めると泣き止んだ。ランキン夫人は生まれつきの楽天家で、立ち直りの早い性格だった。家に入ると、自分に言い聞かせた。「そんなに悲観することはないかもしれないわ。先生は本当の私を知らないのよ。知るわけがないわ。患者のままで、しばらく距離を置けば、もしかしたら……」

希望がなければ、人は生きられないものだ。

その日の昼食後、ローラ・エラリーは二階の寝室で横になるため階段を上がりながら、エッタに言った。「クルーズリー先生に電話してくれる？　午後の診療が終わったら、診察に寄ってください、と伝えてちょうだい」

ローラは電話に向かって廊下を進む、背筋を伸ばし、硬い雰囲気をたたえたエッタの後ろ姿を見守った。エッタがオニール刑事にありのままを正確に話したことに、彼女は落胆していた。アンナが撃たれた時間に奥様は自室にいました、と、はっきり証言してくれてもよかっただろうに。戸口に張りついていなかったにしても、ローラが部屋にいたのはわかりきっていたはずだ。きっとオニールは、アンナを殺した可能性のある人間のリストに自分の名を載せただろう。ばかげた話だが、容疑者の一人なのは、ほぼ間違いない。

少なくともハリーは容疑者リストから除外されたわ、と階段を上りながら思った。午後はずっと公園にいて、ウィルバー・ローマンがその証人だ。アンナがなぜ殺されなければならなかったのか知らないが、とにかくハリーは無関係だ。

ローラは靴と服を脱ぎ、ベッドカバーのほうへ向かったが、義姉がなぜ、誰に狙撃されたのかが気になって昼寝どころではなく、ベッドの上で体を起こしたまま、あれこれ考えた。

「ノーマンだわ」と、声に出して言った。「がさつだし、短気で頑固で――いかにも、やりそうよ。芝生を掘り起こしてマギーの金庫を捜すと言って、ルーカスやアンナと口論していた件が原因だわ。ルーカスが死んだ今、邪魔者はアンナだけですもの。エリノアはノーマンの言いなりだから、妹たちのことは説得してくれるだろうって、ノーマンにはわかっているのよ。彼がアンナを撃ったんだわ。尻尾をつかませずに、まんまと逃げきって――これまでだって、いろいろと怪しげなことをやっては、そのたびにうまく切り抜けてきたんだから、その可能性は高いんじゃないかしら――ほとぼりが冷めた頃、アンナの家のきれいな芝生をブルドーザーで掘り起こす気なのよ。でも無駄、あそこに金庫はない。そんな突拍子もないことを、よく考えつくものだわ。それでも、きっとノーマンはやるわね。そうしたら、また昔のマギーの話が蒸し返されてしまう……ああ、だめだわ。なんとかノーマンを思いとどまらせなくては。たとえ、私がオニール刑事に直接話に行くことになったとしても」

動悸が激しくなって枕の上に背中をもたせかけ、両手で心臓を押さえた。興奮は体に毒だ。安心して暮らしていた日常を壊されたことに、ローラは恐怖と憤りを感じた。アンナについて考えていたために昨夜はほとんど眠れなかったというのに、今また心をかき乱されて、とても昼寝ができそうにない。やはり、クルーズリー先生に気持ちの休まる薬を出してもらわなければ……。

ヴェネチアンブラインドの隙間から細く差し込む光を見つめ、ベッドに横になったまま、夫の家族について考えた。スキャンダルはもう充分だ。エドワードの母親が入水自殺したあと、マギーの奇行と自殺、ウィルの不幸な結婚、その妻の駆け落ち、と続き――今度はアンナの事件だ。そして、ノーマン。だが、さしあたりノーマンについて考えるのはやめにした。とりあえず、元気が回復するまでは考えないようにしよう。

代わりに、ウィルが妻として連れてきた、美しくて愛嬌があるポーランド人の若い娘のことを思った。あの娘の長所は容姿だけで、社会的にも教養面でも、褒められる点は一つもなかった。両親がポーランド人の農民では、期待するほうが無理というものだろう。紹介された際の受け答えの仕方も知らなかったくらいだ。隣家を訪ねたとき、「ローラ、こちらはリタ。ウィルの妻よ」とアンナに紹介されて、娘はこう言ったのだ。「会えてうれしいです、きっと」

それでも、アンナが根気強く教え込んだおかげで、リタはさまざまなことを学んでいった。頭がよく、人当たりがよかったことは認めざるを得ない。結婚して二、三年もすると、アンナが午後開くブリッジ・パーティーでお茶を淹れるリタを見て、彼女の出自を当てられる人間はいないほどになっていた。ところが、やはり育ちは隠せないということなのか、リタは若いエンジニアと駆け落ちし、誰よりも大切であるはずの四人の娘を捨てて、親としての責任をいとも簡単に放棄したのだ。まともに育った娘なら、そんなことができるはずがない。

一時間後、静まり返った暗い部屋で、ローラはまだ眠らずに思いを巡らせていた。ノーマンについては考えまいと努めていたが、やがて頭の中は彼のことでいっぱいになっていった。ノーマンがアンナを殺したという推理に、ローラは自信を失っていた。彼女の考えるような些細な動機で、人殺しなどできるものだろうか。

枕をひっくり返し、深いため息をついて頭を沈め直す。やはり、ノーマンは犯人ではない。オニール刑事に話すのはやめておいたほうがいいだろう。それより、事件そのものについて考え直すよう進言すべきだ。アンナを狙って撃つ人間などいるわけがない。きっと何か恐ろしい間違いが起きたのだ。これは事故だ……。

ハリーとブランチは、古びた東屋《あずまや》に座っていた。「オニールさんに話せばよかったのに」と、ブランチが言った。「どうして話さなかったのか、わからないわ」

それには応えず、ハリーはブランチを見つめた。ブルーの瞳にブルーのドレス、ほんのり日焼けした手足と顔、ブロンドの髪、柔らかく完璧な形をした小さな口。愛しさが募って胸が疼《うず》いた。ごくりと唾をのむ。このまま前屈みになってあの完璧な唇に口づけしようとしたら、ブランチは両手を上げて自分を止めるのだろう。「ハリー、お願い、やめて」と、彼女は言うのだ。そして、どんなに彼女を愛しているかを伝えたなら、きっとこう言う。「だけどハリー、いけないわ。私たちは従叔父姪同《いとこちがい》士なのよ」

といっても、いつもそうではない。時にはキスをさせてくれ、眩暈《めまい》がするようなひとときのあとで唇を離してから言うのだった。「まあハリー、いけないわ。私たちは従叔父姪同士なのよ」

ハリーは、ブランチを従姪とは見ていなかった。彼は一人の男であり、彼女は愛する女性だ。血縁関係より、そっちのほうがずっと大事なのだとブランチにわからせようと努力していたし、わかってくれそうに思えることだってあった。

だが、今日は違うようだ。内気な態度で、握り締めた両手を見つめている。視線を上げると、ブランチは先ほどと同じ言葉を繰り返した。「どうしてオニールさんに話さなかったのか、わからないわ

――なぜ、拳銃は三丁だと言ったの?」

「あとの一丁を誰が持ち出したのかが、わからなかったからさ」ハリーはぶっきらぼうに答えた。

「だから話さなかったんだ」

「でも、みんな知ってるわ。そのうちに思い出すかもしれないでしょう。姉さんたちやジョーン、あなたのお母様……ノーマンとロイだって、そうよ。そのことをオニールさんに知られたら、捜査妨害とか共犯になるんじゃない？」

「なるだろうね」ためらいがちにゆっくりと話すブランチとは対照的に、ハリーの口調は、さらにつっけんどんになった。

「本当に言い逃れられると思ってるの？——オニールさんに知られることはない、って」

「ああ、たぶん。ほかの人たちは、君ほど例のイタリア土産に興味を示さなかったからね。僕が家に持ち帰ったときに見たきりだ。しかも三年も前のことで、それ以来、誰も気にしたことなんてないよ」ハリーは悲しげな目でブランチを見た。「まさか、オニールに話すつもりじゃないよね」

「もちろん、話さないわ」と、困ったように小さく微笑んだ。「そんなことをしたら、私も共犯になってしまうでしょう？」

「見方によれば、そうだね」

「どうして話さなかったのか、まだ聞いていないけど」一瞬、黙ったあと、ブランチが話を蒸し返した。

右を上にして脚を組んでいたハリーは、左右を組み替え、慎重に切りだした。「わからないのかい？　君以外に、僕が誰をかばうと思う？」

「何ですって？」わずかに日焼けした顔が紅潮した。「どういう意味？」

「アンナ伯母さんが死んだ日、君が僕らの家にいたってことさ。あの朝、書斎にいただろう。廊下から、机の前にいる君が見えたんだ。僕が銃をあそこにしまっていたのを、君は知っている。話しかけようとしたら、その前にフレンチドアから出ていってしまった。あの場では、引き出しを開けて銃の数を確認しようなんて思いつかなかったけど、午後、公園から帰ったとき、君がいたのを思い出して見てみたら一丁なくなっていた。でも僕は、誰にも言わなかった。そしてオニールに銃のことを訊かれて、とっさに三丁だったと答えたんだ。君のほうからその話をしてくれるのを待っていたんだよ」

「だって、ハリー！」ブランチはハリーの腕に手を置いた。「あなたが私のために疑われる危険を冒したなんて知らなかったの。私は、あなたのことが心配で――」と、言葉を詰まらせた。ハリーはブランチを真剣に見つめた。「あの朝、書斎の机で何をしていたんだい？」

ブランチは、すらすらと答えた。「グレース・ディーリングに、今週末はセイブルックに行けそうにないという手紙を書いたので、郵便の収集に間に合うよう投函したかったんだけど、切手がなかったから、あなたの家に行ったの。廊下にいたエッタには、そう話したわ」しだいに腹立たしさが募ってきたのが口調に表れた。「訊いてくれたら、いつでも答えたのに。私のためにオニールさんに嘘をつく必要なんてなかったのよ。銃を盗んだのは私じゃないんだから」

不満げなブランチの様子にも、珍しくハリーは怯まなかった。「僕が見かけたとき、君はひどく急いでいた――まるで人に見られるのを避けるみたいに」

「そのとおりよ。見られたくなかった――あなたのお母様にね。そりゃあ、切手はくださったでしょうけど、きちんとした家なら切手をきらすなんてあり得ない、ってお説教をされるにきまってるもの」

「そういうことか！」ハリーは笑い、その顔から険しかった皺が消えた。「母を避けて、こっそり切手を探していたのを、僕はてっきり――」

言いよどんだハリーに、ブランチが抑揚のない声で言った。「最後まで言ったらどう？　てっきり、私があなたの拳銃を盗んでお祖母様を殺したと思った、って」

「違うよ！　そんなんじゃない。ただ、君が書斎にいたから――」と、ブランチの手を握ろうとした。

ブランチは手を引っ込めて背を向けた。涙で喉を詰まらす。「私が犯人だと思ったの？　どうして？　私が殺す動機を考えついたんでしょう？　何なのか教えてくれる？」

「頼むよ――聞いてくれ！」今度こそブランチの両手を取り、振りほどこうとする彼女に逆らうように握り締めた。「ブランチ、僕を見てくれ」哀願する声が震える。「動機を考えるなんてことはしてない。どうかしていたんだ。オニールが君を疑うんじゃないかと怖くなって、それで――」

ブランチは顔を背けたまま言った。「戦地から帰国して以来ずっと、あなたは私を愛していると言ってくれてたけど、いったい、どんな愛かしらね」

「ブランチ、僕の話を聞いてくれないか」

「いったい、どんな愛なのかしら」ブランチは繰り返した。「ただの疑心じゃないの……」

ハリーは手を離した。立ち上がって東屋の端に行くと手すりに寄りかかり、外の芝生に目をやった。

「あふれるほどの愛だよ」と、振り向かずに言った。「僕に言わせれば、君がアンナ伯母さんを殺したはずがないと信じる気持ちより、愛情のほうが勝《まさ》ったんだ。人が殺されるところを山ほど見てきたからね。戦時下だけでなく平時だって、誰でも人を殺せると思うようになった。だから、もし君が伯母さんを撃ったのなら、君のために嘘をつき通して守ろうと思うのは、間違いなく愛だろう？　君を信用することより重いんだよ」

ブランチが何も言わないのでハリーが振り返ると、彼女の瞳が輝いていた。いつもは硬く無表情な顔が、優しげに和らいだ。すっと立ち上がってハリーに歩み寄り、頭を肩にもたせかけて首に抱きついた。

「許して」と、ささやく。「本当にごめんなさい。あなたは素晴らしいことをしてくれたのよね。何があっても頼れる人がいるのが、どんなにありがたいことか、今の今まで気づかなかったの。でも、私のために嘘をつく必要はないわ。オニールさんに、銃が一丁なくなったことを正直に話して」

「それはできない。手遅れだよ。こうなったら、この線で押し通すしかない」ハリーはブランチを抱き寄せ、髪を撫でながら、目は宙を見つめていた。「何者かが盗んだんだな。最後に引き出しを開けたのは二カ月前だ。きっと誰かが――」

ブランチは体を離してハリーを見上げた。「でも、犯人が私じゃないのはわかったでしょう？　エッタに切手のことを訊けば、はっきりするはず――」

「もう、いいよ」ハリーが優しく遮った。「エッタに訊く必要はない。君の言葉だけで充分だ。愛してるよ」

どうやら今日は、彼女が血縁を忘れてハリーに口づけを許す日だった。


エリノア・デルメインは、夫の無実を疑っていなかった。確かにビジネスのやり方に関しては、エラリー家で育った彼女の倫理観からすると、ずる賢いところもないではないが、だからといって間違ったことのできる人ではない。十八のとき、エリノアはノーマンのことを、これ以上ない完璧な男性だと思った。二十七歳になった今も、その気持ちはほとんど変わっていない。祖父は最後まで認めようとしなかったが、ノーマンが大金を儲けた事実を思い出して、彼の商取引に対する良心の呵責《かしゃく》をエリノアなりに和らげた――夫は、祖父が何年も見たことのないような大金を稼いだのだ。去年は立派な新居を建ててくれたし、エリノア専用の車だってある。欲しいものはすべて与えてもらっている。

その日の昼食後、ノーマンは急いで仕事先へ戻ることはしなかった。居間のテーブルに座って両肘をつき、落ち着きなく髪の毛を指でかき上げていた。色黒の精悍《せいかん》な顔に、放心したような表情を浮かべて妻を見ている。昼食を食べながら、二人はアンナの死がもたらす影響について、さんざん話し合い、今再び、それらを確認しようとしているのだった。

エリノアが言った。「やっぱり、あんな口論をしなければよかったのよ、ノーム。芝生を掘り起こしたいというあなたの希望を、お祖父様と同じようにお祖母様も大反対していたのは、家族全員が知っているわ。きっと誰かが——」

ぼうっとしたノーマンの顔が、苛立ちの表情に変わった。「おい、またその話を蒸し返すのか？ 大丈夫、オニールには、ちゃんと分別があるさ。そんな感じに見えた」

「そうは言っても」エリノアは食い下がった。「二人が死んだ今、あなたの思いどおりに金庫を捜せるようになったと考えるかもしれないじゃない」

「本当にあの庭にあるか確信はないんだよ、そうだろう？ まあ正直、あるだろうって気はしてるけど、そんなことで人殺しなんかするもんか！」

ノーマンは声を荒らげた。ほとんど叫び声に近かった。エリノアは落ち着かせるように話しかけた。

「いずれブルドーザーを手配して確かめればいいわ」

「できるかな」ノーマンは浮かない顔つきで言った。「ジョーンとブランチは、僕の考えなんて洟《はな》も引っ掛けないみたいだからね。でも、彼女たちの賛同が不可欠なんだ。テスもね」

「テスは首を縦に振るわ。ロイだって、自分がお金を払わなくていいなら、賛成するわよ。でも、お祖母様の事件が解決するまで待たなくちゃ。そうしたら、ブランチとジョーンと話し合いましょう」

「解決しないかもしれないよ。まったく、どうかしてる。お祖母様のような年配女性を誰が殺すっていうんだ？　きっと弔銃隊が――」

「それはない、って言ってたでしょう。弔銃隊のことは忘れたほうがいいんじゃないかしら。でないと、あなたが故意に弔銃隊に責任を押しつけていると言われかねないわ」

「何を言うんだ――」憤りのあまり立ち上がりかけたノーマンを、エリノアがなだめるしぐさを示して座らせ、辛抱強く説得した。「ノーマン、少し落ち着いて。私がそう思っているわけじゃなくて、そう考える人もいるってことよ」

「なんてこった」ノーマンは不機嫌に呟いた。「確かに僕は、お祖母様のことがそんなに好きじゃなかったよ。それは認める。だからといって、殺すわけがないじゃないか。君だって知ってるだろう」

「わかってるわ。ほかの人たちもわかってくれるといいんだけど――」エリノアは落ち着きなくデザート用のスプーンをいじくった。「警察が犯人を見つけて、事件を終わらせてくれさえすれば！」

「どうかしてる」ノーマンは再び言った。「こんなおかしな話は聞いたことがない。お祖母様は金なんて持っていなかったよな。あるのは、古ぼけた家だけだ。あんなもの、誰が欲しがる？」

客観性を取り戻したノーマンは、半ば目を閉じて考え込んだ。弱々しく手を振る。「犯人にどんな得があるかわからないところが気に食わない。インチキなしに、すべてを目の前に明らかにしてほしいよ」と言ったあと、少し間をおいて、にやりとして付け加えた。「インチキなしってのは、僕が自分でやる場合を除いてだけどね」

妻を見て、冗談交じりに訊いた。「君は、ひそかにお祖母様に恨みを抱いていたなんてことはないんだろうな？　あるいは、妹たちとか？」

「笑えない冗談ね」と、エリノアは答えた。


ロイ・マーティンはその日、自宅で昼食を摂っていた。コーヒーを飲みながら言った。「テス、そろそろ、ノーマンとお祖父様との揉め事の件を思い出したと申し出たほうがいいんじゃないか。遅かれ早かれ、オニール刑事に嗅ぎつけられるだろう」

「私たちが言いだすことじゃないわ」テーブル越しに、テレサは心なしか軽蔑するようなまなざしを向けた。「事件とは関係ないし、面倒が起きるだけよ。そんなことをしたら、ノーマンは私たちを絶対に許さないでしょうね」

「僕らが話したとは、わからないさ」

「そして家族全員を疑うわけ？」

「もしオニールが自分で探り出したら、僕らがなぜ隠していたか勘繰られるんじゃないか？」

「実際にそうなったら考えましょう」テレサは冷ややかに言った。

ロイは妻の顔を見て口をすぼめた。テレサには現実問題に対処する力が欠けているのだ。その点をはっきり指摘できずに、彼は苛立っていた。

眉をひそめ、煙草に火をつける。事件に関する自らの立場を冷静に見据えた発言でないという自覚はなかった。情熱にあふれ何事にも性急なノーマンのせいで、自分がぱっとしない退屈な人間に見えてしまうため実は義兄を嫌っている事実を、認めたくないのだった。

〈ウォレントン・ウィークリー・クーリエ〉紙で唯一の常勤記者、アップ・ウェザレルがウォレントン図書館にやってきたのは、午後二時だった。

がっしりした体格の若者で、肩幅が広いために実際より背が低く見える。髪は濃い鳶《とび》色で、目は赤茶色。引き上がった口角と尖った耳は、ローマ神話に登場する牧神ファウヌスのようでもあり、その風貌が全体のいかつさを幾分和らげていた。

アップは、司書の控室にいるジョーンを見つけた。部屋に入ると、ジョーンは机のそばに立っていた。

「ここで何をしているんだい？」と、アップは尋ねた。「今日は勤務日じゃないだろう」

「ええ。祖母の遺体が今夜戻ってくるから、ちょっと必要なものを取りに寄ったの」

「ああ、そうか。何か僕にできることはあるかい？」

「いいえ、大丈夫よ」

話を継ぐ材料を探そうと、アップは机の周りをうろうろして、積み上げられた本のいちばん上にあった一冊を手に取った。「ウォレントンの住民の心を豊かにしてくれる一冊は何かな？」

「それは、心を豊かにするために書かれた本じゃないわ」

「『斧とロープ』」アップが声に出してタイトルを読んだ。「ふーむ――確かに」何気ない口調で言う。「また殺人の話だな」とは、さすがに口にしなかったが、彼の代わりにジョーンがそう言い、弱々しく微笑んだ。「現実は、物語とは違うわよね」

アップは机の隅に腰かけた。ジョーンが祖母の死について話す相手を必要としているなら、助言してやりたいと思っていた。「小説では」アップは手にした本を軽く叩いた。「登場人物は、真実を隠したがる。物語の中ならいいけど、現実世界では、よほどのばかでないかぎり刑事にすべてを話すものだ。例えば、オニール刑事のような人にね。彼がウォレントンに越してきたとき、僕がどうにかインタビューにこぎつけたのを覚えてるだろう？　そのとき思ったんだ。この人は――なんていうか――物事のわからない間抜けじゃない、ってね。証人からどんな的外れな事実を聞かされたって、混乱したりする人じゃないよ」

ジョーンはアップを睨んだ。「どうして、私が隠し事をしていると思うの？」

「勘さ」きびきびした口調で答える。「君も、君の家族のことも知っているからね。君たちの様子を見ていれば、いやに警戒して、捜査当局に話すのに慎重になっているのは一目瞭然だよ。一週間分の給料を賭けたっていい」

「私たち家族に、隠さなきゃいけないことなんてないわ。家族の誰かがお祖母様を殺したんじゃないもの。ほかの人が殺したのでもない。オニールさんが何と言おうと、あれは事故よ。銃を持って森にいた誰かが――」

「六月に狩猟かい？」その口ぶりは優しく、少しも皮肉はこめられていなかった。ジョーンと出会ったのは一年前だった。近頃は頻繁に会っていて、彼女に真剣に興味を抱いているのを、狼狽とうれしさの入り交じった思いで自覚するようになっていた。

ジョーンは、彼女を若く見せている、きちんと揃った茶色の前髪をかき上げた。「いいえ、もちろん違うわ。でも、池の近くの峡谷には大きなネズミがいるでしょう。きっと、その駆除かなにかよ」

アップは首を振った。「警察の話では、凶器は口径の小さなオートマチックの拳銃だと病理医が断定したそうだ。そんな拳銃じゃ、ネズミによほど近づかなければ仕留められないよ」

「そうね」ジョーンは息を吸い、諦めたように深いため息をついた。

少し間をおいてから、アップは言った。「あの日の午後、君がブランチと家にいてよかった。おかげで、オニールにこれっぽっちも疑われずに済むんだからね」

「私が疑われなくたって、私の――誰か私の知っている人が犯人じゃないかと心配しなくちゃいけないなら、同じことだわ。ああ、アップ！」ジョーンは両手を投げ出した。「やっぱりそんなはずない。殺人だなんて！　お祖母様の死因は、きっと別にあるのよ」

アップは黙って、困惑しきったジョーンの顔を見つめた。そして、彼女の母親については触れずにおこうと決めた。言われなくても、ジョーンは充分承知しているはずだ。警察が、リタ・クビアックの行方に多大な関心を示していることを。

第七章

アップ・ウェザレルの考えが伝わったかのように、その晩、ジョーンは母の夢を見た。四歳くらいのときに初めて見た昔の夢だ。

夢は、目が覚めている印象から始まった。一階で話し声がし、下の部屋の暖かい空気を入れるために床に開いている通風孔から、明かりが漏れていた。声の一つは母のように聞こえるが、夢の中なのに、そんなはずはないとわかっていた。母はずっと以前に家を出ていったのだ。あまりに前のことで、顔もほとんど覚えていない。やがて声がしなくなり、しばらくしてドアの外で足音が聞こえた。ドアが開き、廊下の明かりが差し込んだ。慌ただしく部屋に入ってきた母が、ベッドのそばにひざまずいて言った。「私のベイビー、可愛い私のベイビー」

それは驚くほど鮮やかな夢だった。本当は目が覚めているのだ、とジョーンは思った。あとから祖母が入ってきて母の腕をつかみ、「リタ、やめなさい。起きてしまうじゃないの。せっかく、ぐっすり眠っているんだから」と言いながら、部屋の外へ引きずり出した。

母が泣きだした。悲しみに打ちひしがれた、押し殺したような泣き声だった。廊下の明かりが母のブロンドの髪を照らす。立ったままジョーンを見下ろしたかと思うと、祖母に引っ張られて姿が見えなくなった。ドアが閉まり、足音が遠のいていく……。

そのときは現実のように思えたのに、翌日になって、昨夜、母が来たことを話すと、祖母のアンナは言ったのだった。「いいえ、ジョーン、来ていないわ。あなた、夢を見たのね」

ジョーンは祖母の言葉を信じなかった。一日中、母が会いに来たと家族みんなに言って回っていると、母が何か人に言えない、ほかの母親とは違う恥ずかしいことをしたと薄々感づいていた年上のエリノアとテスから口止めされた。「だめ」と、姉たちは言った。「お母様の話をしてはいけないの。絶対にだめなのよ。そんな夢の話、誰にも言わないで」

それから数年のあいだに、同じ夢を五回は見た。細かな点は多少違うが、大筋はほぼ一緒だった。母が現れてベッドのそばにひざまずき、「私のベイビー、可愛い私のベイビー」と言う。きまって廊下の明かりが母の髪を照らしていた。あるときは、母を引きずり出したのは祖父で、またあるときは七年生のときの担任だった。ショートカットだった母の髪が膝まで垂れていたこともあったし、最初の夢では花柄だった母の服が、真っ白のこともあった。

今夜の夢は、これまででいちばん変わっていた。母は、死んだとき祖母が着ていた黒の喪服をまとっていた。髪は燃えたつように明るい。よく見ると、キラキラ光る石で覆われた、ぴったりとした小さな帽子をかぶっている。ベッド脇に立つ母を、今回は祖母ではなく、何人もの人が取り囲んで連れ出した。そのうちの一人、ジム・オニールが言った。「こっちへ来い。さあ、来るんだ」

別の一人が、実際には記憶にない父の姿に変わった。顔ははっきりしないが、父だというのはわかった。父が言った。「来るんだ、リタ。オニールさんの言うことを聞け。来い、さあ、さっさと来い」

今夜の夢では、初めて母が抵抗した。取り囲む人たちと激しく争っている。ジョーンは助けようと思うのだが、体が動かない。ベッドに縛りつけられたような感覚の中で叫んだ。「お母様、私が守るわ！」

だが結局、母は連れていかれてしまった。寄ってたかって乱暴に母を引きずり出す人たちを見てジョーンは途方に暮れ、恐ろしさで目が覚めた。

涙で顔が濡れていた。眠りながら泣いていたらしく、目覚めたとき、すすり泣きでまだ体が震えていた。

気持ちが静まると、周囲の闇に目を凝らした。過去の悲しい喪失感に喉が絞めつけられる。母は、自分たちを置き去りにしたのだ。わが子より男を選び、家を出たまま戻ってこなかった。

にもかかわらず、ジョーンは思った。「今頃お母様は、どこにいるのかしら。私たちのことを思い出して、会いたいと願ってくれているかしら」

母と再会できたら、どんな感じだろう？　昔は、そのときのことを想像するのが楽しみだった。だがいつしか、そんな夢を見るのをやめてしまった。大人になった今、かつて思い描いていたドラマチックなシーンが実現することがないのは重々承知している。長い歳月が流れ、母ももう中年になっているはずだ。グリーンとかいう例の男――あるいは、別の男と結婚しているかもしれない。子供をもうけ、新しい家族をつくっているかもしれない。ジョーンたち四人の娘のことはほとんど忘れてしまい、遠い世界での出来事のように記憶から遠のいてしまっているのだろうか。

「そのほうがいいわ」暗闇に目が慣れてきて、徐々に浮かび上がった見慣れた家具の輪郭を見つめながら思った。「男に捨てられていないといい。もしも捨てられていたら惨めだわ。たった一人、どこかで働いて、夜、家具付きの孤独な貸し部屋に帰って、何の楽しみもなく年を取っているとしたら……」

そうは考えてみたものの、実感が湧かなかった。時間の経過など関係ない。母が中年の女性になることはないのだ。いつまでも若く、永遠にブロンドのままで、ジョーンのベッド脇にひざまずき、廊下の明かりに髪を照らされて立っているのだ。人は誰しも年を取るが、母だけは違う。

その夜、ジムはリタ・クビアックの捜索に乗り出していた。州警察に電話で指示を出しているあいだに、マーガレットがダイニングに折り畳み式ベッドを広げて整えてくれた。服を脱ぐのにもかなりの時間がかかってしまい、ジムの細い顔は歪み、口の周りに深い皺が寄った。足首が痛むかどうか訊くまでもない。その表情がすべてを物語っていた。松葉杖にまで悪態をつく始末だ。マーガレットは、就寝時に服用するよう医師から処方された薬を渡し、足首を心配してそっと掛け布団をかけてやった。

ジムは薬を飲み込んで言った。「なんて運が悪いんだ！　こんなときにケガをするなんて！　煙草に火をつけてくれるかい？　君も一緒にどう？」

マーガレットは二本の煙草に火をつけ、ベッドの端に腰かけてジムのふさふさした黒髪を撫でた。

「白髪があるわ」

「君だって、若くなってはいかないんだぜ」と、ジムは言い返した。

「でも、あなた年々、年を取っていくみたい」

「君だってそうだよ。実際、君がなかなか年を取らなくて三十二歳に見えなくなったら、みんな私をちらっと見ては、『彼、あなたのお父さん？』って言うだろうからね」

マーガレットが笑った。「そこまでひどくはないわ」

「いや、ひどいさ」ジムは煙草を吸い、満足げに煙を吐き出した。「それにしても、このベッドは快適だな」

「そうでしょう。もっと早くベッドに入るべきだったのよ」マーガレットは咎《とが》めるような目を夫に向けた。「自分で思っているほど、なくてはならない人材じゃないのよ。今夜の報告書だって、コップに任せることもできたのに。でも、それじゃあだめなのよね。オニールの捜査手腕は唯一無二ってわけなんでしょ」

ジムはにやりとした。「そのとおり。私が州検事局刑事に就任する以前にハンプトン郡で起きた殺人事件は、すべて未解決なんだ」

マーガレットは、呆れた、という思いを指先に込めて夫の髪をかき乱した。彼女が働いていた社会福祉機関で起きた殺人事件の捜査で出会って以来、ジムの担当する事件をこれほど身近に感じたのは初めてだった。だから、ジムが眠れるよう部屋を出ていく前に、つい尋ねた。「捜査に進展はあったの？」

「いや」と、ジムは答えた。「収穫はゼロだ。今日のところはね。怪しい過去のある人間は見当たらないし、銃も弾も見つからない。鑑識からも、犯人を特定する証拠は上がってきていないんだ」

ジムが病理検査結果の概要を渡すと、マーガレットが言った。「つまりクルーズリー先生は、内出血が死因だというのを、うっかり見逃してしまったってことね」

「ああ」

「そのことでホークスさんの奥さんと話したんだけど、彼女をはじめ町の人たちは、クルーズリー先生が犯人だと思っているみたい」

「そうなのか？　どうしてだい？」

「マギー・エラリーの件よ。マギーに婚約を解消されて、なんとか仲直りしようとした先生を、義姉のアンナが妨害したのだろうと考えているの。それを長年恨みに思っていたクルーズリー先生が、とうとう復讐したんだ、ってね」

「何言ってるんだ！」ジムは、うんざりした声を出した。

「だって、あなたが訊くから」

「そうだが——それにしたって——」

「たとえクルーズリー先生が犯人じゃないとしても、彼にとっては痛手ね。今度のことで、患者が減ることになるでしょうから……もう寝たほうがいいわ」マーガレットは、煙草の火を消して立ち上がりかけた。

それをジムが引き留めた。「いや、すっかり目が冴えているんだ。もうちょっとここにいて話し相手になってくれ」

「でも……少し明かりを暗くしてみるわね。そうしたら、眠くなるかもしれないわ」

マーガレットは立ち上がり、リビングとダイニングの明かりを消した。廊下のランプの光が、部屋の中をほのかに照らした。

「弾ってやつは厄介でね」再びそばに腰かけた妻に、ジムは言った。「例えば、被害者を撃った弾の射出口の傷がもっと大きかったなら、出血がひどくて、みんなすぐに気づいたはずだ。墓地と森を封鎖して直ちに捜索に当たり、その場で参列者全員の身体検査をして、即座に家族を調べただろう。そうしていたら、結果は違っていたかもしれない。あるいは、前ではなく後ろに倒れてくれればよかった。その場合も、出血はもっと多かっただろう、と鑑識は見ている。目と鼻の先で人が殺されてしまうなんて、まったく、自分が間抜けに思えるよ。しかも捜査はほとんど進展していない――今夜、グッドリッチがそのことをわざわざ思い出させてくれた」

「あの人、あんまり好きじゃないわ」

「おいおい、私の上司なんだぜ」

「そうだけど、あなたの捜査が進んだことをもう少し認めてくれてもいいと思うの。消去法ではあるけれど、弔銃隊とチェザリーの葬儀の参列者全員を容疑者から除外したのよ。相当絞り込んだと言っていいわ。残ったのは家族とクルーズリー先生だけだもの」

「捜査線上に上がっていない何者かが、森から狙撃したのかもしれない。そうなると、もうお手上げだよ」

「ずいぶん弱気ね。無差別殺人なんて、そうそうないってことは、あなたもよくわかっているでしょう」

「エラリー夫人のような女性は、殺されたりしないんだよ――普通はね」ジムは仰向けになって天井を見つめながら、マーガレットがはめている結婚指輪を指で回した。「ずいぶん緩いな。宝石店に持っていって、サイズを詰めてもらえよ。なくしたりしたら、たまったもんじゃない。その指輪には六十ドルも払ったんだからな」

「五年はめていて、ずっと緩かったけど、なくしていないわよ。それに、心配するのはお金じゃなくて、心でしょ」

「六十ドルは六十ドルだ」ジムは助けを求めるように天井を見続けた。そこに書かれている重要な手がかりでも探しているかのようだった。「アンナ・エラリーのような女性、七十歳で――裕福でもなく、何の変哲もない普通の女性が殺される理由を探そうとすると、どうしても過去に遡らずにはいられない。そうするとね、マーガレット、おのずとリタ・クビアックに行き着くんだ」

「マギー・エラリーは？」

「彼女は一九一一年に死んでいる。やっぱり、もう少しリタにこだわってみるよ」

マーガレットは、新たに二人分の煙草に火をつけた。「リタのほうが、断然あなたより有利よ」

ジムは片手を頭の下に入れ、煙草をふかした。「失踪にはパターンがある。例えば、西海岸に住んでいる男が妻を捨てて逃げるとする。すると、無意識に距離を置こうとして東海岸へ向かう。逆に、ニューヨークに住む男が失踪しようとすると、過去から逃れたくて大陸を横断し、西海岸を目指すんだ。途中のフロリダ辺りで手を打つ場合もあるけどな」

「中西部はどうなの？　南西部は？」と、マーガレットが訊いた。「失踪者は、中西部や南西部は好まないの？」

「そんなことはないさ。毎日のように、ニューヨークやサンフランシスコから逃げた連中がシカゴやヒューストンで身元を変えていると思う。だが、できるだけ遠くへ逃れたいという素人犯罪者の心理を考えると、まずはフロリダやカリフォルニアのような大都市が捜査対象だろうな。市民名簿や不動産記録なんかをたどって、アンソニー・グリーンかウィリアム・エラリー夫人か、リタ・クビアックという名を捜してみよう」

「きっと名前を変えているわ」と、マーガレットが異議を唱えた。

「だとすれば私にツキがないということだが、たぶんそれはないだろう。子供を捨てたからといって、リタはエラリー家に訴えられはしないとわかっていたはずだ。むしろ、自分が起こした不祥事をできるだけ早く世間に忘れてほしいと願う、とね。それに、グリーンは仕事を得る必要がある。彼はエンジニアだ。それなりの仕事に就くには、大学の成績証明書や職歴が照会されるはずだ。そう考えると、おそらく二人は、夫婦として暮らしているに違いない」

「本当にグリーン夫人になっているんじゃない？　実際に結婚したかもしれないでしょう」

ジムは首を振った。「グリーンがリタと結婚する気だったなら、なにもウォレントンを離れることはなかった。こんなふうに駆け落ちした男が本当に結婚するのは稀だよ」

「なんてことかしら」と、マーガレットが言った。「きっとリタは、自分のしたことを心から後悔したでしょうね」

「エラリー家を恨んだだろうな」ジムは肘をついて体を起こし、マーガレットが膝に載せている灰皿に煙草を押しつけた。「長年抱え続けてもおかしくない恨みだ」と言って、あくびをする。「薬が効いてきたみたいだ。そろそろ寝るとするか」

マーガレットが屈んで夫にキスをした。「薬を飲んだからって、どうして眠れるのか不思議だわ。私なんて、あと一時間は事件のことを考えて起きていそうよ」

ジムは眉を上げた。「言っとくが、私はこれで給料をもらっているんだからね。事件をベッドにまで持ち込むようになったら、そのうち生活保護受給者名簿に名前が載ってしまうよ。明日という日があるんだ。何が起きるか、新たな展開に期待しようじゃないか」

翌日起きた展開は、訪問者が次々にやってきたことだった。最初に現れたのはホークス夫人だ。焼きたてのイチゴパイを手に、九時に裏口のドアの前で大声を張り上げた。「おはようございます！　いいお天気ですわね」

ぱりっとした、こぎれいなホームドレスを着て、お気に入りの巻き毛スタイルに髪を整え、何時間も前から起きているように見えた。実際、そのとおりだった。六時に起きるのを習慣にしている夫人は、いつもぎりぎりまで寝ているマーガレットに何かにつけて早起きの効用を長々と力説したがるのだった。

オニール家は、きちんとしているとは言いがたい状態だった。髭を剃っていないジムはバスローブを身にまとい、食べ残しが載った皿を前に新聞の前半分を読んでいるところだったし、サラはまだパジャマを着て、梳《と》かしていない髪を目の前に垂らし、ジムの傍らの床に座って人形に服を着せていた。リビングの灰皿には吸い殻があふれ、ダイニングに設置した折り畳み式ベッドは起き抜けの状態のままだった。朝食の皿はキッチン脇のアルコーブに置きっ放しで、膝丈の部屋着姿で素足のマーガレットは、リビングのソファの上で体を丸め、二杯目のコーヒーと煙草を手に、新聞の後ろ半分に目を通していた。

マーガレットはホークス夫人のパイに感嘆の声を上げてパントリーに運びながら、自分たちのだらしない状態について言い訳をするのはやめておこうと思った。ホークス夫人が同じ立場なら、間違いなく謝っているだろう。

リビングに戻ると、夫人は椅子に座り、てきぱきとした明るい口調でジムに話しかけていた。「今朝はだいぶお加減がよさそうですわね、オニールさん。ゆうべ、よく眠れたんじゃありません?」

夫人に同意するのは気が進まなかったが、快適な眠りだったのは認めざるを得なかった。「ぐっすり寝ました」と、ジムは言った。

「それはいいことですわ。私がアルバートと結婚した翌年に腕を骨折したとき、とにかくそれを気に病まないようにしようと心に決めたんです。毎晩、寝る前に自分に言い聞かせました。『腕のことは忘れて眠るのよ。薬に頼ってはいけないわ』って。それが功を奏したんですよ。おかげでしっかり体を休めることができて、家の中も思うとおりにちゃんときれいに保てました。オニールさんだって、その気になればできますわ。薬はだめですよ。お医者様に薬をもらわないことです。もらったら頼ってしまいますもの。私の叔父が——どうしたの、サラ?」

サラがスカートを引っ張っていた。「あら、お人形さん? ええ、すてきな服ね。でも、あなたはその子のママなんだから、同じようにきちんとした格好をしなくちゃ。こんな時間になってもパジャマを着ていてはだめよ。もうお姉さんなんだから、自分で着替えられるわよね? 今すぐ二階へ行って着替えてみましょうか」

サラは礼儀正しく「ありがとう。でもね、だいじょうぶ。いま、きがえたくないの」と答えて、人形に向き直った。

「サラの服と下着とソックスを、まだ用意していなくて」言い訳がましくならないよう注意しながら、マーガレットは言った。「ちょっと上へ行って着替えさせてきます」

「うちのバートンが自分で着替えるようになったのは、三歳のときでしたよ」と、ホークス夫人が言った。「私がそう仕向けたんです。それがよかったのね。独立心を養うのに役立ちましたもの」

「確かに、バートンには独立心が備わっていますね」何気ない口ぶりでジムが言った。「昨日の午後、あなたがバートンに芝生を刈らせようとしているところを見かけたんですが、彼は芝刈りの必要はないと言い張っていましたものね」

ホークス夫人はぐっと頭を後ろに反らせた。「暑かったですからね。親だって、少しはしつけの手を緩めてやらなくちゃいけないときがあります」

「ええ、おっしゃるとおりです」言い返すことができて気の済んだジムだったが、余計なことを言うな、とたしなめるような妻の視線に気づいた。

ホークス夫人が話題を変えた。「アンナ・エラリーの件で進展はあったんですか——それとも、訊いてはまずいのかしら」

「いえ、かまいません。今のところ、特に何もないんです」

「本当に？　てっきり、進展があったと思ったんですけど。刑事さんたちが、電力会社の人と駆け落ちしたエラリー家の嫁のことを訊きまわっているという、もっぱらの噂ですからね」

「ほう？　ホークスさん、あなたも彼女をご存じなんですか」

「少しだけ。だって、かなり年上ですもの。私が結婚したのは一九二八年ですけど、彼女はとっくに嫁いでいましたから」

「どんな方でしたか」

「そうね……」ホークス夫人は口をすぼめた。「よく知らないんです。あまり口をきいたことがなくて。でも、自分で楽しみを見つけて、それを享受する方法を知っている人だったように思います。殿方はみんな彼女に釘づけでした。彼らの目には美人と映ったんでしょうね。私は、そうは思いませんでしたけど」

「どうしてです？」マーガレットが興味深そうに口を挟んだ。

「さあ、どうしてかしら。みんなは本物のブロンドだと言ってましたけど、そうは見えなかったし、何につけても大げさな気がして。うまく言えないわ。たぶん、私の好みじゃなかったってことでしょうね」

マーガレットは、ホークス夫人の痩せこけた見栄えのしない顔立ちを見ながら言った。「なるほど」

ジムが質問を続けた。「彼女が子供たちと連絡を取ろうとしたという話を聞いたことはありませんか」

「いいえ、聞いた覚えはありませんわね。でも」――ホークス夫人は軽蔑したような表情を浮かべた――「ああいう女に何が期待できるっていうんです？　電力会社の人と駆け落ちしたとき、娘たちの面倒を頼む、自分のことでつらい思いをしないようにしてやってほしい、という置き手紙を義父母に残すような人ですよ。その手紙で自分の責任を果たしたつもりだったんでしょう。姑のアンナが孫娘たちにできるだけのことをしてあげることは、最初からわかっていたはずです。実際、そうしました。アンナは立派な女性です。あの人の死を望む人間がいるなんて、信じられません」

「マーガレットの話では、クルーズリー医師が犯人だという噂があるそうですね」

「ちっとも驚きませんわ。とても利口ぶった人ですもの、アンナに恨みがあったとしても捕まらない自信があるのよ。私はもう、あのクリニックには行っていません。一度なんか、バートンにとって何がいちばんいいか、しつこく私に言ってきたんですよ」そのときの憤りを思い出して顔を紅潮させた。「だから、ライト先生に変えたんです。あの先生は分別のあるいい方ですし、映画俳優みたいな風貌でもありませんからね。クルーズリー先生のところみたいに、先生を取り合って恥ずかしいまねをする女性患者がいないのがいいわ」

「たとえば、誰です？」

「まずはランキン夫人ね。それと、ローラ・エラリー。あの二人は、クルーズリー先生を巡って敵対してるんですよ」

ホークス夫人の噂話は悪意に満ちており、さすがにジムはうんざりしてきた。「それは、クルーズリーのせいではありませんよね。生まれついた容姿は変えられないんですから」

ジムの声のトーンと自分を見つめるハシバミ色の瞳に宿った光に、ホークス夫人は突然、自分の世界を侮辱されたような気がした。ジムにそんなつもりはなかったのだが、そう思ったとたん夫人は立ち上がり、他人を見下したこの男と、そのだらしない妻にパイを焼いて持ってきたことに後悔の念を抱いた。

夫人は冷ややかに言った。「もう帰らなくちゃ。食器は洗ったし、ベッドも整えてパイも焼き上げて、家はきちんと片付いているけれど、しなければならないことがまだ山ほどありますからね。オニールさん、アンナが撃たれたときに現場にいたのに気がつかなくて、残念でしたわね。その場で犯人を捕まえられてさえいれば、私たちが余計な憶測をすることもなかったでしょうに」

足早に出ていく夫人のあとを、マーガレットが何度もパイのお礼を口にし、できるかぎり愛想よく振る舞いながら追いかけていった。

「彼女は難しい人なのよ」戻ってきたマーガレットが口を尖らせた。「あなた、怒らせちゃったわね。扱いには注意が要るのに」

「要るのは注意じゃなくて、棍棒なんじゃないのか」と、ジムは言った。「嫌味な女だ」

ジムが髭を剃っていると電話がかかってきた。一時間ほどでウォレントンに着く、というグッドリッチ州検事からの連絡だった。スラックスとスポーツシャツに着替えたところへコップが現れ、続いてバイロもやってきた。二人の報告は芳しくない内容だった。捜査員の誰も、これといって目ぼしい事実を見つけてはいなかった。

「州検事局へ行ってくれ」と、コップに言った。「マギー・エラリーの検死報告が保管されているはずだから、コピーを取ってきてほしい」

コップがジムの顔を見返した。「一九一一年に死んだ女性が、月曜に殺された老女と何の関係があるんです?」

「わからん」ジムは苛立たしげに答えた。「それを突き止めようとしているんだ。それと、フォンテイン農場にも行ってみてくれ。所轄の警官に訊けば、場所を教えてくれるだろう。ラニー・フォンテインに話を訊いてほしい。生きているマギーの最後の目撃者だ」

バイロには、ウォーターベリーでリタ・クビアックの素性について訊き込みをするよう命じた。

電話が鳴った。相手はストレイダー署長で、銃所持許可記録の調査が終わったことを知らせてきたのだった。アンナを撃ったと思われる銃の記録は見つからなかった。たとえ関係者が銃を購入した記録が州の役所に存在するとしても、ごく最近のことであれば、まだウォレントン警察まで届いてはいない可能性があるという。

こうしたあいだにもマーガレットは精力的に動きまわり、自分とサラの着替えを済ませ、リビングの掃除をし、ベッドを整え、食器を洗った。十一時半にグッドリッチ州検事が玄関のベルを鳴らしたときには、家の中はすっかり体裁を取り戻していた。

向き合って座ったグッドリッチは、黒紐で首から掛けた眼鏡をそっと揺らして拭きながら、ジムの詳しい報告に耳を傾けた。報告の内容はすでに知っていることばかりだったが、ジムが足首を骨折したために、これまで直接話を聞けないでいたのだった。

聞き終えたグッドリッチは、煙草の先を見つめて言った。「凶器の拳銃を突き止めねばならんな」

「終戦以来、放置されている銃はたくさんありますからね。アンナを殺した犯人は、知り合いが戦地から持ち帰った銃を使って、犯行後、そっと戻したのかもしれません。なにしろ、範囲が広いものですから。もちろん、最善は尽くしています。遺族の知人の退役軍人が所有していた三十二口径の銃二丁を鑑識に送って、最近発砲した形跡がないか調べてもらっているのですが」――ジムは困惑げに片手を投げ出した――「とにかく弾丸が見つからないことには」

「可能性のある銃を潰すのも役には立つ。その銃にアクセスできる人間から整理できるからな」

ジムは無言だった。庭の向こうでは、バートン・ホークスがサックスの練習をしていた。陰気で不確かな音色だが、なんとか「アヴェ・マリア」だとわかる音楽が聞こえてくると、ジムは体を伸ばして窓を閉めた。

「弾も銃も捜索中なんですが、なかなか成果が上がりませんでね……ルーカスの死についてはどう思われます?」

「さあな。よく考える時間がなかった」

「私はありました」ジムは持っていた紙マッチのカバーを破り取り、細かくちぎった。切れ端が指のあいだから灰皿に落ちるのを見つめる。「窓辺に座ってこのどうしようもない足音を休めていると、考える時間は充分すぎるほどありますからね。クルーズリー医師は心臓発作と診断したのですが、夫人の死因も心臓発作だと言ったんです。妙だと思いませんか」

グッドリッチは眼鏡で顎をポンポンと叩いた。「遺体を掘り出す令状を取るには根拠が薄いな。それに状況を考えると、ルーカスは酒を飲んで――」

「酒を飲んだのは初めてではありませんし、これまで一度も心臓疾患の兆候はなかったんです」

「それにしたって、あの年齢なら、自然な原因でぽっくり逝くことも珍しくはなかろう」

「その二週間後に妻が殺されるのは珍しいですよ」ジムは不機嫌な顔でグッドリッチを見た。「二つの死が連続して起きたのが、どうにも気に入りません。私には、二人とも殺されたのではないかと思えて仕方がないんです。ずっと昔の出来事が原因でね」

「出来事とは？」

「マギー・エラリーの件ですよ——それと、リタ・クビアック」

「マギーは四十年近く前に死んでいるし、リタだって駆け落ちして二十年にもなるんだぞ」グッドリッチは怪訝そうに首を振った。「彼女たちが今回の事件にどう関わっているというんだ」

それこそがジムの最大の難問であり、答えはまだ見つかっていなかった。

その日の午後、アンナの密葬が執り行われ、遺体が埋葬された。

ジムは一人で家にいた。マーガレットはサラを連れて買い物に出かけていた。家の中で、ジムは痛みに耐えてびっこを引きながら松葉杖の使い方を練習した。要領が少しわかったところで練習をやめて再び窓辺に座り、こんなふうに動けなくなってしまった事故を呪った。もし歩けたなら、と思う。いつものように、自分の足で事件関係者に自由に会いに行って捜査できたなら——だがそれは無理だ、この足首の状態では……。

目の前の足載せ台《フットスツール》に伸ばした、ギプスを巻かれて不格好に膨れ上がった足首を睨みつけた。

苛立った気分が収まると、窓の外に目をやった。隣の息子バートンが、やる気のない様子で芝刈り機を動かしているのが見えた。家の中から「バートン！」と呼ぶホークス夫人の声が聞こえ、亜麻色の髪をした小柄なバートンが孝行息子とは程遠い視線を、声のした窓に向けた。唇の動きから、模範的な若者なら知りもしないだろうとジムが思っている言葉を呟いたのがわかった。

　バートンが家の中に消え、ジムは背もたれに体を預けて頭の後ろで手を組んだ。エラリー家の歴史の中で最も彼の関心を引く、関連のない二つの出来事に意識を集中させる。そのうちに瞼《まぶた》が落ちてきて、いつしかジムは眠りに落ちた。

第八章

夜になり、サラを寝かしつけたマーガレットが夕飯の片付けをしているあいだ、ジムはその日の捜査報告を記したメモを手に座っていた。たいした収穫はない、とジムは思った。

夕陽が沈み暗くなってきたので、ランプの明かりをつけ、報告内容に再度目を通した。

エラリー家に関して、いくつか新たな情報が加わっていた。ウィル・エラリーが交通事故で死んだ半年後、加害者が加入していたホートン保険会社から一万ドルの示談金が支払われた。遺産相続の記録によれば、必要経費を差し引いたのち、千二百ドルが四人の娘それぞれの銀行口座に入金され、妻であるリタは二千四百ドルを受け取っていた。ウィルを轢《ひ》いた車を運転していたのはマイケル・ダスティン。ハンプトンのルイス・ストリート十四番地に住む、当時五十歳の男やもめで、一九四三年に死亡し、生存している近親者はいない。

ウィルに関しては、そこで手詰まりだった。

一九四二年、ノーマン・デルメインは、ウォレントン、パイン・ロード二二四番地のサミュエル・ヨハンセンに対し、虚偽の表示のもとに自分に車を売ったとして高等裁判所に訴えを起こし、金額は不明だが和解金を得て告訴を取り下げていた。

一九四五年六月十五日、エリノア・デルメインは、ハンプトンのセント・ジョゼフ病院で死産した。

一九四六年春、ブランチ・エラリーは、ウォレントン、メイン・ストリート一七一番地の〈パッカード・キャッシュ・マーケット〉の肉切り職人だった、ヒッチコック・ストリート二一九番地に住むレナード・ヒルズと婚約したらしいが、婚約を公式に記したものは残っていない。一九四八年十月、レナードはライマン・ストリート三八七番地のジョセフィーヌ・ウォズレイと結婚している。一九四六年七月、軍を除隊したハリー・エラリーは、ウォレントンに戻ってきた。それ以来、従姪に首ったけだが、これまでのところ婚約にはこぎつけていない。ブランチについては、ヒルズとハリー以外に男の気配はなかった。

ジョーン・エラリーは、姉のブランチほど家にこもるタイプではなく、いろいろな若者との社交の場に顔を出していた。ここ数カ月は〈クーリエ〉紙の記者、アップルトン・ウェザレルと親密なようだった。

ブランチとジョーンに関する情報から、もう一つの薄い可能性を消さざるを得ない、とジムは思った。アンナに結婚を妨害された男が、思いを遂げるためにアンナを撃ったという仮説だ。三年前、女の子の父親が被害者となった、似たような事件があった。だが、エラリー事件はそう単純ではなさそうだ。

ジムは、クビアック家に関するバイロの報告に目を向けた。そこには、リタの兄弟姉妹の名前と住所が書かれていた。全員結婚して、ウォーターベリー近郊に住んでいる。両親はすでに他界。母親は一九一六年、父親は一九二七年にこの世を去っていた。

兄弟五人、姉妹三人で、年下のリタはウォーターベリー生まれだが、兄や姉たちはポーランド出身だ。父親は一八九六年にアメリカに移住して、ウォーターベリーで日雇い労働の仕事に就いた。リタはハイスクールに二年通ったのち、第一次世界大戦中に真鍮製造会社で働き始め、ウィルと結婚したときも、同じ会社に勤めていた。

報告書にある情報のほとんどは、バイロがアナスタシア・クビアック・フォーリーから仕入れたものだった。兄弟姉妹の中で最年長だという彼女は、母親の死後、弟や妹たちの世話係となり、いろいろと面倒を見てきたらしい。リタは結婚後、家族をウォレントンに呼びたがらなかったが、ウォーターベリーには時折、顔を見せに来た。アナスタシアに、姑のアンナが自分のことにやたらと口出ししては批判するので、嫌で仕方がないと話したそうだ。夫のウィルは母親に逆らえず、リタ一人に事態を任せきりにしていた。そのウィルが死んだあとアナスタシアが妹に会ったのは、たった二回で、二度目はアンソニー・グリーンと駆け落ちする一カ月前、リタがウォーターベリーにやってきたときだった。

その日のリタは、落ち着きがなく、ひどく落ち込んでいるようだった。ウォレントンでの生活にもう耐えられない、夫の死後、以前にも増して事態は悪化し、娘たちに関する決定権をすべて姑が握ってしまって、自分は何もさせてもらえない、と言うのだった。なんとか状況を変えたいので四人の娘を連れて身を寄せてもいいか、とリタは訊いた。自分が仕事を見つけて生活費を稼ぐから、と。

だが、アナスタシアは断らざるを得なかった。三人の子供を抱え、手狭な家に住んでいるため、夫が首を縦に振らなかったのだ。エラリー家がいくら経済的に苦しいといっても、リタ一人の稼ぎよりは、娘たちに多くのことをしてやれるだろう、とアナスタシアはリタに指摘した。

リタは断られたことに腹を立て、ほかの兄弟たちも助けてくれないのだと文句を言った。誰一人として手を差し伸べてくれようとしない、と。アナスタシアが保険会社から支払われた保険金のことに触れると、家の屋根の葺《ふ》き替えのほか、どうしても必要な修繕のため、舅《しゅうと》のルーカスに五百ドル渡した、と答えた。前から欲しかった毛皮のコートに三百ドル使い、それ以外にも服を買った。アナスタシアは、娘たちの遺産を引き出す裁判所の許可を取って、その金と保険金の残りで小さな家を買うよう勧めた。そして昼間は誰かを雇って子供の面倒を見てもらい、リタは仕事を探せばいい。しかしリタは、それでは生活が大変すぎると反論し、耳を貸そうとしなかった。一日中どこかの工場で働いて——といっても、仕事が見つかればの話で、このときはまさに世界恐慌直後の一九三〇年だった——夜は家の掃除や洗濯にアイロンがけ、娘たちの食事作りに毎日追われることになるからだ。そんな惨めで不幸な暮らしは望んでいないと言い張った。

結局、話し合いは喧嘩別れに終わった。リタはその晩、ウォレントンに帰っていき、次に連絡があったのは、グリーンと駆け落ちした翌日のことだった。ニューヨークから電話をかけてきて、姉に駆け落ちの事実を告げ、「もし、姉さんたちの誰かが私たち母娘を受け入れてくれていたなら、こんなことはしなかったわ」と言った。そして電話口で泣きながら、アナスタシアにこう説明した。「トニーは、結婚してウォレントンで家庭をつくるのを嫌がったの。ほかの男の子供の父親になるのは荷が重すぎる、って」

アナスタシアは子供たちのもとへ戻るよう説得したが、もう手遅れだ、とリタは譲らなかった。グリーンと今後どうするつもりなのかについては明かさなかった。「今日の午後、ニューヨークを発つの」と、電話を切る前にリタが言った。「行く先は誰にもわからないと思うわ」

その日以来、妹からは一切連絡が途絶えてしまった……。

それ以外にもいくつか報告が上がっていた。マギーが死亡した際、ウォレントンの検死官が作成した検死報告の写しには、特に目新しい点はなかった。鑑識に調べてもらっていた、ハリーの所有する三丁とエラリー家の友人が持つ二丁、合わせて五丁の銃の検査結果によれば、いずれも最後に使われたあとできれいに掃除され、油が塗られていた。油は充分に乾いていたので、最近使用された形跡はないとのことだった。少なくとも、この一週間に発砲されていないのは確かだ。墓地の捜索責任者が描いた図には、チェザリーの墓周辺にわかりやすく陰影をつけてあった。濃い色で半分くらい潰してある箇所は、くまなく捜したが弾が見つからなかったことを示していた。鑑識からは、死亡時にアンナが身に着けていたもののリストも届いていた。黒いレーヨンのドレス、同じく黒いレーヨンのスリップ、白いコットンのブラジャー、白いコットンのズロース、ピンクの錦織《ブロケード》のコルセット、暗灰色のライル糸で編んだストッキング、黒のオックスフォード靴。

妻のシャツと短パンや、それと同じくらいの薄着姿を見慣れているジムには、六月の暖かい日の服装にしてはずいぶん着込んでいるな、という印象だった。

ジムは、帽子の記載がないことに気づいた。葬儀社にはなかったから、あとからハンドバッグと一緒に鑑識に回されたはずなのだが……。

キッチンからマーガレットが声をかけた。「アイスコーヒー飲む?」

「あとにするよ」と、ジムは答えた。

ペーパータオルで手を拭きながらマーガレットが入ってきた。ひと目見て夫が考え事に没頭しているのがわかったので、タオルをゴミ箱に捨てると〈ライフ〉誌を手に取って部屋の隅に座った。

そして、ランプの明かりをつけた。ジムは窓の外を見たまま、チェザリーの墓で三度目に空砲を撃ったときのことを思い出していた。左側でちょっとした騒ぎが起こり、弔銃隊の一人がジムにささやいたのだ。「エラリーの婆さんだ。どうも気を失ったらしい」

そして、アンナが運ばれていくのが目の端に入った……。

ジムは太くて黒い眉を寄せた。何かがしっくりこない。繰り返し、その場面を思い返してみた。黒い喪服を着たアンナの両脚がノーマンの腕からだらりと下がり、片腕も力なくぶら下がっている。まだ帽子はかぶったままで、小さな帽子が頭の上にきっちりと乗っている……いったい、何を見過ごしているのだろう?

いくら記憶を呼び覚ましても、それが何かはわからなかった。とりあえず、今は保留にして、あとでまた考えてみるしかなさそうだ。

そこで今度は、犯人について考察を始めた。ノーマンかランキン夫人が犯人でないかぎり、何者かが森から銃撃したと考えて間違いないだろう。葬儀の参列者全員について三日かけて精査したが、アンナを殺す動機につながる人間はいなかった。そうなると、必然的に発砲場所は森ということになる。土地鑑のある誰かが、弔銃隊の空砲に紛れて撃てば発覚しにくいと気づいて、森に潜んでいたのだ。銃の扱いを知り、あえて捕まる危険を冒すほど大胆な人物……。

いや、違う。それほど追い詰められていたと言ったほうがいいだろう。これは、前もって計画を練った犯行ではない。アンナがチェザリーの葬儀に行くことを犯人が知り得たのは、せいぜい一日前だ。緊急に彼女の口を封じる必要があったということか。アンナは、近々何らかの行動に出ることを公言していたのかもしれない。

マーガレットが雑誌のページをめくる音だけが部屋の中に響いた。ジムは煙草に火をつけ、事件の推理を続けた。

かなり確実性の低い殺人計画だ、とジムは思った。犯人は幸運だったと言える。彼にしろ彼女にしろ――便宜上、男と仮定しよう――アンナが森の縁に立つかどうかはわからなかったはずで、うまく射程距離に近づける保証はなかった。撃った直後に大騒ぎになって、森の中に逃げる前に捕まる可能性だってあった。実際には、どれも目論みどおりになったわけだが、犯人の頭の中では、そうした危険性が渦巻いていたことだろう。

だからこそ、追い詰められていたと考えられるのだ。アンナを殺すチャンスを悠長に待つ余裕が、犯人にはなかった。アンナによる脅威が急を要する深刻なものだったために、どんな危険を冒してでも殺害しなければならなかった。

ジムは自分の出した結論を吟味してみた。少なくとも、凶器が銃である理由は説明できるように思う。慌てて殺害を決意した犯人は、ポケットに入り、なおかつ二十フィート強の距離から狙える凶器をすぐに入手できる立場にある人間だった。ハリーが戦地から持ち帰ったルガーとベレッタが除外されたとなると、エラリー家の中にその手の銃の所有登録を持つ者はいない。身内以外にも、ハリーやエラリー家の孫娘たちの友人で兵役経験のある若者は、みな調査済みだ。ハリーのテニス仲間、ウィルバー・ローマンも快くベレッタを警察に提出し、検査の結果、事件には関係ないことが判明した。

ジムは煙草の火を消し、不満げな表情で黄昏時の庭を見つめた。初めから推理を誤っているのかもしれない。凶器と手口だけで、動機が見えない現段階では、どうしても行き詰まってしまう。

だが、たとえ忌まわしい動機をつかんだとしても、それだけでは犯人を逮捕できないのだ、と思い直した。凶器と手口の特定は不可欠だ。

雑誌を膝の上に広げて座っている妻に目をやる。ランプの明かりに照らされて、茶色の髪が輝いている。以前は仕事が好きで捜査に当たっていただけだったが、今はマーガレットとサラがいるおかげで、事件を解決したときの達成感がより大きく確かなものになっていた。

わずかに下を向いたマーガレットの頭に視線を注ぐうち、色黒のジムの顔は和らいでいった。そしてその目が、傍らのテーブルに置かれたアンナのスクラップブックを捉えた。一ページ一ページ、ゆっくりと目を通す。一方、雑誌を読んでいるマーガレットは、ページをめくっていないようだった。

「何か大切な記事でも読んでいるのかい？」と、ジムは尋ねた。

マーガレットは顔を上げて微笑んだ。「流行の夏の遊び着を見ているんだけど、ウォレントンでこんなのを着たら、みんな眉をひそめるかしら、って考えていたの」

ジムはスクラップブックを手に取った。「ちょっと、これを見てもらってもいいかな」

「ええ、もちろん」事件のことを相談されるといつもそうだが、マーガレットは張り切って立ち上がり、ジムのほうへ歩み寄ってスクラップブックを受け取った。

マーガレットがスクラップブックを手にランプのそばに戻って座るより早く、ジムの思考はアンナの殺害の凶器と手口へと戻っていた。凶器の出所の件はとりあえず後まわしにして、墓地について考えた。

「もっと森のほうへ注意を向けていればよかった」と、独りごちた。「なんとか動けるようになったら、すぐにでも行ってみなければ」

コップとストレイダー署長は、墓地の右手には木々が生い茂っていると言っていた。大きな木のあいだに、たくさんの低木が生えているらしい。そう考えると、実は犯人はそれほどの危険を冒したわけではないのかもしれない。身を隠せる場所はたくさんあったのだし、弔銃隊の一斉射撃の合間は、狙いを定めるのに充分だったに違いない。犯人は、二発目の一斉射撃に続いて発砲した。そして……。犯人は、このうえない幸運に恵まれた。その時点では、まさかアンナが撃たれたと判明するまでに一時間以上の猶予が生まれるとは思ってもいなかっただろう。発砲後は、必死で森の中を逃げた。もし犯人が被害者に近しい人物なら、すぐに警察から聴取を受けるとわかっていたはずだから、一刻も早くやらなければならないことが二つあった。凶器の処分と、アリバイの捏造《ねつぞう》だ。

森の中を逃走している犯人を想像してみた。一、二度立ち止まって呼吸を整えながら、追手が来ないか耳を澄ます。森は静寂に包まれている――叫び声は聞こえない。慌ただしく追ってくる足音もない。手に持っている銃をなんとかする必要がある――一時的にでもどこかに隠さなければ――とにかく素早い簡単な方法で。埋めている暇はない。

ジムはファイルを開き、ストレイダーが描いてくれた事件現場のスケッチを取り出した。そこには、ノース・ストリート沿いに立つ二軒の家の向かいに広がる森が描かれていた。森の片側は墓地に接しており、反対側には住宅が立ち並んでいる。住宅の前の短い通りは行き止まりで、その先は峡谷になっていた。峡谷は、墓地と、裏手に何本もの通りがある森の裏側を半マイルほどいった辺りでしだいに深さを失い、やがて野原と一体になる。

状況としては充分だ、とジムは思った。誰にも見られずに現場に近づき、安全に逃走するには、峡谷を通るしかない。三本先の峡谷沿いの通りに、二軒のエラリー家があった。そしてさらにその先の、峡谷の左手に位置する通りにはデルメイン家、もう一本先の通りにマーティン家が立っていた。

峡谷沿いの訊き込みの進み具合は、どうなっているだろう？　よそ者より地元警察のほうが住民は話しやすいだろうと思い、そこはウォレントン警察に任せていた。すぐにストレイダーに電話をかけ、現在の捜査状況を尋ねた。

ストレイダーは、「何も出ていません。何かあれば、ご連絡しますよ」と答えた。

ジムは受話器を置き、再び思考を巡らし始めた。関係者について考えてみる――アンナが死んだとき公園にいたハリー、自室で寝ていたという母親のローラ、お互いの姿が見え、声の届く範囲にいた年下の姉妹。一人は読書をしており、もう一人はロックガーデンで作業をしていた。年上の二人の姉妹は、どちらも祖母が撃たれた時間、自宅に一人でいた。それに、いけ好かない夫たち。家族以外の関係者もいる。まず、家政婦のエッタ・モーズリー。聴取の際の彼女の怯え方は、何か意味があるのか、それとも何の関係もないのか。そして、アンナとは旧知の仲だったクルーズリー医師と、気まぐれに住む場所を選んだランキン夫人。

男性陣では、ハリーがいちばん銃を手に入れやすい。女性ではローラが、息子のハリー経由でアクセス可能だ。だが、いくら考えたところで、すべて推測にすぎない……。

部屋の中で聞こえるのは、スクラップブックをめくる音だけだった。ジムはマッチを擦って煙草に火をつけた。

マッチの音を聞いてマーガレットが顔を上げた。「そのマッチ、私にもちょうだい」

「目の前のテーブルにライターがあるじゃないか」

「オイル切れなのよ」

「いつもそうだよな」ジムは諦め口調で言い、紙マッチをマーガレットの膝に放った。

「ありがとう」マーガレットは煙草に火をつけた。「マギーが精神を病んでいたのは間違いないのよね」

「ああ」

「母親もそうだったのね。新聞の切り抜きに、同じ場所で溺死した、って書いてあるわ」

「そうなんだよ」

マーガレットは煙を吐き出し、物思わしげに言った。「遺伝子の問題かしら」

「精神異常が遺伝するって言うのか」

「そう考えるのが普通でしょう」

「いや、そうともかぎらないよ。家系に問題がある確証はない。母親は出産後に入水自殺したんだし、マギーはクルーズリーから受けた精神的ショックから立ち直れなかったわけだからね」

「まさに、そこよ。二人とも精神に異常があったから、目の前の問題に対処できなかったとも考えられるわ。赤ちゃんを産む人も、自分を振り向いてくれない男性を愛してしまう人も大勢いるけれど、自殺はしないもの」マーガレットは少し間をおいてから言った。「いったい、あの一家の過去にどんな秘密が隠されているのかしら」

「知りたくもないね」強い口調でジムが言った。「現在の問題だけで手いっぱいだ」

「それもそうね」どこかうわの空で応えたマーガレットの視線は、再びスクラップブックに注がれていた。「婚約破棄のあと撮られたマギーの写真——彼女が植えたモックオレンジの前で写っている写真のポーズ、ちょっと変ね。なんだか怖がっていて、今にも逃げ出そうとしているみたい。表情を見ればわかるわ」

「あとから考えるから、そう見えるってことじゃなくて？」

「違うわ。よく見て、すぐわかるから」マーガレットは立ち上がり、写真のページを開いたスクラップブックをジムのところへ持ってきた。カメラに背を向けかけたマギーの写真に二人で見入る。言われてみれば、確かにカメラのレンズを避けて、急いで逃げようとしているように見える。

「やっぱり変よ」

「ああ、そうだな」

マーガレットはソファに戻ってランプのそばに座った。写真を見ながら、広い額に皺を寄せて考え込んでいる。

そんな妻を見て、ジムは微笑んだ。「ほかにも気になることがあるのかい？」

「わからないけど……何かが――」

電話が鳴った。ジムが受話器を取った。「もしもし、オニールです」

それから、時折「ああ」と「なるほど」という言葉を繰り返し、最後にこう言った。「写しが欲しいな。すぐに届けてくれるか……恩に着るよ」

電話を切り、うれしそうな目でマーガレットを見た。「カリフォルニアのボーナム警察から連絡が入ったそうだ。彼らは――」

「リタ・クビアックね！」と、マーガレットが興奮した声を上げた。「リタが見つかったのね！」

「いや、だがアンソニー・グリーンの居場所がわかった。彼はボーナムにいる」

「リタも？」

「グリーンはボーナム警察に、リタは何年も前に出ていったと言ったそうだ」

「どうして、こんなに早く見つかったの？」

「グリーンの名が市民名簿に載っていたんだ。電気技師という職業と自宅の住所、妻の名前やなんかもね」

「でも――」

「まあまあ、ボーナム警察から報告書のコピーがすぐに届くから、詳しいことはそれからだ。グリーンの話では、駆け落ちの一年半後にリタは出ていった。つまり、一九三二年の五月頃ってことだな。それ以来、リタの消息は知らないそうだ。ボーナム警察はグリーンの話を疑っているようだが」

「私だってそうよ。女に家も子供も捨てさせて何千マイルも離れた地へ誘っておきながら、たった一年半後に別れるなんてひどい話、とても信じられないわ」

「嫌な男だというのは認めるが、そもそも結婚を言いだされなかった時点で、リタは家にとどまるべきだったんだ」ジムは首を振った。「男のこととなると、女ってのは愚かな行動に走ることもあるんだな」

一瞬、マーガレットは憤慨し、反論しようと唇を開きかけたが、思い直して口をつぐんだ。あてつけがましく、スクラップブックに集中するふりをする。

ジムは、にやりとした。「過去の恋愛沙汰がバレて、今頃グリーンの奥さんが大騒ぎしているだろうと思えば、少しは気が晴れるかい?」

「奥さんが、肉切りナイフを突きつけていればいいと思うわ」

三十分後、報告書のコピーが届いた。内容を見ると、グリーンには妻の嫉妬以上に直面しなければならない問題がありそうだった。

ジムは報告書を読み上げた。

コネティカット州ハンプトン郡
州検事局
ジェイムズ・オニール刑事宛て――六月二十二日の問い合わせに関する回答

アンソニー・グリーンは市民名簿に掲載されていた。バンフォース電力会社に勤務する電気技師で、住所はボーナム、スターリン・ストリート八八四番地。妻の名はジャネット。六月二十三日、勤務する会社にて聴取を行った。その結果、一九三〇年十月にコネティカット州ウォレントンのリタ・クビアック・エラリーと駆け落ちした男に間違いないことが判明。本人の供述によれば、二人は車でカリフォルニアへ来て、グリーンは一九三一年一月、バンフォース電力会社に就職。ボーナム、バークリー・ストリートの所帯向けの下宿にグリーン夫妻として居住。上記の住所に居住中の一九三二年四月、グリーンが仕事に行っているあいだにリタが家を出た。当時、二人の関係はうまくいっていなかったとのこと。グリーンが結婚を拒んだために口論が絶えなかった。午前中にリタがタクシーで出ていくのを大家が目撃していた。ボーナムのホテルや下宿では発見できず、それ以上の捜索は行われなかった。グリーンが関係修復を望んでいなかったのが理由である。リタは、数百ドルを所持していたと思われる。大家の名についてグリーンの記憶は曖昧で、ミラーかミルトンだった気がするとのことだった。その後、グリーンはホテルに移住し、一九三四年に現在の妻と結婚。息子が二人。バークリー・ストリートの番地は覚えていない。調査の結果、下宿は一九三九年に取り壊されたことが判明。大家のバーサ・ミルズは同年に死去。リタを本名でもグリーン夫人としても覚えている人間は見つからなかった。行方不明者には登録されていない。現在、一九三一年と三二年にバークリー・ストリートに居住していた住民の記録を調査中。追って連絡する。リタの失踪が殺人であることを証言する者が見つかったら、直ちに報告する。

カリフォルニア州
ボーナム警察署長
ドメニク・ヴァレッジャ

ジムは小さく口笛を吹き、報告書をテーブルに置いた。「ヴァレッジャは、私より先を行ってるな」と言い、少し間をおいて続けた。「しかも、かなり飛躍している。実は、リタについて私は別の考えを持っているんだ。まだぼんやりとではあるが、ヴァレッジャとは違う見解をね」

「どんな?」

「リタがアンナに報復したのではないかと思っているんだ。姑に対する憎しみを抱えて戻ってきて口論になり、葬儀に出かけるアンナを追っていき、森の中から撃った」ジムは眉を上げた。「どう思う?」

「さあ――カリフォルニアからの報告書もあることだし――」

「下宿っていうのはね」ジムは、マーガレットに教えるように言った。「殺人現場には向かないんだ。グリーンが犯人だとすると、リタがひと言も声を発しないように殺し、誰にも見られずに遺体を運び出し、こっそり彼女の服を処分して、大家やリタの知り合いに――彼女にも知り合いくらいはいただろうからね――もっともらしい言い訳をでっち上げたうえで、発見されない場所に遺体を捨てなきゃならない。とても骨の折れる作業だよ」

マーガレットは頷いた。「それに、どうしてリタを殺す必要があるの？　正式に結婚してはいないんだから、嫌になったなら、彼女のもとを去ればいいだけの話だわ」

「そう単純にはいかないものだけどな」足首がしだいに疼《うず》き始め、ジムは前傾して足の向きを変えた。「だが、グリーンの言うとおり本当にリタが自分から出ていって、家族と顔を合わせられずに一人で暮らしているとしたら、何年ものあいだ、ずっとそのことを考え続けているだろうな――」

「それよ。憎い姑が自分の人生を無茶苦茶にしたのだと思い込んで、すべてをアンナのせいにしたんだわ。これで事件は解決ね！」

ジムは苦笑いを浮かべた。「そう早まるなよ。リタが最後に目撃されたのは、カリフォルニアのボーナムなんだ。それも十七年も前にね。だが」――考え込むような口調になった――「その線で考えると、いろいろなことが見えてくる気がする」

「ルーカスもアンナも死んだわけだから、捜査が打ち切られたら、リタは自由に娘たちに会いに来られるわね」

「そうだな」と相づちを打ちながらも、ジムはマーガレットほど楽観的にはなれなかった。自分の推理の弱点が、頭の中で大きく膨らんでいたのである。

第九章

クルーズリー医師はジムの足の状態を見てから、膝と、ギプスの上の部分をチェックした。あちこちを丁寧につつく。「血行はいいようですね」と言って、ジムの足にスリッパを戻し、しゃがんでいた体を起こした。「順調に回復しています。次にメルヴィル先生に診てもらうのは、いつですか」

「来週です。もう少し動きまわりやすいものに変えてもらえる予定です」

「それはいい。夜、痛みます？　よく眠れていますか」

「メルヴィル先生から痛み止めをもらっていますから」

「それなら安心ですね」

ジムはテーブルの上にあった煙草入れを開け、クルーズリーに一本勧めた。「座って一服やりませんか。お時間が許せば、少しお話ししたいのですが」

クルーズリーは煙草を受け取ってジムに火をつけてもらうと腰を下ろし、瞳に警戒感をにじませた。

「オニールさん、今日は医者として呼ばれたのだと思っていましたが……。奥さんは電話で、あなたの足首を診てほしいとおっしゃいましたよ」

「そのとおりです。診察はもうしていただいたので、差し支えなければ、ルーカス・エラリーの死について二、三お尋ねしたいのです」

「差し支えなど、あるわけがないじゃないですか。しかし、動脈血栓で亡くなったこと以外、お話しできることはたいしてありませんよ」

「夫人のアンナも同じ死因だとおっしゃいましたよね」ジムが、さりげなく本題を切りだした。「その偶然性に、どうしても興味を惹かれるんです」

クルーズリーは赤面し、淡々と説明を始めた。「ルーカスは七十五で、それまで病気には無縁の、年齢をものともしないタイプの人でした。亡くなる日も寸前まで元気にしていて、家族と夕食をたっぷり食べ、酒も二、三杯飲みました。発作に見舞われて私が駆けつけたときには、すでに意識不明の状態で、体温も血圧も低下し、脈が弱ってチアノーゼが出ていたのです。みんなでルーカスをベッドに運んで――あの状態で病院まで搬送するのは危険でしたから――ジギタリスを静脈から注入し、ショック症状の治療を施しました」

「意識を取り戻すことなく息を引き取ったのですか」

「はい。死因に疑問はないと思ったのですが、もちろん、すぐに検死医のライトに知らせました。結局、遺体を検死した彼も私と同意見でした」クルーズリーは勢いよく煙草の煙を吐き出すと、身を乗り出して煙草を灰皿に押しつけた。抑えていた怒りが噴き出してきたようだった。

「なるほど」ジムも吸い終えた煙草をもみ消した。吸い口をつまんで紙を剝がし、煙草の葉が落ちるのを見つめてから、紙を丸めて灰皿に無造作に捨てた。「夫人の話に戻りましょうか、先生」

二人は、再びアンナの死亡時の状況を確認した。アンナの遺体は書斎のソファに寝かされていた。過去の既往歴、夫を亡くしたばかりの悲しみとストレス、迂闊《うかつ》にも夫の死を思い起こさせる葬儀の場に参列してしまったこと……。

「そうした点をすべて考慮に入れると自然死に間違いなく、彼女の死はある意味、必然的だったと言ってもおかしくないと思ったのです」クルーズリーは早口に自己弁護をした。「年も年ですし……だいたい、銃創を探す理由なんてないじゃありませんか。出血は見られず、気絶したと聞かされて、ソファに静かに横たえてある遺体と対面したんですから」親指と人差し指で下唇をつまんで口ごもり、事件性があると見抜けなかったことを正当化する言葉を探した。

「家族が遺体を取り囲んで、孫娘の一人が泣いていました――でも、横たわるアンナのご遺体は、誰よりも安らかな顔をしていたんです。彼女の持ち物がソファの脇の椅子に置かれていて――」

「彼女の持ち物？　ああ、帽子とハンドバッグですね」

「はい。椅子の背もたれには、たたんだコートが掛かっていました」

「コートですって？」椅子の肘掛けを握るジムの手に思わず力が入った。それだ。墓地でのシーンを思い出すたびに、ずっと引っ掛かっていたものの正体がわかった。運ばれていくアンナのだらりと垂れた腕が再び脳裏によみがえる。長く黒い袖――あれはコートの袖だったのだ！

「なんてこった」ジムは胸の内で舌打ちをした。「危うく見過ごすところだった」

感情を悟られないよう、あくまで事務的な口調で尋ねた。「葬儀のとき、彼女はコートを着ていたんですね？」

「そう言われると――」クルーズリーは、自信なさそうな顔になった。「着ていたかどうかはわかりません。椅子に掛かっていたのは確かですが」

「お孫さんの一人が――確かテレサさんだったと思いますが――夫人が当日身に着けていたのは、葬儀社の遺体安置所で着ていた服以外に、帽子、手袋、ハンドバッグだったと言っていました。コートの話に触れた人は一人もいませんでした。かなり暖かい日でしたからね。まさかコートを着ていたとは思いもしなかったのでしょう」

クルーズリーは肩をすくめた。「でも、少し雨が降ったでしょう。彼女は、隙間風とか風邪を引くことなんかに神経質でしたよ」

「話が逸れてしまいましたね。特に重要なことではありません」ジムは、いかにも心からの言葉のように言った。次の質問は、ソファに横たわった遺体ともコートとも無関係なことだった。「エラリー家とは、長いお付き合いだそうですね」

「私がウォレントンに移り住んだのは一九〇四年で、それからほどなくエラリー家の人々と知り合いました」

「そして、マギー・エラリーと婚約なさったわけですか」

「ええ」クルーズリーの顔が、今度は怒りで赤くなった。「ですが昔の、しかもプライベートな話です。今回の事件とは何の関係もありません」

「どうでしょうね……今、その点をはっきりさせようとしているところです。マギーが婚約を解消したのは結婚式の直前だったとお聞きしましたが、本当ですか」

「まあ、そうですね」クルーズリーは歯切れの悪い答え方をした。

ジムは、相手をなだめるように手を上げた。「信じてください、先生。なにも私は、人の私生活を詮索したいわけではありません。ただ、エラリー家に関する事実を整理する必要がありましてね。曖昧な部分を残したくないんですよ」

「墓に四十年間も眠っている彼女を、そっとしておいてはあげられないんですか」と、クルーズリーは噛みつき、立ち上がった。「診察がありますので、もう失礼します」

「もう一つだけ。婚約破棄に対するエラリー夫人の反応は、どんなものでしたか」

クルーズリーは屈んで鞄を手にすると、背筋を伸ばして鋭い目でジムを見下ろした。「私の味方になって、どうにか仲裁しようと努力してくれました。私が彼女の主治医になったのをお忘れですか。私のことをよく思っていなかったなら、主治医にするはずがないでしょう」

「それはそうですよね……義姉である夫人の意見を、マギーは聞き入れなかったということですか」

「誰の言うことも聞こうとはしませんでした。マギーには頑固なところがありましたから……」一瞬、ジムの存在を忘れて過去の記憶を手繰るかのような遠い目になった。そして、「できれば、マギーのことにはかまわないでいただきたい」と言った。

ジムの返事を待たずに、クルーズリーはそそくさと出ていき、玄関の網戸が閉まったのと同時に外に車が停まる音がした。ジムはゆったりと座り直した。おそらくコップだろう。

ドアをおざなりにノックする音に続き、コップがリビングに現れた。

「こんにちは。お加減はいかがです？」

「まあまあだ。なあ、これから君は何をするんだと思う？」

「もちろん、座るんですよ」コップは、どさりと巨体を椅子に沈め、怪訝そうにジムを見た。「ほかに、この動作を何て呼ぶっていうんですか」

「座っている暇はないぞ。すぐにエラリー家へ行ってくれ。アンナのコートが欲しい」ジムはクルーズリーから聞いた話を手短に説明した。

コップが軽く口笛を吹いた。「そいつは、大事なものを見逃していましたね。グッドリッチ検事が聞いたら怒りそうだ」

「自分でも頭にきてるさ。とにかく、コートを手に入れて、鑑識に届けさせてくれ。君には、またここに戻ってきてもらいたい」

コップが鳴らした呼び鈴に応えて出てきたのは、ジョーンだった。用件を告げると、目を丸くした。

「祖母のコートですか？ でも、祖母はコートなんて着ていませんでしたよ！」

「だったら、手に持っていたのでしょう」

「ちょっとお待ちください」ジョーンは階段のほうへ向かって呼びかけた。「ブランチ！」

「何の用？」階段の上にブランチが姿を見せた。

「お祖母様のコートのことで刑事さんがいらしてるの。あの日、お祖母様がコートを着ていたとおっしゃるのよ」

「あるいは、手に持っていたのかもしれません」几帳面なコップが付け加えた。

「コートは着ていなかった、って私は言ったんだけど」

「ちょっと待って――そう、持っていったわ。忘れてました。出かける間際になって、二階に取りに行かされたんです」

「そのコートは、今どちらに？」

「手渡したあとは見ていませんし、気にもしていませんでした。クローゼットを見てみますね……」

言いながら祖母の寝室に向かったので、後半は声が遠のいた。しばらくして階段を下りてきたブランチは、何も手にしていなかった。「なかったわ。ジョーン、廊下のクローゼットはどうかしら……」

娘たちは玄関側と裏口側にあるクローゼットと、ダイニングのクローゼットをチェックした。それから二階へ上がり、捜索の様子は二人の足音からコップにも伝わってきた。コートは、いよいよ重要性を増してきており、コップはそわそわした気持ちで待った。

ようやく二人が下りてきた。「いったい、どういうことかしら」ジョーンが困惑顔で言った。「家の中にはないみたいです」

謎を解明したのはコップだった。電話を借り、アンナが死んだ場に居合わせた人たちに問い合わせたのだ。ランキン夫人にかけたとき、答えがわかった。「ああ、それなら、ここにありますわ。あの日、家に帰ろうとしたら、急に雨が降りだしたんです。それで、つい椅子の上に掛かっていたコートを手に取って、雨避けにしたんです。お返ししようと思っていたのをすっかり忘れていました。申し訳ありません、巡査部長さん。重大なご迷惑をおかけしたのでなければいいのですが」

〈巡査部長〉という呼び方くらいでごまかされるコップではなかった。電話に向かって重々しく言った。「重大なことです。エラリー夫人のような亡くなり方をしたときは、証拠品を動かしてはいけないんです」

ランキン夫人は、うろたえた声を上げた。「まあ！　今すぐお持ちします」

「そうしてください。こちらのお嬢さん方に特定してもらいますから」

三人は玄関で待った。ブランチが言った。「ランキンさんに、うちの中の物を自由にする権利を与えた覚えはないわ。黙ってお祖母様のコートを持っていくなんて」

「悪気はなかったんだと思うわ」と、ジョーンが言った。

コップはブランチの意見に賛成だったので、ジョーンよりもブランチのほうに好意的な目を向けた。

一分後、ランキン夫人が隣家の前を大急ぎで横切り、私道を駆け上がってきた。たどり着いたときには息が切れていた。

「すみません」と、喘ぎながら言う。「まさか、そんなに大変なことだとは思いもしなくて――」コップから二人の娘に視線を移した。「どう思われても仕方がありませんわね――お祖母様のコートを黙って持ち出したんですもの――」

「いいんですよ」と、ジョーンが安心させるように言った。「どうぞお気になさらないでください」

ブランチとコップは無言だった。コップが黒いブロード生地のコートを広げ、娘たちに見せた。

「あの日、夫人が持っていったものに間違いありませんか」

「はい」

たたんだコートを抱え、睨みつけるような目でランキン夫人を見た。「エラリーさんがこのコートを着ているのを見ましたか」

「天気が荒れ始めたときに着ていらっしゃいました。どうしてコートなんか着るのかしら、って思ったのを覚えていて――」

「結構です。ありがとうございました」コップは戦利品を持って車に乗り込み、あらためてコートをじっくり検分した。

外から見た分には、右肩の縫い目に異常はない。中の肩パッドを探りながら、コップは期待感に胸を躍らせた。パッドの裂け目に太い指を入れると、コットンのパッドの中にとどまっていた小さな堅いものが指先に触れた。ついに、弾丸が見つかったのだ。

弾をそのままにし、墓地へ車を走らせた。そして、ほっとした顔の州警察の警官とウォレントン警察からの応援要員に、弾丸の捜索終了を告げた。「あとは、銃を見つけるだけだ」

州警察の警官がコートを届けに鑑識ラボへ向かい、応援の警官は森で銃の捜索に当たっているチームに合流、コップはジムの家に戻った。

ジムは裏庭にいて、椅子のそばに松葉杖が置かれていた。コップが裏庭に入ったとき、ジムは遊び場にいるサラと言い合いをしていた。

「ママが買い物に行っているときは、そこから出ちゃいけないんだよ」と、ジムが言い聞かせているところだった。「ママが帰ってくるまで待たなくちゃ」

幼いサラは、ゲートをバンバン叩きながら泣き叫んでいた。「パパのそばにすわりたいの。すわりたいんだもん！」

「どうしたんです？」と、コップは訊いた。「あの子をゲートから出したら、どこかへ逃げてしまうと思っているんですか」

「ああ、絶対だ。でも、今の私には追いかけまわすことができない。マーガレットが帰ってくるまで、あそこにいてもらわなければ」泣き叫ぶ娘を見て、ジムは顔をしかめた。「まったく、まいったな！いつだって午前中はあの中で楽しく遊ぶくせに、私が家にいるものだから、こんな大騒ぎをするんだ」

「私が出してあげましょうか」

「いや。サラには我慢することを教えなくちゃならない。それに妻にも、殺人事件の捜査をしながら子守りはできないということをわからせなくては」

コップは無表情だったが、ジムのそばに椅子を引き寄せたとき、その目がおかしそうにわずかにきらめいた。徐々におとなしくなってきたサラの抗議の声を聞きながら、上司であるジムに弾が見つかったことを報告した。

「よし、やっと運が巡ってきたな」ジムは、すっかり上機嫌になった。「暗闇の中を走りまわって、今ようやくスタート地点に立てたわけだ。二、三時間待って、ラボに連絡してみよう。検査結果をもらうまで、しつこく催促して……」急に黙り込んだかと思うと、やがて口を開いた。「ここに座っているあいだ、ハリーの銃について考えてみたんだ。本人に連絡を取ろうとしたんだが、夜まで帰らないという。そこで、ハリーが戦地から戻ったとき、どこの港に着いたのか、退役軍人会に問い合わせてみた。だが、彼は会との関わりが薄いらしくて記録がなかった。調べるには少し時間がかかりそうだ」

「なぜ知りたいんです？」

「税関に、ハリーが持ち帰った銃の種類やシリアルナンバーの記録があるんじゃないかと思ってね。彼はルガーを二丁持っていた。ベレッタも二丁あったかもしれない」

「どの港に上陸したか知る必要がありますか。ワシントンに問い合わせてみては？」

「下船した港のほうが早いと思う。そのうち結果が出るだろう。フォンテインには会えたのか」

「ええ。ゆうべは帰りが遅かったようなので、今朝会ってきました。そのことを報告しようと思ったら、コート捜しに行かされたんですよ。フォンテインは、あの事故を昨日のことのように覚えていました。おそらく、人生のハイライトとも言える出来事だったんでしょう。マギーが川のそばにどんな様子で座っていて、彼が通り過ぎたときにどんなふうに顔を背けたかを話してくれました。横に帽子と箱があったこともね。箱は、茶色い紙に包まれていたそうです」

コッブは言葉を切り、ジムがその意味をのみ込むのを待った。

「驚いたな」と、ジムは言った。「手提げ金庫とはかぎらないわけだ……」

コップは頷いた。「そうなんですよ」

「ストレイダーは茶色い紙のことは言っていなかった――新聞記事にも書かれていなかったぞ――」

コップは再び頷いた。「要するに、忘れられたんですね。その日に金庫がなくなって、フォンテインが見たのがちょうど大きさも形も同じくらいだったんで、みんな、そう思い込んだんでしょう。いや、実際に金庫だったのかもしれません――しかし、やはり疑問は残ります――それと今年の春、ノーマンの会社でトラックを修理したとき、彼とその話になったらしいんです。箱が紙に包まれていたと聞いて、ノーマンは興奮した様子だったそうです。古いラブレターとか書類が入った箱だったかもしれない、と言ってね。それでルーカス老人のところへ飛んでいって、マギーは金を持って入水したのではなく、埋めたのかもしれないから、ブルドーザーで庭を掘り起こしたいと談判したんです。だが、ルーカスは耳を貸そうとしなかった。マギーが死んだあと、さんざん捜したし、ラブレターなど持っていなかったから、誰かに見られたときのために金庫を紙に包んでいたのだろう、と言ってね。二人は相当もめたようです。かっとなったノーマンが、事の次第をフォンテインに話したんです。ルーカス爺さんに、敷地を掘り起こすつもりも、そんなことで妹の過去を掘り返すつもりもないと突っぱねられ、マギーは金とともに永遠の眠りにつき、世間から忘れ去られるほうがいいのだと言われた、とね。夫人のアンナも夫の肩を持ちました。自分は庭を掘り起こそうと躍起なのだが、ルーカスは一度決めたらそれを翻す人ではないし、アンナも同様だ、とノーマンはフォンテインに言ったそうです。それで、計画は頓挫したというわけです」

ジムは仰向けになり、砂場で遊びだしていたサラに目をやった。そして、ベッドに寝たままでコップにこう指示した。「ノーマンに電話をかけてくれないか。ここへ来るよう言ってくれ」

第十章

「言っときますがね」ノーマンは猛反発した。「祖父があっけなく死んだからって、祖母まで亡き者にしようなんて考えるもんですか。確かに二人は、芝生を掘り返すことに反対でした。でも僕はごく普通の人間で、これまでだって、やりたいことを人に阻まれた経験は数知れません。だからといって、銃でその人たちを撃ったことなど一度だってありませんよ」

「誰もそんなふうには思っていません。手提げ金庫に関するあなたの意見をお訊きしたいだけです」

彼らは、木の下に半円状に座っていた。ノーマンが来たときから、サラの視線は彼に釘づけだった。よほど興味を惹かれたらしく、ジムとコップに交互に顔を向けて話すノーマンの手や肩が動くたびに、それをしきりに目で追っていた。遊び場のゲートにぶら下がり、じっと視線を注いでいる。

「どうせあなた方も、ほかの人たちと同じで、ばかげた思いつきだって言いたいんでしょう！」

「とんでもない。誰がそんなことを？」

「家族みんなですよ。妻と、たぶんテスとロイは別ですけどね。あの三人は、僕の思うとおりにやらせてみようと思っているはずです――ロイは、とにかく自分が金を払わずに済めば、どうだっていいんだ。それ以外の家族は、僕の計画に一切関わりたがらない。ハリーとローラ叔母さん、妹二人、そしてもちろん、生きていたときの祖父母もね。芝生は元どおりにすると言ったんですが、祖父は聞く耳を持たなくて。八十年近く前に家を建てたときに曾祖父が植えたものを、僕に掘り返させるわけにはいかないって言うんですよ。祖母も同意見でした」

ジムは煙草のパックを軽く揺すって、一本勧めた。ノーマンはライターを取り出し、煙草に火をつけた。

「きっと、そのうち説得できますよ」と、ジムは言った。

ノーマンは警戒したような目つきでジムを見ると、「どうでしょう——難しいんじゃないですかね」と、ぼんやり言った。「実際、それについては考えていませんでした」

「しかし、あなたはマギーが敷地のどこかに金庫を埋めたと思っていらっしゃるんですよね。そして、それを裏づけるのは、箱が紙に包まれていたというフォンテインの言葉だけだ」

ジムの声は淡々としていた。ただ事実を述べたにすぎないのに、ノーマンはやけに弁解がましくなり、両手を振り上げて声高に言った。「だって、マギーは金を大事にしていたでしょう？　金がすべてだ、って言っていたんですよ！　もしそうだとしたら、そんな大切なものを川の底でなくすようなことをすると思いますか」

「どちらの可能性も考えられますね。金が大事だったからこそ、自殺するときに一緒に持っていこうとしたのかもしれません」

「僕は逆だと思います」と、ノーマンは言い張った。「僕の考えが正しいとすれば、マギーは金庫を敷地内に埋めたに違いない。家の中にも納屋にもありませんでしたし、彼女は銀行と川沿いの散歩以外、外出しなかったんですから。頭のおかしくなった人間が、貴重品をどうすると思います？　隠すんですよ！　埋めることだってある。子供の頃、隣に住んでいた老婆みたいにね。その老婆は気がふれていて、なんでも埋めたんですよ。大切にしていた銀の指ぬき、保険証書、年金の入った財布とか、なんでもかんでもです。ラニー・フォンテインに箱のことを聞いたとき、すぐにその老婆のことを思い出しました。ラブレターか何かが入っていたのかもしれないと祖父に言ったんですが――」

「ラブレターなど知らないと言われたんですね」

「ええ、でもそれが何だって言うんです？　僕はね、マギーが持っていたのはボール紙製の箱で、水に濡れたときに壊れてしまったんじゃないかと思うんです。警察は、川を捜索したんですよね？　もし、金庫のような重い物があれば、見つけているはずでしょう」

「捜索した場所が違っていたのかもしれません」

「ええ、ええ、わかりましたよ！」ノーマンは頭を反らした。「たぶん僕が間違っているんでしょうよ！　でも、可能性はゼロではないでしょう？　マギーは、八万ドルは持っていたはずなんです。捜すだけ捜してみろ、と祖父母が言ってもいいと思いませんか」

ジムは首を横に振った。「わかりませんが、どうやら彼らは、あなたの推論より芝生を取ったようですね。二人は、マギーのことをよく知っています。一緒に暮らしていた家族なんですから。おそらく、マギーが金庫とともに川に飛び込んだのを確信していたんでしょう」

ノーマンは腹立たしげに声を荒らげた。「よく、そんなふうに冷静に言えますね！　金のことなんて、あなたにとってはどうでもいいんでしょう！」

「ええ。ですが、エラリー夫人を殺した犯人を見つけるのが私の仕事です。もし、彼女の死に金が絡んでいるのだとしたら、私にとっても一大事です」

感情を抑えたジムの冷静な口調に、ノーマンの怒りが静まった。二人の刑事を不安げに見比べ、弱々しい笑みを浮かべた。「僕は昔から短気でしてね。いつもそうなんです。こんなふうに、すぐ感情を爆発させてしまう。さんざん吐き出すと落ち着くんですけどね」

「そうですか」と、ジムは言ったが、信じたのかどうかは定かでなかった。

ノーマンが出ていくと、コップの明るい、ほとんど無色に近い瞳がジムの目と合った。コップが質問を声に出す前に、ジムは答えた。

「いや、彼は違うな。だが、この程度の見込み違いなら、これまでだって数えきれないほどあったさ」ジムは腕時計を見た。「例の会社の人間に今日中に会うつもりなら、そろそろボストンに向かったほうがいいぞ」

「ええ」コップが立ち上がった。「インダストリアル・セールス・アソシエーション。顧問はジョナサン・ランキン」ジムを見下ろして言った。「彼の未亡人には、どうも何か裏があるような気がします」

「ランキン夫人に？　どんな？」

コップは肩をすくめた。「わかりません。夫が勤めていた会社の人間に話を聞けば、はっきりするかもしれません。とにかく彼女は――あなたは一度しか会っていませんでしたね。私は三、四回会っているんですが、常に他人を喜ばせようとする人で、それがなんていうか――」

懸命に考えを言葉にしようとしているのが、ふくよかな顔に出ていた。決して得意とは言えない分野だ。コップが得意なのは、事実の積み重ねだった。「ランキン夫人は、もっとゆったり構えるべきだと思います」と、ようやく言った。

「彼女はクルーズリーに夢中だ。そのせいで、そんなふうに感じるのかもしれないよ」

「まあ、ボストンに行けばわかるでしょう。もう出なければ」

私道に向かって歩きかけたコップは、遊び場の脇で足を止めた。ポケットから小銭を取り出す。コインを選ぶコップを、サラは真剣な顔で見つめていた。「ほら」と、コップが言った。「この五セントでソフトクリームを食べるといい」

サラは満面の笑みで手を伸ばしたが、ジムが止めた。「おい、コップ、サラに小銭をやらないでくれ。口に入れたら大変だ」

「おっと、そこまでは考えていませんでした」コップは、きまり悪そうにジムを振り返った。小銭が引っ込められるのを見てサラの顔が曇り、「ソフトクリーム！」と、憮然として大声を上げた。

「大丈夫、これをパパにあげるから、あとでパパが買ってくれるよ。いいね？」

サラの目に涙があふれた。どうしようもない悲しみに打ちひしがれたように黙り込んでいる。

「サラ――」と、ジムが声をかけたとき、マーガレットの車が庭に入ってきた。

「ママ！」サラは遊び場の隅に向かって駆けだした。「ママ、おかえりなさい、おかえりなさい」ソフトクリームのことは、すっかり忘れ去られていた。

コップは安堵のため息を漏らし、芝生を横切ってジムに五セント硬貨を手渡した。「これでソフトクリームを買ってあげてください」

「ありがとう。悪いな」

コップがいなくなったあと、食材を家に運び込んだマーガレットが、「ランチはここで食べましょうよ」と言い、サラに声をかけた。「お庭でピクニックをするわよ。楽しそうでしょう？」

「うん。もうでてもいい？」

「ええ、いいわよ」マーガレットがゲートを開けると、サラはまっしぐらに隣家へ駆けていった。「オールドフィールドさん！」と、裏口の階段から呼びかける。「オールドフィールドさん！」

オールドフィールド夫人がドアを開けた。「まあ、誰かと思えば。どうぞお入りなさい」

「あの子は、いつもお隣で何をしているんだ？」ジムは妻に訊いた。

「お喋りするの」と、マーガレットが答えた。「マーサは聞き上手なのよ。それにね、お手伝いもするの。埃を払ったり、ベッドを直したり。お昼をごちそうになる日なんて、マーサの話では銀食器まで拭くらしいわ」

「本当か？　うちじゃ、手伝いをしているところなんか見たことがないぞ」

「そうよね。大いなる謎だわ。子供って、自分の家では何もやりたがらないものなのよ」

その後、三人は庭でピクニック・ランチを楽しんだ。午後は何人もの出入りがあるなか、サラは昼寝をし、マーガレットは神妙な面持ちで山のような繕い物に取り組んだ。ジムがようやく窓際の椅子に落ち着きかけたとき、電話が鳴った。それから一時間、電話は鳴りっ放しだった。

玄関の呼び鈴を鳴らしたアップ・ウェザレルを、マーガレットが迎え入れた。「ウォレントン・クーリエ紙の者です」と、アップはジムに名乗った。

「覚えているよ」新聞記者を煩わしく思っているジムは、気のない声で応じた。

「今夜が記事の締め切りなんで、エラリー事件に進展はないかと寄ってみました。地元の強みを生かさなくちゃ。地方週刊紙が大都市の日刊紙を出し抜くには、それしかありませんからね」

「かけたまえ」ジムは、できるだけ友好的に聞こえるように言った。「だが、たいした収穫は期待できないぞ。特に目新しい事実は上がっていないんだ」

「そんなことはないでしょう」アップは座って煙草に火をつけた。「墓地から捜査員を引き上げましたよね。まだ森と峡谷は捜索しているようですが、チェザリーの墓周辺には誰もいません。弾を発見したんじゃないですか」

ジムは苦々しげに口元を引き締めた。「秘密にはできないもんだな。ああ、そのとおりだ。鑑識に回したよ。まだ結果報告はない」

「そうか！　他紙は嗅ぎつけていませんかね」

「ああ。私は話していない」

「こいつは、すごいぞ！　チェザリーの墓の近くで見つかったんですか」

ジムはため息をついた。「いや」

「じゃあ、どこで？」

「まいったな」

アップは、うれしそうな愛想のいい笑みを浮かべた。「被害者のコートの袖に入っていたんですね」

眉を上げたジムの顔を見て続けた。「今朝コートを取りに行かせたのは、わかっているんです」

「ほう？　なるほど——どの孫娘が君のお気に入りなんだ？」

「ジョーンです。あえて訊かれれば、という程度のことですけどね」

「事件の記事を書いたら、まずいんじゃないのか」

アップの顔がやや曇った。「いいえ。僕は道理をわきまえていますから。弾の件を記事にするのを妨害するんですか」

「いいや、そんなつもりはない」ジムは、少々意地の悪い満足感を覚えながら付け加えた。「明日、君の週刊紙が出る頃には、どうせハンプトンの記者が嗅ぎつけているだろうさ」

するると、週刊紙と日刊紙の違いをくどくどと聞かせられる羽目になった。「――つまりですね」と、アップは締めくくった。「特別な観点や詳細な事実がなければ、日刊紙に太刀打ちできないわけです。もちろん」――アップに笑顔が戻った――「今回の弾の件のようなスクープをつかむチャンスは、常に狙ってますけどね」

サラのショートパンツにできたかぎ裂きをどうにか繕ったマーガレットが、会話に加わった。

「町民集会《タウンミーティング》について、明日のクーリエには何て書くつもりなんですの?」

「先週の記事の続きですよ。新たに学校を造る必要があるという線です」

「婦人協会は、集会に大勢で参加しようと計画しているんですよ」

「いい考えです。でも、年配のメンバーの多くは反対票を投じるでしょうね。彼女たちの子供はとっくに学校を卒業していますから」

「そんなことはしませんわ。私たちは町民のためのクラブですもの」

アップは経験上、懐疑的な目をマーガレットに向けた。「そうでしょうか――経済状況が明るみになっても、そう言えますかね。まあ、成り行きを見守りましょう。反対意見は、かなりありそうですよ。ウォレントンの長老を自負しているロス・クレディーが中心の勢力です。クレディーは、学校の数は現状のままで充分だと主張するはずです。今、町に必要なのは節約だ、とね。彼にじっと見つめられて、税率を〇・四、五パーセント上げるほど町の財政が切迫しているのだと言われたら、集会の参加者たちは建設費が多少安くなるかもしれない来年まで待つほうに投票するでしょう」

「学校での二部授業の弊害に関する書類を提出します」と、マーガレットは言った。「それを見れば、考えが変わるんじゃないかしら」

「クレディーとその取り巻きは、そうはいかないでしょうね。何より税金を優先する主義ですから」

マーガレットは強く頭を振った。「まあ見ていてください。きっと私たちが勝ちますから」

アップは、面白そうに目を輝かせてマーガレットを見た。「だといいですね。理は、あなた方にある。ただ、揺るぎない理屈が必ずしも勝利するとはかぎりません」

「月曜が来たら、その考えも変わると思いますわ」マーガレットは落ち着き払った口調で言った。

「ロス・クレディーたちは苦戦を強いられるだろう」ジムが口を挟んだ。「私は、婦人協会が勝つほうに賭けるね」

アップが笑った。「組織立った少数派は、山をも動かす、っていうところですかね」と言ってジムのほうを向き、エラリー事件についてさらに質問をすると、ジムの答えを書き留めた。

家を出る前に玄関で立ち止まり、ドアに寄りかかってポケットの中でコインをもてあそんだ。どこか煮え切らない態度だった。

「オニールさん、ジョーンの母親について調べていらっしゃるそうですね。ああ、その件は内密でしたか」口を挟もうとしたジムに先んじて言った。「問題は、その理由ですが……」アップはポケットから二十五セント硬貨を取り出して放り投げると、手の甲で受け止めた。「こうしましょう。理由を教えてくれたら、僕がジョーンから聞いたことをお話しします。本人はたいしたことじゃないと思っているらしくて、話してもかまわないと言ってくれたんです。あなたから聞いた話は、もちろんオフレコにしますよ」

そこでアップは言葉を切った。どちらでもいいのだと言わんばかりの雰囲気を装い、赤茶色の目を大儀そうにジムに向けた。

「いいだろう。だが、割のいい取り引きとは言えないぞ。リタ・クビアックの居場所を捜しているところなんだが、今のところ、エラリー事件との関連は見えてこない」

「進展はあったんですか」

「カリフォルニアにいたところまではわかった。駆け落ち相手のもとを去ったあとの消息はつかめていない」

「これほど長いあいだ失踪していると、消息をたどるのは、かなり大変でしょうね」

「通常の捜査だ」ジムは素っ気なく言った。「各地の警察は、ちゃんと連携しているんでね」煙草に火をつけ、訊いた。「それで、ジョーンは何て言ってたんだ?」

放り上げた硬貨を取り損ねたアップは、屈んで床に落ちた硬貨を拾った。「昔、まだ学校に通うようになる前、ジョーンは母親が戻ってきた夢を見たそうです。鮮やかな夢だったと言ってました。ある晩、母親のリタが寝室に入ってきてベッドのそばにひざまずいたんです。そこに祖母もいて、ジョーンを起こしてはいけないから部屋を出るよう言われ、リタは出ていきました。翌日、母親が帰ってきたと家族に話すと、祖母は否定し、ただの夢だと言い聞かせた。ジョーンは、同じ夢を何年にもわたって見たそうです。でも、最初に見た夢ほど鮮明ではなく、内容は少しずつ変化したようですが」

ジムはアップをじっと見つめた。「最初のときのは、夢じゃなかったと思っているんだな? リタは実際に帰ってきて、エラリー夫妻に追い返されたと」

アップは肩をすくめた。「わかりません」硬貨を放り上げ、今度はうまくキャッチした。

「そいつをポケットにしまってくれないか。気が散って仕方がない」

「すみません」アップは硬貨をしまい、ポケットの中でまたジャラジャラといじり始めたが、ジムをちらりと見て、慌ててポケットから手を出した。

「夢、か」と、ジムが呟いた。「まったくの潜在意識だな。実に興味深い」

「確かに『興味深い』というのがぴったりですね。とにかく、ありがとうございました」

「いや、たいしたことじゃない。こちらこそ、ありがとう」

アップはマーガレットに挨拶をして帰っていった。

ジムは電話帳を手に取り、エラリー家の番号にかけた。

電話に出たジョーンに、ジムは話を聞かせてほしいと頼んだのだった。

第十一章

　その晩八時、ローラ・エラリーの家で急遽、家族会議が開かれた。三十分前にローラが姪孫《てっそん》たちに電話で連絡し、ハリーが警察の聴取を受けに行ったことを知らせたのだった。電話を受けたのはブランチだった。

「心配でならないの」と、ローラは言った。「オニールさんが、どうしてハリーに会いたいのか見当もつかないわ。そもそも、あの子は、アンナの死に関係がないんですもの。公園にいたんですからね」

「わかってます。たいしたことじゃないと思うわ。彼、今日の午後、ジョーンに会ったんですって」

「ジョーンに？　だって、ハリーは一日中出かけていたのよ」

「オニールさんのことよ、叔母様。オニール刑事が、ジョーンに面会を求めたの」

「何の用だったの？」

「それが――電話ではお話ししにくいわ。オペレーターが聞いていないともかぎらないから」

「じゃあ、うちに来て。話し相手が欲しいの。家の中が静かすぎて落ち着かなくて。キッチンに行ってエッタと話したんだけど、まるで壁に向かって話しているみたいで。お願いだから、こっちへ来てちょうだい。ジョーンも一緒に」

「テスとロイも、ここにいるの。ノーマンとエリノアも、じきに来るわ。今朝、オニールさんはノーマンも呼んだのよ。つまり、家族全員と話をしているってこと。ハリーだけじゃないわ」

「でも、どうしてもわからないわ。事件が起きたとき、ハリーはその場にいなかったのよ。あの子は――」

「――公園にいたのよね」ブランチの口調に、うんざりした響きが交じった。「これで、私たち全員の聴取が終わるということよ」

「それならいいけど。いったいどうなってるのか知りたいもんだわ」

ローラの家の広々とした天井の高いリビングで、ノーマンは暖炉の前を行ったり来たりして、手や肩や眉毛をさかんに動かしながら、その朝のジムとの対話について説明した。

暖炉のそばのソファに座っているエリノアは、ノーマンの話を聞いていなかった。すでに同じことを聞かされていたからだ。ノーマンは徐々に興奮を募らせていった。夫を思う妻としては、もっと落ち着いてくれればいいのに、と気が気ではなかった。ノーマンは何につけても、すぐに興奮する傾向がある。二人が出会った当時、彼は紳士とは呼べない、と祖母に言われた。育ちのいい人間は、節度と落ち着きを備えているものだ、と。

巧みに隠してはいるが、エリノアの目にはジョーンとテスが面白がっているように見えた。ブランチは、ノーマンの話に耳を傾けていないようだ。窓際に座り、沈んだ様子で遠くを見つめている。

ジョーンが言った。「ねえ、ノーム、オニールさんはあなたの宝探しのことなんて、気にかけていないようだったわよ」

「君たちと同じように、彼の目も節穴なんだ！」

「そうじゃないわ。常識的なのよ。お金はなくなってしまったの。それを捜すためにあの広い庭を掘り返したりしたら、物笑いの種になりかねないわ。それに」ジョーンは、心なしか苦々しげに言葉を継いだ。「私たちは、もう充分すぎるほど世間の注目を浴びているわ。これ以上、火に油を注ぐようなことはしたくない」

「そりゃ、そうだ」ロイが頷いて、咳《せき》払いをした。「でも、ノーマンのプランを試す価値がないと言っているわけじゃない。ずっとあとなら――少なくともお祖母様の事件が忘れられた頃になったなら、やってみてもいいかもしれない」

「事件が解決したら、って言わないでくれてほっとしたわ、ロイ」ブランチが窓際から声をかけた。「みんなだって、解決してほしくなんかないでしょう？　もしかしたら家族の誰かがお祖母様殺しの罪で死刑になるかもしれない、なんて考えたら、ぞっとするもの」

物思わしげなその口調は、周囲を陰うつな空気に包んだ。ほかの者たちは黙り込み、互いに目を逸らした。すると、テスが声を尖らせた。「どうして、そんなことを言うの？　お祖母様が生きていたら、きっと、不愉快きわまりない、って言うはずよ」

「そうね」相変わらず遠くを見つめるような目をしたブランチが、姉のほうに顔を向けた。「私はお母様に顔が似ているだけじゃなくて、振る舞いまでそっくりってことなんじゃない？　お母様のしたことも、不愉快きわまりなかったんだから」

ジョーンが訊いた。「ブランチ、どうしたの？　いつもは、そんな口をきかないのに」

ブランチは妹に目をやり、曖昧に首を振った。「わからない……ごめんなさい。お祖母様に礼儀を叩き込まれて、人を不快にさせる物言いをしないよう教わったのに……でも、今また、お母様のことが蒸し返されてしまって……」最後は消え入るような声になった。

「ねえ、ブランチ」ローラが割って入った。「しっかりしてちょうだい。あなたたちの不幸なお母様は、今回の件とは無関係なのよ」

「あら、でもローラ叔母様――」ジョーンが、ローラのほうに顔を向けた。「それが、そうでもないみたいなの。今日の午後、オニールさんにお母様のことをいろいろと訊かれたわ」

「まあ、なんてこと！　いったい、どういう関係があるっていうのかしら――」

「ずっと昔に私が見た夢の話を訊かれたの。お母様が家に戻ってきて、私の部屋に入ってベッドのそばにひざまずいた夢。私はまだ小さくて、お母様が出ていって一年くらいたった頃だった。その話を、みんなにしたのを覚えているわ」ジョーンは姉たち一人一人の顔を見たあと、再び大叔母に目をやった。

「ああ、あれ」と、ローラは言った。「そんなこともあった気がするわね。現実だと思い込んだあなたに、アンナが――」

「やっぱり、覚えてらっしゃるのね」ジョーンがたたみかけた。

「どうして、その夢のことをオニールさんが知っているの？」と、ローラが尋ねた。

「私がアップに話して、それを彼がオニールさんに伝えたの」

ローラの淡いブルーの瞳が、非難の色で曇った。「がっかりだわ、ジョーン。家族の事情を新聞記者に話すなんて」

「だけど叔母様、真実を知りたくありません？」横からブランチが口を挟んだ。

「ええ、もちろんよ」と答えたが、とてもそうは聞こえず、案の定、そのあとは愚痴になった。「それにしても、昔の夢の話なんかしなくたって……。絶対にやりすぎだわ！」

「夢だと思ったなら、オニールは関心を示したりしないさ」ノーマンが眉間に皺を寄せて言った。

「きっと、実際にお母さんが帰ってきて、それをお祖母様たちが追い返したと考えているに違いない」

「たとえそうだとしたって、アンナの事件と、いったいどんな関係が――」そこで、刑事が何を考えているか思い至ったのか、ローラの痩せた体が硬直した。「まさか、リタが犯人だと思っているんじゃ――」

「違うわ！」窓際にいたブランチが、激しい口調で遮った。「そんなこと、あるわけがないわ！　お母様は優しかったし、それに――思いやりがある人だった――お祖母様よりずっと思いやりがあったわ！　お母様は――」顔を手で覆い、激しく泣きだした。

ジョーンが駆け寄り、姉を抱き締めて慰めた。「もちろん、違うわ。そんなわけないじゃない」エリノアとテスはローラに冷ややかな視線を向け、そういうことを考えるだけでもふとどきだ、とエリノアがたしなめた。

「私は考えていないわよ。あの刑事さんが……まあ、まあ、言い争いはやめて、コーヒーでも飲みましょう。それともお酒のほうがいいかしら……」ローラは立ち上がり、暖炉脇のブザーを押した。

「ブランチ、お願い、機嫌を直してちょうだい。こっちまで気が滅入ってしまうわ」

ノーマンとロイは無言で目を合わせた。二人とも、オニール刑事の推理は正しいかもしれない、という目つきだった。

エッタがコーヒーを運んできてローラの前のテーブルに置いたときには、一同は再び落ち着きを取り戻していた。エッタは、抑揚のない低い声でみんなに挨拶した。黒はエッタには似合わない、とエリノアは思った。それでなくても青白い顔が、グレーがかって見えてしまう。

「エッタ、戸棚にコニャックがあるから、持ってきてくれる?」と、ローラが頼んだ。

「ローラ叔母様、エッタの出身って、どこなんですの?」コーヒーとブランデーを出してエッタがキッチンへ戻ると、エリノアが尋ねた。

「フィラデルフィアよ。どうして?」

「別に。ただ彼女についてほとんど知らないな、と思って。エッタは、うちの掃除をしてくれるアギー・ブレンナーと全然違うんですもの。アギーのこれまでの人生は、生まれた日から全部知っているのに」

カップを口元に運びながら、テスがうっすら微笑んでエリノアを見た。「あんなに気の弱いエッタに、犯行は無理よ」

「そんなことは考えていないわ!」

「エッタは、おとなしいだけなの」と、ローラが言った。「確かに、いらいらさせられることもないではないけれど」コーヒーを飲み、カップを置く。「ハリーは、まだ戻ってこないのかしら!」

「ハリーなら大丈夫」ジョーンが確信に満ちた口調で言った。「オニールさんは、とてもいい人だもの」

それを聞いて、ノーマンが嘲《あざけ》るように笑った。「いい人だって? 頭を使えよ、ジョーン! あいつは、僕らを目の敵にしているんだ」

「奥さんは婦人協会の一員よ」と、テス。「新参者のわりに、よく発言するの。考えなくてはいけない問題をあれこれ提起してくるのよ」

「あの人、以前はソーシャルワーカーだったんですって」エリノアがテスに言った。「だからよ。ソーシャルワーカーと刑事の夫婦――妙な組み合わせね」

「私は二人とも好きだわ」と、ジョーンはきっぱり言った。

ブランチは窓際を離れ、部屋を横切って、姉たちの近くにある足載せ台《フットスツール》に腰を下ろした。「私はオニールさんを好きじゃないわ。こちらをじっと見つめるんですもの。何もかも見通すかのようなあの目、ぞっとする」

「何をばかなことを」と、テスが言う。

エッタの話題は、もう忘れられていた。

キッチンでは、エッタが冷蔵庫を開け、ビールを取り出していた。暑い夏の夜は、仕事を終えたあとで夕刊を読みながらビールを飲むのが、彼女の日課だった。ローラもハリーもビールは飲まないのに、いつも何本か冷やしてあるのだった。

ビール瓶の栓を開け、テーブルの前に座ると、ゆっくりグラスに注いだ。ビールは冷たく、苦かった。苦すぎる気がする、とエッタは思った。


日が暮れてから、ようやくハリーの車が私道に現れ、リビングの外を通り抜けた。待ちかねていたローラが、すかさず立ち上がった。「やっと帰ってきたわ！」

書斎のドアから家に入ってきたハリーに駆け寄る。「大丈夫なの？」

「もちろんさ。オニールが僕に警棒を振りかざすとでも思ったの？」母親の頭に軽くキスをしながら、素早く室内を見まわしてブランチを捜した。ハリーが選んだ席は、ブランチの隣だった。彼女の座る足載せ台に椅子を近づけて腰を下ろす。

ブランチはハリーをちらりと見上げ、ためらいがちに微笑んだ。ハリーは、椅子の脇に手を伸ばしてブランチの手を握った。

ローラは自分の席に戻った。「コーヒーはどう？　刑事さんは何の用だったの？」

「コーヒーより、ブランデーのほうがいいな。彼は、僕がどの港から帰国したかを知りたかったんだ」

「港って――」ぽかんとした母親の表情を見て、ハリーの口元に皮肉っぽい笑みが浮かんだ。

煙草に火をつけて言った。「僕には、そう聞こえた。僕が銃を何丁持ち帰ったか、税関に確認すると言っていたからね」

ブランチが、はっと息をのんだ。ハリーは大丈夫だという視線を送った。「問題ないさ。このとおり、逮捕されていないだろう？　でも、税関のことに思い至らないとは、僕も少々間抜けだったな」

「いったい、何の話？」と、ローラが訊いた。

「母さん、僕はベレッタとルガーを二丁ずつ持っていたんだよ」その目が、ノーマンとロイに向けられた。「ご婦人方は覚えていないかもしれないが、君たちは知ってるよね」

「よしてくれ」と、ノーマンは言った。「確かに帰国したときに見せてもらったけど、銃には詳しくないし、よく見なかった」

「僕もだ」と、ロイも口を揃えた。「要するに、何が言いたいんだ」

「アンナ伯母さんが撃たれた日、僕が帰宅したら」ハリーはゆっくりと話しだした。「エッタから事件のことと、僕の銃が押収された事実を聞かされた。そして、預かり証を渡されたんだ――そこには、ルガー二丁とベレッタ一丁と書かれていた」

そこで一瞬、口をつぐんだ。再び話だしたとき、その口調は先ほどまでより硬くなっていた。「面食らったよ。どうしていいかわからなくなって、ベレッタが一丁見当たらないとオニールに申告する代わりに、もともとルガー二丁とベレッタ一丁しか持っていなかったと言ってしまったんだ。そのせいで、まずい立場に立たされている。君らのどちらかが銃を返してくれるんじゃないかと、月曜からずっと待っていたんだよ。たわいない理由で持ち出しただけだろうと思ったから。でも、違ったようだな」口ぶりと同じように鋭い目でノーマンとロイを見比べた。「鑑識の報告によると、アンナ伯母さんを撃った拳銃はベレッタだそうだ。僕のベレッタに間違いないだろう。いつからなくなっているのかもわからない。最後に引き出しを開けて銃を見てからどのくらい経つか、覚えていないんだ」

部屋を包んだ静寂のなか、裏階段でエッタの足音が聞こえた。ローラはふと、普段より足音が大きいように思った。エッタはいつも物静かで、歩くときにも、ほとんど音をたてないのだ。

ブランチがハリーの手を握り締めた。不安そうに見上げる。「今夜は、オニールさんに本当のことを話したんでしょうね」

「ああ、そうするしかなかった。ベレッタは一丁だと言い張ったところで、税関を調べられたら露見してしまうからね。すべて正直に話したよ。最初はものすごく腹を立てて、証拠隠匿の罪で逮捕されるかと思ったけど、そのうちに向こうも冷静になった。僕が疑われるんじゃないかと思って黙っていた、と言っておいた。パニックになってしまったんだ、とね。たぶん、今頃オニールは僕のことをいろいろ詮索しているんだろうが、どんなに必死に調べたところで、僕を犯人にすることはできないさ」

「当たり前よ！」と、ローラが大声を上げた。「あなたは公園にいたんですからね」

「公園には人が大勢いて、ウェッブがずっと僕を見ていたはずがないと疑うかもしれない」

「見当違いも甚だしい！」ローラが語気を強めた。「しばらくあなたの姿が見えなかったら、ウェッブが気づかないわけがないわ。それにしても、どうして初めから銃のことを正直に言わなかったの？そんなふうに気が動転するなんて、あなたらしくもない」

ハリーは答えなかった。その目が再び一同に注がれた。「本題に戻ろう。たとえ何丁あったかは覚えていないにしても、ここにいる全員、僕が銃を持っているのを知っていた」

ロイが怒りで唇を引きつらせた。「嫌な言い方をするじゃないか、ハリー。君がそのいまいましい銃を持っているのを知っていたのは、僕らだけじゃないぞ。帰国後初めて家に戻ってきたとき、訪ねてくる人に誰かれなく見せていたじゃないか。町じゅうの人間が知っているさ。だいたい、腹立たしいのは――」

「町じゅうの人間に、アンナ伯母さんを殺す動機はないだろう」ロイの言葉を遮るように、ハリーが言った。

「ハリー」ブランチがあいだに入った。「喧嘩はやめて」

「僕たちにだって、動機なんかない」ノーマンも憤然と言い放った。「犯人が誰なのか考えるだけで、頭がおかしくなりそうだ」

「あれは事故よ」と、ローラは言った。「いずれオニールさんも、大きな過ちを犯したことに気がつくわ」

「やめてくれよ、母さん」ハリーが抗議した。

「クルーズリー先生が死因は心臓発作だとおっしゃったのが、ずっと気になってるの」と、ジョーンが口を開いた。「だって変じゃない？　お医者様なら、死因を間違えたりしないんじゃないかしら」

ローラが背筋を伸ばして座り直した。頬が紅潮している。「いいこと、ジョーン、クルーズリー先生ほど素晴らしい方はいません！　先生は何年もあなたのお祖母様の主治医をなさって、いい関係を築いていらしたのよ。そんな方を疑うなんて失礼です。それに、動機がないわ」

「マギー大叔母様の件があるわ」と、エリノアが切りだした。「クルーズリー先生は、大叔母様と婚約していたのよね。そのことと何か関係があるのかも――」

「ばかばかしい！」ハンサムなクルーズリー医師にぞっこんのローラは、慎みなどどこへやら、尖った声で彼を弁護した。「リタを疑うほうが、まだましだわ。リタが家を出たあとの年数の二倍は、マギーが死んでから経っているのよ。しかも、リタはまだ生きているでしょうけど、マギーはいないんですからね」

今度はハリーがブランチを制止する番だった。握った彼女の手が怒りに震えているのがわかる。

「ローラ叔母様」と、ブランチは声を詰まらせて言った。「お母様はそんなこと――」

「もちろん、やっていないさ」ハリーが慌てて言った。「ブランチ、母さんは何もそんなつもりじゃ――」

「そう願いたいわね」テスが会話に割り込んだ。「ほのめかすだけだって、ひどいわ――」

「私は、何もほのめかしたりしていません。ほのめかしているのは、あなたたちじゃないの」ローラは自制心を取り戻し、いくらか落ち着いた声で言った。「今回の悲劇に関して、誰かを責めようとしているわけじゃないの。事故だったと言っているだけ。それでも、どうしても無実の人に責任を押しつけたいなら、私に聞こえないところでやってちょうだい」威厳たっぷりに、だが真実味のない言葉で締めくくった。「私はいつだって、公正な判断を下す努力をしている人間なんですから」

ノーマンは、ばかにしたような笑いを手で隠した。エリノアが言った。「そう思っていただけてよかったわ、叔母様。お母様が出ていってから長い年月が経って、ようやく世間から忘れられたのに、また蒸し返されるのはまっぴらよ」

エリノア以外、全員が無言だった。若くて美しく、姑との折り合いが悪いため思いつめたあげくに、子供を捨てて出奔したリタ・クビアックのことが、頭にこびりついて離れなかったのである。

第十二章

翌朝、呼び鈴を鳴らしたクルーズリー医師に、マーガレットが応対した。ジムは、ボストンにいるコップからの電話に出ているところだった。クルーズリーに向かって頷き、椅子に座るよう手ぶりで促した。

コップが言った。「どうもわかりません。夫が死ぬ前に十五年間も別居していたのだとしたら、なぜ彼女はあんなふうに、ジョナサンがどうのこうのと話したがるんですかね。インダストリアル・セールスで、使い走りの少年に至るまで何人もの社員に会いましたが、ランキン夫人のことをよく知る人間はいませんでした。わかったのは、夫婦が同居していたとき、プリマスに自宅を構えていたということくらいです。帰る前にそちらへ寄ってみようと思います」

「ああ、そうしてくれ。こっちは」──ジムはクルーズリーを一瞥《いちべつ》した──「昨日から妙なことになっていてね。エッタ・モーズリーが毒を盛られた──あるいは、自分で毒を飲んだか──昨夜のことだ」

「まさか！」

「本当だ。できるだけ早く戻ってくれ。じゃあな」

「わかりました」

ジムは受話器を置き、クルーズリーに話しかけた。「さて先生、どういうご用件です？」

「病院からの帰りに寄ってみました。今、検査中です。胃の洗浄と輸血は終えました」

「命は取り留めそうですか？」

クルーズリーは、わからない、というしぐさをした。「最善は尽くしています。それに、もともと健康体なので、その点が頼みです」

「今朝、ローゼンバーグ先生と話しました。うちの担当のグリア先生がつかまらなかったものですから」

「グリアなら今、ラボでローゼンバーグを手伝っていますよ。すでにいくつもの薬物を除外したので、かなり絞られてきています。私が病院を出る直前、ローゼンバーグが州の鑑識に電話をしていました。彼は、アセトアニリドではないかと言っています。そう考えた理由はわかりませんが、その成分をテストしているはずです」

ジムは頷き、おもむろに言った。「ただごとじゃなさそうですね……。先生、昨夜のことなんですが――再度お話しいただけますか」

「十一時十分前に電話がありました。間違いありません」クルーズリーは冷ややかな笑みを浮かべた。「エラリー家に関することには敏感になっていましてね。時計を見たんです。かけてきたのはハリーでした。エッタが発作のようなものに見舞われたと言って。バスルームに彼女が嘔吐した痕跡があり、再びバスルームへ行こうとして倒れたようだとのことでした。ハリーが言うには――もう彼に会って、話はお聞きなんですよね」

「ぜひ、もう一度聞かせてください」

「母親のローラと一緒に二階へ上がって自分の部屋の前で話をしていたら、すぐ上のエッタの部屋で倒れた音が聞こえたんだそうです。駆けつけたときには意識がありませんでした。ハリーが床から抱き上げてベッドに運び、ローラが毛布をかけているあいだに私に電話をよこしたのです」

「あなたが診たときには?」

「脈と呼吸が弱まっていて、体温は――」

「顔色はどうでした?」

クルーズリーの顔から表情が消えた。「真っ青でした――チアノーゼです」と、ぶっきらぼうに言う。

ジムは目を逸らした。「実際のところ、突然の病気だったとしたら、心臓発作だと判断するかもしれませんか」

黙り込んだのが答えだった。しばらくして、クルーズリーは言った。「そうかもしれません」

「それであなたは、救急車を呼んで彼女を病院に搬送したんですね。しかし、ルーカスのときは、動かせなかったとおっしゃいましたよね」

「ええ」直接的な言葉で非難される前に、それまでまとっていた鎧《よろい》をクルーズリーのほうから解き、視線を落として深いため息をついた。

「こうなったからには――ルーカスの遺体発掘命令を取らざるを得ないのはご承知ですね」

「ええ、もちろんです」クルーズリーの声には苦々しさがこもっていた。「ウォレントンのような小さな町のごく普通の開業医が二度も三度も殺人事件に出くわすはずがない、などと言ったところで、どうなるものでもないんでしょう? しかも、本当に殺人だったとしたら、私にとってはそれこそ大事件です。そんな暴力的で残忍なことは——」

クルーズリーは頭を上げた。「アンナの死因を誤診したことは悔やんでも悔やみきれません。しかし、ルーカスの件は別です。万が一、あなたの疑いが事実だったとしても、あの状況なら、どんな医者でも同じ診断をしたと思います」

「ええ、そうでしょうね……ルーカスについて私が考えていることは、正しいと思いますか」

クルーズリーは面白くなさそうにジムを見た。「わかりません。可能性がないとは言いきれません」

思い出すたびに屈辱を味わわされる苦痛から逃れようとするかのように立ち上がった。

クルーズリーが帰ると、ジムは病院に電話をかけ、今度はグリア医師をつかまえることができた。

「どんな様子です？」と、ジムは尋ねた。

「被害者は、まだ息がある。肝臓が持ちこたえて血球数やなにやらが回復すれば、峠を越えるかもしれん。毒物は特定できたよ。ローゼンバーグの言うとおり、やはりアセトアニリドだった」

「その毒物が使われた事件は、これまで扱ったことがないと思うんですが」

「そうだろうな。ヒ素のほうが一般的で、よく知られているからね」

「アセトアニリドは、どこで手に入るんですか。そして、人に飲ませるにはどうすればいいんでしょう」

「ドラッグストアで買えるよ。頭痛薬として使われているんだ。水やアルコールに溶け、無臭だがひどく苦みがある。その苦みを抑えるには、アルコールと一緒に飲むのがいちばんだろうな。被害者の飲み物に入れるのが可能ということだ。私も、アセトアニリドによる殺人に出合ったのは初めてだよ。自殺や事故なら数件あったがね」

「致死量はどのくらいなんです？　飲み物一杯で殺せるんですか」

「それが、よくわからんのだ。五グレインか十グレインか——それ以上摂取しても回復することもある。個人差があってね。例えば今回のモーズリーの場合、バスルームで嘔吐したのと、われわれが病院で胃から吸い出した量から見て、八グレインから十グレイン程度摂取したと思われるが、今のところ生きている……わかってもらえるかな？」

わかる、と答え、ジムは礼を言って電話のフックを押すと、再びオペレーターを呼び、州検事につないでもらった。検死官にルーカスの遺体発掘令状を出してもらうよう要請するためだ。

いつもならマーガレットは先にサラに昼食を食べさせて二階で昼寝をさせるのだが、この日は三人揃って早めの昼食となった。

「ハンプトンでセールをやってるの」食事中にマーガレットが言った。「プリンスで、八十ドルから百ドルの椅子を五十五ドルで売るっていう広告を見たわ」

「それが？　サラ、ちゃんとスプーンで食べなさい」

手づかみで食べていたサラは、スプーンでベイクドポテトをすくい始めた。これみよがしにスプーンを口元に持っていき、父親を見上げた。「パパ、きょじんってほんとうにいるの？」

「いないよ。マーガレット、プリンスがどうしたって？」

「ヘレン・ソーンダーズが電話をくれて、今日の午後、車を出してくれるって言うの。一緒に行って、見るだけでも椅子を見てみようと思って。先月、本棚の奥の空いた隅に置くのに買ってもいいって言ってくれたでしょう？　お買い得みたいなのよね。色を迷っているんだけど。明るい色がいいかしらね？」

「僕がインテリアに疎いのは知ってるだろう。君に任せるよ」

サラはミルクの入ったコップを手に取り、重力の法則を無視するような、危なっかしい持ち方をした。「きょじんは、いっぱいいるのよ、パパ。レイラがいってたの。おかにきょじんがいて、よるになるとおりてきて、ひとをたべるんだって」

「丘にもどこにも、巨人なんていないんだよ」ジムは、にべもなく言い、訝《いぶか》しげに妻を見た。「ハンプトンに出かけているあいだ、サラはどうするんだ?」

「ヘレンが迎えに来てくれるのが一時で、パムが三時前に来ることになってるの。しばらくは、あなたが使っているダイニングのベッドで昼寝をさせて、もしパムが来る前に目を覚ましたら、二階に行かせてくれればいいわ」マーガレットはそこで言葉を切って息を継いだが、ジムに反論する猶予は与えなかった。「どうせ起きないと思うから、心配要らないわよ」

一応は抗議したものの、どうにもならなかった。マーガレットは論理的だった。事件の捜査中に子供の面倒を見てくれと言っているわけではない。パムは三時前に来てくれるし、サラは昼寝をしているわけで、ただ誰かが家にいてくれればいいだけの話だ……。

マーガレットはせっせと折りたたみ式のベッドを広げ、サラをパジャマに着替えさせた。そのあとの行動は素早かった。サラに人形を持たせて寝かしつけ、昼食の食器を片付けて、ジムがぐずぐず言うのを尻目に、出かける準備をした。

外でクラクションが鳴り、ジムの抗議は中断された。マーガレットはサラにキスをし、行ってきます、と言うと足早に家を出ていった。

ジムはリビングの窓際に座った。サラは目を見開き、リビングとダイニングのあいだの開いたドアからジムを見つめていた。とても昼寝をしそうな雰囲気ではなかった。

「パパ」と、サラが呼びかけた。「どうしてきょじんがいないってわかるの?」

「どうしてもだ。さあ、静かにお昼寝するんだ」

「サラのまくらがいい」

「パパのを使わなくちゃだめだ。いいから、お昼寝しなさい」

ジムはエラリー事件のファイルを開いた。だがサラは一向に眠らず、喉が渇いたと言い、枕が気に入らず、人形ではなくウサギと一緒に寝たがり、ジムに読み聞かせをせがんだ。

ジムは仕方なくサラに枕とウサギを取りに行かせ、キッチンへ水を汲みに行った。ところが、サラはその水を少し飲んだだけで「もういい」と押し返した。思わず残りの水を引っかけてやりたい思いに駆られたが、怒りをどうにか抑えて「寝なさい」と諭した。

椅子に戻ったジムに、今度は、部屋が明るすぎると文句を言った。

「ブラインドをおろして」

そのひと言が間違いだった。ブラインドの一つが窓の上まで上がり、ダイニングに陽ざしが降りそそいでいる。ジムは顔をしかめ、勢いをつけて立ち上がると窓に向かった。ブラインドを窓枠まで下ろし、ベッドのほうに向き直ってサラを睨みつけた。「もうひと言でも文句を言ったら――いいか、ひと言でもだ。口にハンカチを巻いて喋れなくするからな」

サラは半信半疑の笑いを浮かべた。「まあ、パパ。うそばっかり」

「どうかな?　わからないぞ」

ジムはサラの前で仁王立ちした。サラはこれまでの経験を総動員して父の様子を推し量り、「パパはおこっているんだわ」と判断した。くるりと背中を向けて親指を口に当てたかと思うと、信じられないことに、それから一分もしないうちに、仁王立ちしたジムをよそに眠りに落ちたのだった。

ジムは松葉杖をつきながら、できるだけ静かに椅子に戻り、ダイニングとリビングを仕切るドアを閉めて腰を下ろした。家の中は、ありがたいほど静かになった。サラを押しつけて出かけたマーガレットに対する怒りは、徐々に苛立ちのレベルまで落ち着き、やがてすっかり消え去った。

ジムは、エッタ・モーズリーのことを考えていた。おどおどしたエッタは、内にこもった中年女性で、ジムのことかどうかわからないが、聴取のあいだじゅう何かに怯えていた。ローラによれば、毎晩ビールを一本飲むのが習慣だった。

ローラは、行きつけの食料品店にビールをケースで注文していた。来客でもないかぎり、ビールは二、三週間もった。今あるビールはいつ注文したのか？　二週間ほど前だ。どこに保管してあったか？　裏の廊下の物入れにあり、エッタが冷蔵庫に少しずつ補充していた。昨夜、エッタはそれを飲んだのか？　答えはイエス。すすいだ瓶とグラスがシンクの水切り台に置かれていた。

エッタが自分で毒を飲んだのでなければ、家の事情に詳しい何者かが、アセトアニリドの味をごまかすためにビールを使ったと考えられる。

一時間前、バイロが二軒のエラリー家にある医薬品を再度調べたが、いずれの家にもアセトアニリドはなかった。だが、エッタの部屋を捜索して、一つ重要なことがわかった。彼女は手紙も写真も、過去にまつわるものは何一つ所持していなかったのである。

エッタ——リタ。もし、エッタがリタ・クビアックで、娘たちの近くにいたくてウォレントンに戻ってきたのだとしたら、正体を気づかれないようにしたに違いない。ローラがコップに渡したリタのスナップ写真を、ファイルから取り出した。ブランチは母親似だ。ブロンドの髪、高い頬骨からほっそりとした顎へ続く輪郭、間隔の広い両目。だが、リタのほうが美人で、表情も生き生きとして自信に満ちていた。

リタが、地味でくたびれたメイドを装ってローラの家に入り込んでいたということはないか？　あり得る。人生は、人の容姿をがらりと変えることもあるのだ……。

ジムはスナップ写真をファイルに戻した。フィラデルフィア警察から連絡があるまでは、あれこれ考えても仕方がない。エッタの経歴に関する型どおりの情報提供の要請書は、二日前に先方に送ってある。さらに、「緊急」と記した追加分を、エッタが病院に搬送されたあと、朝いちばんに発送した。間もなく、何らかの返事が来るだろう……。

背もたれに体を預け、目を閉じる。昨夜のごたごたで疲れていた。エッタが実はリタで、自ら毒を飲んだという可能性は、とりあえず保留にしておこう。

ひょっとして、アンナの殺害について知り得たことをネタに犯人を強請っていたのだろうか。ひどくおとなしくて、そんなことをしそうには見えなかったが……。

静まり返った部屋の中で夢うつつの状態になりながら、思考は翌早朝行われるルーカスの墓の掘り返しに飛んでいた。以前にも何度か経験があるので、手順はわかっている。覆いをかぶせたライト、ひそひそ声、現場に漂う緊張感と不気味な空気、空になった墓が埋め戻され、救急車が鑑識のラボに向けて出発する。静寂のなか、そのエンジン音は妙に大きく響くのだ。

明日、たとえノース墓地に足を踏み入れても、妻、アンナの真新しい墓の横にあるルーカスの墓から遺体がなくなっていることに気づく者はいないだろう。

遺体発掘令状の必要性に関して、ジムに迷いはなかった。ルーカスとアンナ――二人は殺され、ルーカス殺害にはアセトアニリドが使われた。見たところ品行方正で、つましい生活をしていた年配の夫婦。それが揃って殺された……。

半分眠った頭は、ジムの意志を離れて勝手に動き始めていた。一つ一つは無関係に見える事実を、遠くから俯瞰《ふかん》で眺めているような感じだった。身を隠すのに絶好の森、ばらばらで正確性を欠く目撃者たちの証言、ハリーが所有するもう一丁のベレッタの所在、ジョーンが見た母親の夢、ウォレントンのドラッグストアでいくら訊き込みをしてもつかめないアセトアニリドの入手経路……。

椅子に座ったままうつらうつらしながら、ジムの思考はあちこちをさまよった。するとその中からふと、殺人犯を特定するヒントが浮かんだような気がしたのだが、とたんに消えた。はっと目覚めたジムは体を起こし、そのヒントを懸命に思い出そうとした。

だが、どうしても思い出せず、舌打ちをした。アンナが墓地から運び出された場面が気に掛かったときと同じだ……というより、むしろ悪い。場所や時間や人にまつわる手がかりを、一つとしてうまくつかみ取ることができなかったのだ。いや、待て――事件当日に聴取した中にヒントがあったのではないか？

ファイルを開いて中身をチェックし始めた。なかなか成果を得られないでいるとサラが目を覚まし、そこへ、面倒を見てくれるパム・オールドフィールドが息を切らして、遅れたことを謝りながら現れた。サラが着替えて散歩に連れ出されるまでの十五分間は集中することができなかったが、そのあとで再び静寂が訪れた。微かな望みを託し、アンナのスクラップブックを開く。だが、ファイル同様、助けにはならなかった。アンナが最後に貼った、夫の葬儀を伝える新聞記事まで行き着き、五、六枚残った空白のページをめくる。ジムの顔が曇った。こんな調子では、捜査は進展せず、空白のページが埋まることはないだろう。家族の誰も、アンナを殺した犯人逮捕の記事をこのスクラップブックに記録することはできないかもしれない。

電話が鳴った。カリフォルニアのボーナム警察の署長から二通目のテレタイプが届いたという、州警察の警官からだった。警官は、テレタイプの報告書を読み上げた。そこには、アンソニー・グリーンとリタが暮らしたバークリー・ストリートに住んでいた女性が二人見つかったと書かれていた。二人は、リタをよく覚えていた。ある朝、リタはスーツケース二つを手にし、下の通りにいたタクシーに声をかけた。それが、リタを目撃した最後だった。再度グリーンを聴取したが、十七年前にリタが出ていって以来、音信不通だ、との一点張りだった。ボーナム警察署長は、犯罪の可能性は除外されたと結論づけ、捜査を終了することにした。ジムがまた何か依頼すれば、喜んで協力するとのことだった。

「報告書のコピーが欲しいですよね？」最後に警官が訊いた。

「ああ、自宅へ郵送してくれ。急がなくてかまわない」電話を切ると、ジムは落胆して椅子に座り込んだ。頼みにしていたカリフォルニアの手がかりが、期待外れに終わってしまった。

煙草に火をつけたちょうどそのとき、再び電話が鳴った。エッタの病室の外で警備に当たっていた警官が、交代して帰る前に報告の連絡をくれたのだった。

「彼女の意識が戻りました。もう峠は越えたようです。本人は、自分で毒を飲んではいないし、どうやって口にしたのかわからないと言っています。ただ、ゆうべ飲んだビールが苦かったのは覚えているそうです。話を直接聞いたのはグリア先生なので、たぶん先生から電話があるでしょう。まだ、われわれには聴取させてもらえないんです」

「誰か面会に来たか」

「いいえ。病室の前に立っていますが、看護婦が一人、中で付き添っているだけです。その看護婦と私はよく話をするのですが、今日、ローラ・エラリーが三回電話をかけてきて容体を尋ねたそうです。それから、三十分ほど前にクルーズリー先生が来ました。戸口から様子をうかがったかぎりでは、エッタの顔を見て看護婦と二言、三言、言葉を交わしただけで、すぐに帰りました」

「今、誰が見張りに立っている？」

「バーナビーが交代に来てくれました」

「よし、わかった」

次にかけてきたのはグリア医師だった。エッタの容体は、いくらか落ち着いてきたという。「この調子なら」と、医師は明るい声で言った。「思ったより早く事情聴取ができるかもしれん。といっても、たいした情報は得られんと思うがね。自分からアセトアニリドを服用したのではなく、瓶ビールに入っていたのではないかと言うんだ。飲んだとき苦い味がして、そのあと呼吸が苦しくなったんだそうだ。ベッドに横になったものの眠れなくて、そのうちに吐き気に襲われてバスルームで嘔吐し、エラリー夫人を呼びに廊下へ出ようとしたところで気を失ったわけだ」

「ビールに触れた人間を見なかったか、訊きましたか」

「いいや。いいかい？　私は医者としてここにいるんだよ。彼女の命を救うのが仕事であって、尋問するためにいるわけじゃない」

「はいはい、わかりましたよ、大先生。ありがとうございました」

ジムが受話器を置いたとたん、電話が鳴った。先ほど話した警官がかけ直してきて、今度はフィラデルフィア警察から届いたテレタイプを読み上げた。エッタの履歴書にある名前の女性は、この十年、そこに書かれた住所に居住していた形跡はなく、市民名簿にも家政婦紹介所のリストにも、エッタ・モーズリーという名は記載されていない、というのである。

ジムはローラに電話をし、「エッタを雇ったとき、履歴書の内容を確認しましたか」と尋ねた。

「ええと、いいえ、しませんでしたわ。ブルムウォード紹介所に行ったら、そこに登録されていて、直接、本人と話したんです。感じがよかったですし、近頃はなかなか人が見つかりませんから、その場で雇うことにしました。一度、エッタが七、八年働いていたという家の方に手紙を書いたことがありますが、返事は来ませんでした。しょっちゅう旅行をしている女性なので、手紙がうまく転送されないでいるのだろう、とエッタは言ってましたけど。そうこうするうちに時が経って、エッタはよくやってくれていたので、そのままにしてしまいました」

なるほど、そういうことか、と、電話を切ったジムは思った。心の中に、興奮の小さな炎が燃え始めていた。エッタ――リタ。リタは、この事件の至るところに顔を出す、興味深い存在だ。もしかすると、とうとう彼女が見つかったのかもしれない……。

マーガレットが帰宅し、ジムの思考は中断された。車のドアが閉まる音に続き、妻がポーチを横切って家に入り、網戸を閉める音が聞こえた。

「帰ったわよ！」入るなり、楽しげに大きな声を出し、すぐにリビングに顔を見せた。両手にたくさん包みを持っている。

マーガレットが戻ってきてくれて、ジムはうれしかった。「やあ、お帰り」と、優しく声をかける。

マーガレットは荷物をテーブルに置き、ジムの椅子の肘掛けに腰かけてキスをした。「ただいま、あなた」ジムはキスを返し、妻を抱き寄せて、頰に触れた髪の柔らかさと香水の香りを楽しんだ。お帰りの挨拶よりも熱意のこもったキスをもう一度したとき、骨折した足首に痛みが走り、思わず顔をしかめた。「近頃さ」――マーガレットを抱き締める腕に力をこめた――「プラトニックな結婚生活をなんとかしなくちゃいけないと思っていたんだよ」

マーガレットが声を上げて笑った。「だいぶ気分がいいみたいね」

「ああ、そのとおり。オオカミみたいに元気さ」さらに情熱をこめて口づけをしたが、「ねえ！」と、マーガレットが体を離した。

「サラは？」髪を整えながら訊く。

その言葉に、ジムは抱えていた不満をあらためて思い出した。サラに昼寝をさせるのがいかに大変だったかを詳しく説明し、こう締めくくった。「マーガレット、もう勘弁してほしい。私がオフィスにいたら、子守りを頼もうとは思わないよな。今は、ここがオフィスなんだ。頼むから、こういうことはやめてくれ」

「わかったわ」マーガレットは素直に謝った。「ごめんなさい。もう、しないわ。でも、すぐに寝ついて、あなたの邪魔はしないと思ったの」

「いいんだよ。わかってもらえれば、それでいい……椅子は買えたのかい？」

「いいえ、欲しいものがなかったの。その代わり、来客用の寝室のベッドカバーと、ランチョンマットを買ったわ。とってもお買い得だったのよ。それと、サラの可愛らしい子供用エプロン《ピナフォー》と――ちょっと、待って。今、見せてあげる」

包みを開け、買ったものを並べたのだが、ジムがうわの空なのに気づいて、マーガレットは言った。

「ジム、ヘレンに聞いたんだけど、ブランチは以前、パッカード・マーケットで肉切り職人をしているレナード・ヒルズに夢中だったんですって。ヘレンはいつもあそこで買い物をしていて、ブランチが店の肉売場に入り浸ってカウンター越しに彼と話し込んでいるんで、もっぱら噂になっていた、って教えてくれたの」

「そのことなら、報告書にも書かれていた。ヘレンは、別れた理由を言ってたかい?」

「わからないんですって。誰も知らないみたい。突然、破局したらしいわ。ブランチが一切買い物に来なくなって、レナードは一年前に別の女性と結婚したそうよ」

「そうか。一緒にカクテルでもどう?」

「いいわね。でも、外で飲みましょうよ。あなた、一日中、家の中にいたんでしょう?」

「電話のそばを離れるわけにはいかないんだ。ずっと鳴りっ放しでね」

「だったら、窓のそばに椅子を持ってくれれば、電話のベルが聞こえるわ」

二人は、ロングカクテルを手に窓の下に座った。ジムはマーガレットにエッタの話をし、さらに詳しい情報を教えた。「リタが戻ってきたのだとしたら、娘たちへの愛情というより義父母への憎しみからだろう。自分の人生が破滅したのは彼らのせいだと、長年、恨みに思ってきたんだ。あるいは、最初は愛情からだったが、新しい名前で隣に住むようになってから、恨みを募らせたのかもしれない」

「あなたの推理が正しいとしたら――もし、彼女がリタで、アンナを殺した犯人なら――恐怖か自責の念から、ゆうべ毒を飲んで自殺を図ったのかもしれないわね」

ジムはしばらく黙っていたが、やがて、「そうならいいんだが」と応えた。額に寄せた皺が、疑念を抱いていることを物語っている。「どうも彼女がそんなことをしたとは思えないんだ。だとしたら――もし、彼女がリタではないとしたら、何を知ったために危険な目に遭ったのかが問題になってくる」

「ゆうべ家族全員が集まったとき、途中で部屋を出た人がいなかったか調べたの？」

「もちろんさ。誰も部屋を出なかった」

「でも、何らかの方法で毒がビールに混入されたわけでしょう？」

ジムは、妻の質問に我慢して付き合っているような口ぶりで言った。「ああ。事前に混入されたんだ。家族が集合したあとじゃない」

夫の口調に、マーガレットはむっとした。（私を見下しているのね）と思った。（こっちは、せっかく手助けしてあげようとしているのに。そういうことなら、自分だけで考えさせてやるわ）

その決意を三分間は守ったのだが、カクテルを飲み終わると、また話しだした。「そうなると、ますますエラリー家の人間が怪しいわね。だって外部の人は、エッタのビールのことなんて知らないし、冷蔵庫のビールに細工できないもの」

「最初から彼らが怪しいさ。外部の人間が関わっている可能性は、ほとんど考えていない」ジムは口をつぐみ、リビングで半分眠った状態のときに頭に浮かんだことを、もう一度思い出そうと試みた。が、突然、こらえかねたように大声を出した。「考えてもみろよ！　私の目と鼻の先で人が殺されるなんて――」

「あなたを出し抜こうとして起こした犯行じゃないわ。あなたが弔銃隊に加わることは、直前に決まったんだから」

「現場にいたときに起きたなら、同じことさ。彼女が殺害されたのだと、あのとき直ちに気がついていれば事態は違ったはずだ。初動捜査でかなり立ち遅れてしまった。しかも家族の事情が込み入っていて、通常の事件のようにはいかない。それなのに、このざまを見てみろ！　ただ椅子に座って、君が生まれる前に入水自殺した女性と、君がおさげ髪をしていた頃、ウォレントンから姿を消した女性の心配をしているんだぜ！」

「明日、エッタに話を聞ければ、あなたが待ち望む瞬間が訪れるかもしれないわよ」と、マーガレットが慰めた。

「それは絶対ないな」と応えた言葉には、ジムの確信がこもっていた。


その晩、ブランチとジョーンはエリノアと夕食をともにした。食後、ジョーンはアップ・ウェザレルとドライブに出かけ、隣家からハリーがブランチに会いに来た。

ブランチの提案で、二人はトランプのジンラミーをした。というより、ブランチがした、と言うべきだろう。彼女だけが勝ち続けたのだ。ハリーはずっとうわの空で、ブランチを見つめていた。

明かりが彼女の頬骨の下に影を作っており、その表情は熱を帯びていた。小さな美しい口元が引き締まっている。ゲームに勝っているせいではない、別の興奮をハリーは感じ取った。何かを心に秘めているからこその興奮だ。それが何なのか知りたい一方で、知るのが怖い気もした。

ブランチは点数を合計し、勝ち誇ったように顔を上げた。「一ドル六セントの負けよ」と、片手を差し出す。「払ってちょうだい。そうしたら、クッキーを食べながらルートビアを飲みましょう」

ハリーは財布を取り出して小銭を数え、差し出されたブランチの手に載せた。彼女があまりに素早く小銭を握り締めたので、一瞬、がめつい印象を抱いたが、その考えを頭から払いのけた。

ブランチが立ち上がった。「ルートビアを取ってくるわ……お祖母様に見せてやりたいわね。だって、賭け事を毛嫌いしていたじゃない？」

「ああ、そうだね」

ブランチはゆったりとした、バランスの取れた足取りで部屋を出ていった。その後ろ姿は、とても優雅だった。

彼女がいなくなった部屋は急に静寂に包まれた。家全体が静まり返っている。ハリーは、壁の黒褐色の木造部と、色あせた赤と金の中国製の壁紙、几帳面すぎるほどきっちり並べて飾られた絵を見ながら、落ち着きなく歩きまわった。ブランチとジョーンがこの家に二人きりで住むのはよくない、と思った。ハリーたちの家に移り住むことも、姉たちと一緒に暮らすことも、二人は頑《かたく》なに拒んでいるのだった。何者かに撃たれた祖母が廊下を挟んだ部屋で息を引き取り、その犯人がまだ野放しだというのに、暗い記憶に満ち、床の軋みが不気味に響く、古びて荒れた大邸宅に残ると言うのだ。そして昨夜は、エッタが毒を盛られた。誰にどのようにして毒を飲まされたのか警察から知らされていないにもかかわらず、二人はそれでもこの家にいる……。

ハリーは、ため息をついた。ブランチは頑固で、いくら道理を説いても聞く耳を持たない。ジョーンはブランチの言いなりなのだが、さすがに暗くなってから一人で家にいると怖いと言っていた。ブランチのほうは恐怖など少しも感じておらず、「私は絶対に安全よ」と断言した。

なぜ、そんなに自信があるのだろう？

ポーチに向かって開く高い窓の前で、ハリーは足を止めた。その気になれば、誰だってこの窓から侵入できる。夏のあいだは、昼も夜も開けてあるのだ。もちろん、敷地内には刑事がいるし、ウォレントン警察のパトカーが頻繁にパトロールしているが、たとえそうだとしても――。

車が外に停まった。ハリーが玄関に向かうと、ジョーンがポーチの階段を上がってくるところで、後ろにアップが続いていた。ブランチがトレイを手に現れ、ハリーとアップはブランチに歩み寄ってグラスを受け取った。

「ただのルートビアですけど」と言いながら、ブランチがグラスに注いだ。

そんなブランチを見て、図らずもハリーは、昨夜エッタが注いだ瓶ビールを連想した……。

「ジョーン、ダイニングにお祖父様のポートワインが何本かあるわ。ウェザレルさんがお飲みになりたいんじゃないかしら。それにハリーも」

ハリーもアップも、すぐさまそれを否定し、冷たいルートビアのほうがいい、と言った。

「あら、残念」ブランチは、大げさとも思える落胆の表情を浮かべた。「この家には、ほかにお酒がないんですよ、ウェザレルさん。ほかの家みたいなものが何もないんです。祖父はウォレントンで――いえ、世界中で――いまだにポートワインを飲み続けているただ一人の人でした」

「それは、ちょっと言いすぎじゃありませんか?」と反応したのは、アップだ。

「いいえ、全然」ブランチはあくまで真顔で、いかにも残念そうな憂いを瞳にたたえている。「うちはいつだって、よそと違ったんです」

「そんなには違わないわよ、ブランチ」と笑ったジョーンの口調には、姉の振る舞いをたしなめる響きがこもっていた。「アップに、私たちが異様な姉妹のように思われるじゃないの」

「だって、そのとおりかもしれないもの。ウェザレルさんが思っているより、ずっと異様かも」ジョーンは、ルートビアの入ったグラスを口元に持っていき、声を落として言った。「ブランチ、やめて！」

ハリーは長身の体を大理石のマントルピースにもたせかけ、ジョーンと同じ言葉を静かに繰り返した。ブランチはただ薄笑いをし、クッキーをアップに勧めた。

ハリーは注意深くブランチを観察した。心に何を抱えているのかわからないが、それが彼女を頑なにし、気分を躁鬱《そううつ》状態にしている気がする。いつもの物静かなブランチの姿はどこにもない。

向かいの壁には、十七歳のマギーの肖像画が飾られていた。前髪を上に持ち上げるポンパドールに結った髪に花を挿し、瞳はじっとこちらを見据えているように見える。まだ悲劇的な婚約を交わす前だったはずなのに、どこか心を病んでいるような印象だ……。

ブランチは、アップにロックガーデンの話をしていた。彼女らしくない陽気な話し方で、やたらと笑い声を上げている姿は、どことなくはかなく、愛しく思えた――まるで、彼女も心を病んでいるかのようだ。

ブランチを見ているうちに、胸に痛みを覚え、発作的に両手を握り締めた。ハリーはブランチを心から愛していた。彼女を失いたくない。なんとしても守らなければ。ブランチには自分が必要だ。無防備で、どこか現実離れした彼女には、自分の助けが不可欠なのだ。

ふと見ると、アップもブランチに視線を注いでいた。

姉妹が二人とも二階に上がったあと、ジョーンの提案でここのところ毎晩開けたままにしてある互いの寝室の仕切りの戸口に、ヘアブラシを手にしたジョーンが立って姉を見つめた。

髪を梳《と》かしながら、真面目な口調で切りだす。「今夜アップから、エッタのことをいろいろ訊かれたの。彼女についてどのくらい知っているのか、よく話をするのか、自分からこの家に来たのか、彼女の家族を知っているのか、といったことよ。ローラ叔母様に会いに行ったけれど、何も話してもらえなかったんですって。もちろん、クーリエにエッタの記事を書くつもりなんだわ」

ブランチは、ナイトガウン姿でベッドの端に座っていた。膝をしっかりと抱えて両手の上に顎を乗せ、顔の前には髪の毛が垂れている。先ほどまでの興奮は消え去り、物憂げな様子だった。ジョーンの顔を見ることとさえしない。

「彼が何を書こうが、一週間もしないうちに見向きもされなくなるわ」と、無表情に言った。そして淡々と、こう付け加えた。「エッタは命を取り留める。そうすれば、本人の口から事件の詳細が語られるはずよ」

「だといいわね。真実が解明されてほしい。何も知らないまま、世間の人から好奇の目で見られてあれこれ噂されるのは、たまらないもの」

「世間なんて関係ないわ」

「あるわよ」

「私は気にしない。言いたい人には、勝手に言わせておけばいいのよ」頭を上げ、きっぱりと言い放つ威厳のこもった話し方は、祖母のアンナを彷彿《ほうふつ》させた。

「ねえ、ブランチ、エッタのことなんだけど――」

「何?」

「アップの取材によるとエッタは、その――天涯孤独らしいの。家族はいないんですって。質問の内容からすると、アップはたぶん」――ジョーンは口ごもって気まずそうにブランチから目を逸らし、小声で言った――「エッタが私たちのお母様かもしれないと考えているんだと思うの」

「違うわ！」ブランチは、弾かれたように立ち上がって両腕を振り下ろした。ジョーンが声をひそめて遠慮がちに話していただけに、なおさら、その反応の激しさが際立った。「そんなことあるわけないじゃないの！　あんな陰気で卑屈な、冴えない女が！　エッタがお母様だと考えるなんて、どういう了見なのよ？」

ジョーンは、姉のあまりの剣幕に驚いた。「ただアップが――」

「アップですって！　だいたい、あの人は何者なの？　賢いふりをしたいだけの、ちっぽけな地方紙の記者にすぎないじゃない。エッタをお母様だなんて言う資格はないわ。もう二度とその話はしないで」大股にジョーンの傍らを通り過ぎてドレッサー脇の照明まで行き、スイッチの紐を引っ張った。隣室のドレッサーに置かれたランプの明かりを背後から受け、黒いシルエットと化したジョーンが立つ戸口以外、室内は真っ暗になった。

ブランチは窓に歩み寄って、ブラインドを上げた。少し落ち着きを取り戻していた。「どんなに年を取ったって、お母様はエッタのようにはならないわ」

「それにしても……」ジョーンは、まだ何か言いたげだった。「お母様がどこで何をしているのか、わかればいいのに」

「わからないほうがいいかもしれないわ。お母様は、夢と同じなのよ。あなたが見た夢みたいにね。おやすみ。明かりを消さないのなら、ドアを閉めてね」

「おやすみなさい」ジョーンは自分の部屋へ戻り、明かりを消した。ブランチは窓辺に立ち、妹がたてる音を聞いていた。ひざまずいて祈りを捧げ、ベッドに入る音、古いベッドが軋む音、掛け布団を引き上げて布が擦れる音……。

静寂が訪れた。心配事を抱えていても、ジョーンは目を閉じたとたん眠りに落ちた。

ブランチは、窓から外の暗闇を見つめていた。

姉妹がどちらも眠りに就いた数時間後、大勢の男たちがノース墓地に集まっていた。ルーカス・エラリーの遺体が、墓から掘り起こされたのだった。

第十三章

エッタ・モーズリーは、枕に乗せた頭の向きを変えてジムを見た。ジムは壁を背にして椅子に座り、足載せ台《フットスツール》に片脚を置いて座っていた。狭い病室なので、ジムが座って脚を伸ばしているだけで、スペースの大半を占領してしまう。ボストンから戻ったコップは、窓際の壁のくぼみで手帳を手にしていた。看護婦はドアの外の廊下に待機している。

「ビールの味が、なんだか変な気がしたんです」と、エッタは言った。「でも、そのまま飲んでしまいました。誰かが私に毒を盛るなんて、思いもしませんもの。そうでしょう？　アンナ奥様の死に関係があるとおっしゃいますけど、私には理解できません。知っていることはすべてお話ししましたし……」言葉の最後は消え入るようになったが、目はジムを見つめたままで、その表情は言い逃れをしているようには見えなかった。

ジムは苛立つ気持ちを抑えた。病院に来るのに無理をしたせいで、足首の痛みが激しくなっていた。ここに来ると言いだしたのは、ジム本人だった。ようやくエッタに短時間の事情聴取をすることが許されたので、その証言を直接聞きたかったのだ。

ここまでの証言内容なら、家にいたほうがましだった。「ほかに何かあるでしょう。何か忘れていることが」ジムはエッタを見据えた。長居はできない。すでに一度、看護婦が様子を見に来たし、医師も近くにいるはずだ。

だが――エッタ……リタ。その点を何としても明らかにしなければ。ジムは再び語りかけた。「フィラデルフィア警察は、あなたが夫人に渡した履歴書に書かれた名前の女性を確認できませんでした。過去十年間の市民名簿にも載っていません」

エッタの目に恐怖の色が浮かんで顔がこわばり、両手で掛け布団を握り締めた。

「もしかして、あなたの本名は――」エッタが声を出さずに泣きだしたので、ジムは話を中断した。明らかに取り乱した彼女から顔を背け、不安そうにドアのほうに目をやる。看護婦に気づかれたら、何か言われるに違いない。慌てて、エッタをなだめにかかった。

エッタは抵抗することなく、泣きながら、途切れがちに話しだした。「わかっていました――いつかは見つかるって。私の夫は――」

彼女は、リタ・クビアックではなかった。この女はネズミにさえ復讐できそうにない、と、さらになだめながらジムは思った。「モーズリーさん、事件に関係ないのなら、プライベートなことはお話しいただかなくてもいいんですよ。ほかの人には知られないよう、われわれは最大限の努力をしますから」

そんな調子で、ジムは話し続けた。言葉の内容よりも彼の口調がエッタの心に届いたようで、涙を流しながらも、すがるようなまなざしをジムに向け始めた。

「あなたは安全です」と、ジムは繰り返した。「アンナさん殺害に関わっていないかぎりは心配要りません」

「関わってなんていません」

「そうですか、でしたら……」

エッタは徐々に泣きやんだ。テーブルのそばにあったティッシュの箱を手探りで取り、ティッシュペーパーをひとつかみ取り出して目を拭うと、おろおろした口ぶりで言った。「私がやったのは、名前を変えたことだけです。私の本名は、エッタ・マーケル、ミセス・スタンリー・マーケルです。私は夫から逃げました。そうせざるを得なかったんです。夫は飲んだくれで、しかも」――声がいっそう震えた――「私にひどい仕打ちをしていました。殴るんです――それが何年も続いて、我慢の限界を超えました。それで荷物をまとめて、ハンプトンに来たんです。母の妹がこの町に住んでいたからなんですけど、見つかりませんでした。ずいぶん前から連絡を取っていませんでしたから。それで履歴書を書いて家政婦紹介所に行きました。そうして、ローラ奥様に雇っていただいたんです。おかげで平穏を手に入れることができました。夫は、私の所在を知りません。少なくとも、この事件が起きるまでは知らなかったはずです」

不安げな目でジムをじっと見つめた。「夫に見つからないとは言い切れません。この町に現れて、酔っ払って家に来て騒ぎを起こしたら――」

「そんなことにはなりませんよ」ジムは松葉杖に手を伸ばし、ぎこちなく椅子から立ち上がった。「あなたが話してくださったことは、この部屋から外には決して漏らしません」

「奥様には?」

「夫人にもです。なぜ、言う必要があるんですか。彼女には関係のないことです。あなたは、これまでどおりの平穏な暮らしをしていいんですよ」エッタから自分の顔が見えるようベッドのそばに立ち、嘘をついていないことをわからせようとした。

エッタは心から安堵した表情になった。「ありがとうございます。おかげでほっとしました。アンナ奥様が亡くなってから、ずっと心配で仕方がなかったんです。本当にありがとうございます」

ジムの浅黒い顔が綻《ほころ》んだ。「何を心配していたんです？　夫が呼ばれて、また惨めな人生に逆戻りするとでも思ったのですか」

エッタは弱々しい微笑みを返した。「ええ、まあ……」

ジムは腰を屈めて彼女の肩を優しく叩いた。「夫のことは忘れるんですね。まずは体を治してください。そうしたら、アンナさんの事件についてもう少しお話を聞かせてもらいましょう。それまでは、ここに見張りをつけておきます。彼女が亡くなった日のことについて、どんな些細な出来事でもいいので、思い出してみてください」

エッタは首を振った。「やってはみますけど、ご期待には添えないと思います」

ゆっくりとエレベーターに向かう途中、ジムのペースに合わせて歩いていたコップが言った。「彼女の話は、信憑《ぴょう》性がありましたね」

「ああ、そうだな。裏を取る必要はあるが、嘘は言っていないと思う」

「つまり、エラリー家とは関係ないということか」と、コップは考え事を口に出した。傍らを足早に通り過ぎた美人の看護婦を振り返る。「悪くないな……ああ、それとランキン夫人――自称ですが――彼女もエラリー家とは無関係です」

エレベーターに到着し、コップがボタンを押した。自動式エレベーターだ。金属の軋む音と喘ぐような機械音とともに、エレベーターが地下から上がってきた。

コップはドアにもたれかかった。「なかなか真相にたどり着きませんね」

「まったくだ！」ジムの口調は怒りに満ちていた。足首を絶え間なく激痛が襲う。リタ・クビアックは再びジムの手をすり抜け、十七年の歳月を遡って、カリフォルニア、ボーナムの下宿屋の階段から姿を消してしまった。エッタ・モーズリーは身元をきちんと説明した。コッブの捜査によって、便宜上ジョナサン・ランキン夫人と名乗っているだけのマッジ・ランキンの身元もはっきりした。亡き夫と長年別居状態だったマッジ・ランキンは、法律上は確かにジョナサン・ランキン夫人で、マサチューセッツ州プリマスで真面目に孤独な生活を送ってきたのだった。

ジムは、痛む足首を引きずりながら家に帰った。窓辺で不機嫌に足首をさする。傍らのテーブルの上には、エラリー事件に関する分厚いファイルが積まれていた。ファイルは無視し、鉛筆とメモ帳を手に取って書き留めた。

ローラ・エラリー――義姉を狙撃する機会あり。現時点では動機は不明。エッタに毒を盛るチャンスは誰よりも濃厚。

ハリー・エラリー――犯行時、確かなアリバイあり。ローマンの証言のほか、公園にいた何人かの人間に断続的に目撃されている。ベレッタに関する嘘を除けば、すべての容疑が晴れた。嘘をついた理由は曖昧である。

ジムは最後の文を見つめた。嘘をついた理由は曖昧である――。ハリーが銃について言っていたことを思い出してみた。頭の中で、落ち着き払ったふてぶてしい若者を向かいの椅子に座らせ、記憶をたどって彼の言葉に耳を澄ます。ハリーは淡々とこう言った。「僕がばかでした。今となっては、そう思います。警察が税関を調べられるとは考えつかなかったのです。アンナ伯母さんが撃たれて、僕のベレッタが一丁なくなっているという事実で頭がいっぱいで。エッタに『三丁の拳銃とライフルの預かり証です』と言って手渡されたとき、パニックになってしまったんです」

　話す様子から見て、ハリー・エラリーほどパニックと縁遠い人間はいないように思えた。ハリーは見事な戦歴を持っていた。北アフリカ、シチリア、イタリアでの戦いに参加し、独立心に富み、目端の利く、分別のある人間だ。

　それなのに、拳銃の件ではパニックになったと言う。その銃で伯母を撃ったと疑われるのが怖かった、と。だが、事件発生時、ハリーは公園でウィルバー・ローマンと水泳やテニスに興じていた。アリバイに穴でもないかぎり、何を恐れる必要があるというのだ？

　彼のアリバイに穴はなかった。少なくとも、経験豊富なコップとバイロが、ローマンをはじめ、あの日の午後ハリーを目撃した若者三、四人に何度も確認したなかでは浮かんでこなかった。

　もし最初からシロなら、なぜベレッタに関して嘘の供述をしたのだろう。家族への義理立てか？家族に疑いが及ぶのを、少しでも防ぎたかったというのだろうか。

　ジムは首を振った。そうではあるまい。そんなことをしても、家族全員が容疑者であることに変わりないのは知っていたはずだ。

　彼が嘘をついたのは、おそらく誰かを守りたかったからに違いない。だとすればその相手は、母親のローラかブランチの可能性が高い。男が守ろうとするのは、母親か愛する女性のいずれかだ。となると、二人のどちらかが——あるいは、ハリーが思い込んでいるだけかもしれないが——ベレッタと何らかの関係があり、そのために危険を承知で銃の存在を隠そうとしたことになる。

ジムは椅子の背に寄りかかって座ったまま、じっと動かなかった。ローラ・エラリーを思い浮かべてみる。頑なに礼儀を重んじ、品行方正な人生を送ってきた女性だ。だからといって、殺人を犯していないという証拠にならないのはわかっているが、どうもピンとこない。

が、ブランチは別だ。「遺伝」と、マーガレットは言った。大叔母と曾祖母が常軌を失った行動に走り、母親は子供たちを捨てた。

同じ血筋という意味では、あとの三人の姉妹も当てはまることを思い、一瞬、推理が中断しそうになったが、大きく異なるのは、ハリーが愛しているのはブランチ一人だという点だ。

ジムがブランチと話したのは一度だけだった。彼女に関する報告書によれば、ハイスクール時代は優等生だったが、その後は進学せず、就職経験もない。四人姉妹の中では最も社交性に乏しく、友人も少なくて、外部の活動にもほとんど参加していない。婦人協会やその他のクラブにも所属していなかった。祖母の影響で、教会には定期的に通っている。ハリー以外に求婚者はいない。主な趣味はガーデニング。

ストレイダー署長は、ブランチについてこう言っていた。「彼女は内気なタイプでしてね。ほかの姉妹のようには人と交わらないんです。男性に関してもそうです。あのとおり美人ですから、惹かれる男は何人もいるのですが、近づきがたいうえに、男嫌いだという噂があるものですから、男たちはすぐに諦めてしまうのです。ハリーだけは別ですがね。彼は除隊後に帰国して、大人になったブランチを見て以来、ずっと夢中なんですよ。彼女のほうも、むげにはできないようでして。ただ、男をえり好みするところがあるんですな。昔からそうらしいんですが」

男をえり好みする、か。エラリー家は、ウォレントンでは名家だった。それなりの若者が彼女に関心を示したことだろう。だが、彼女はそうした男たちを冷たくあしらった。そこへ、自分とはまったく違う生い立ちの肉切り職人が現れた。その男とカウンター越しに話をするために足繁く店に通ったのに、実を結ぶことなく、彼は昨年、ほかの女と結婚してしまった……。

二階で、昼寝から目覚めたサラを着替えさせるのに動きまわっている妻の足音が聞こえ、ジムは大声で呼んだ。「マーガレット！」

「何？」階段の上からマーガレットが返事をした。

「今日は町へ行くのかい？」

「そのつもりはなかったけど。今週末の買い物は済んでいるから。どうして？」

「下りてきてくれ。窓際で大声で話して、ご近所に全部聞かれるのは嫌だからね」

「ちょっと待って――サラの髪を梳《と》かしたら、すぐ行くわ」

数分後、二人が揃ってブルーの服を着て下りてきた。マーガレットはボレロ付きのサンドレス、サラは糊の利いた襞《ひだ》飾りのある子供用エプロン《ピナフォー》だ。

部屋に入ってきた二人を、ジムは誇らしげにまじまじと見つめた。「こいつは、美人二人の登場だな。しかも、ブルーは私の好きな色だ」

「それはどうも」と、マーガレットは言った。「サラ、ありがとう、は？」

「ありがと」

マーガレットは箱から煙草を一本取り、火をつけると尋ねた。「町に何の用があるの？」

「パッカード・マーケットへ行って、ブランチの恋人だったレナード・ヒルズに会ってきてほしいんだ。彼に接客してもらって、話を聞きだしてほしい。エラリー事件のことを話題にするんだ。レナード・ヒルズを知っているんだよな？　あそこで買い物をするんだろう？」

「めったにしないけど、その人なら知ってるわ――なんとなくだけど――見ればわかると思う。買い物のあいだにどうやって親しくなればいいのかしら――それより、何を買うかが問題だわ。チキンもラムチョップもあるし、サンドイッチ用のハムも、シチュー用のビーフも買ってあるのよ。ほかに買いたいものなんかないわ」

「ベーコンは？」

「山ほどある」

「いくらあったって食べるさ。それを買ってこいよ」

「わかったわ」マーガレットの顔に浮かんでいた疑問の表情が不安に変わった。「私がベーコンと引き換えに手がかりをつかんでくるのはいいけど、あなたにサラの面倒を見てもらわなくちゃならないわ。捜査に集中しながら、サラの世話をするなんてできないもの」

「私もさ」マーガレットの言葉に、ジムはうれしそうに飛びついた。「今週ずっと、そのことを君に伝えようとしていたんだ」

　マーガレットは渋い顔をした。「私からまんまと罠《わな》にはまったみたいね。サラ、本を一冊持ってらっしゃい。パパが読んでくれるわ」

「ほんとう？　ホーホーのごほん、よんでくれる？」サラは階段を駆け上がった。

「何の本だって？」と、ジムが訊いた。

「ウサギのお話よ。『ホーホー』って鳴くフクロウが出てくるの」

「へえ。もう、そんな赤ちゃん言葉を使う年じゃないんじゃないのか」

「ここは自由の国ですもの。それに、二カ月前に三歳になったばかりだわ」マーガレットは机の引き出しからハンドバッグを取り出し、出かけていった。

サラは一冊ではなく、三冊持って下りてきた。ジムに渡すと、揺り木馬をジムの椅子に近づけた。

「よんで」

ジムは本を読み始めた。「昔々、森の奥に、元気いっぱいの小さなウサギさんが住んでいました……」

その本を二度読まされたあと、ようやく『三匹の子豚』と『マザーグース』に移った。そこそこページ数のある『マザーグース』の三度目の読み聞かせに入ろうかというところへ、マーガレットが帰宅した。

どこか満足げな表情に見える。すぐあとから二軒先に住む女の子がサラと遊びにやってきたので、町で仕入れた話を聞くまで少し待たされた。マーガレットは子供たちを外の遊び場に連れていき、砂場用のスプーンを渡すと、戻ってきてジムのそばに座った。したり顔で言う。「ねえ、そのうちに私、あなたの仕事を奪ってしまうかもよ。レナードから話を聞くのは楽勝だったわ。精肉売り場の客は私だけだったの。主婦たちは土曜の夕方に肉を買いには行かないみたいね。彼、暇を持て余していたみたいで――」

「なあ」と、ジムが遮った。「こっちは常日頃、本題に入る前に延々と遠回りする連中の話を聞かされているんだ。自分の家でまで、そんな話に付き合うのはごめんだよ。頼むから、レナードの言ったことをかいつまんで教えてくれ」

「要するに、彼が言うにはね、ブランチは自分とは住む世界が違うんですって。身分の違う者同士が結婚しても、うまくいかないという意見の持ち主なの。それに、稼ぎの少ない男は、しっかり地に足のついた妻をもらったほうがいいとも思っているのよ」マーガレットはひと息おいた。「おしゃべり好きな人でね。私がローストビーフでも買ったなら、いったいどれだけたくさん話してくれたことか」

「いいだろう」と、ジムは言った。「じゃあ、そろそろ詳しく聞かせてもらおうか」

マーガレットは椅子に深々と座り直して煙草に火をつけた。この時を心から楽しんでいるようだった。「本当に簡単だったわ。レナードは私が誰なのか知っていて、すぐにあなたの足首の状態を訊いてきたの。だから、よくなってきている、って答えて――」

「よくなってなんかいないよ。死ぬほど痛むんだぜ」

「そりゃあそうでしょう、今朝、病院まで出かけたんだもの。痛み止めを持ってきましょうか」

「いや、いい。続けてくれ」

「それでね、ベーコンを買ったの。そして、チキンを選ぶふりをしながら、こんな身近な場所で殺人事件が起きるなんてびっくりよね、って言ってから、以前、エラリー家の孫娘と付き合っていたんじゃなかったか、って単刀直入に訊いたのよ。それがよかったのね。カウンター越しに身を乗り出すようにしてお喋りが始まったの。ちなみに、彼、ものすごくハンサムなのよ。あれほど二枚目だとは気がつかなかったわ。優しい黒い瞳、ウェーブのかかった黒髪、端正な顔立ち……でも、おつむは空っぽなの」

「そんなに頭が悪いのかい?」

マーガレットは頷いた。「せっかく、あんなに顔がいいのに残念だわ。だって、本当に頭が悪いんですもの。ちょっとした格言を混ぜるところがまた、哀れな感じがするのよね。例えば、『正直は最良の策』とか。レナードがエラリー夫妻によく思われていなかったから、ブランチが祖父母に嘘をついて外でデートしようとしたときのことよ。彼はそれを断って言ったんですって。嘘をついても、いいことは何もない、正直は最良の策だ、って」

「つまり、祖父母に厳しく監視されていたと言ったわけだな?」

「ええ。本人は、たぶん自分が貧しくて正直なだけの労働者だったからだろうと思ってるみたい。エラリー夫妻に信用してもらえなかったんでしょう。レナードの顔立ちに惑わされなかったのね。彼が話すのを聞いて、たとえ平均的な知性しかない女性でも、彼と結婚したら、やがては耐えられなくなると悟ったのよ……レナードと結婚した奥さんって、どんな人かしら。会ってみたいわ」

「ブランチと祖父母のあいだに、どの程度の諍《いさか》いがあったかだな」と、ジムは考え込んだ。

「かなりもめたんだと思うわ。話の行間を読むとね――レナードの場合、それは簡単だから――ブランチは駆け落ちしようと誘ったらしいわ。でも、レナードは首を縦に振らなかったの。腹立たしいほど頼りない恋人よね。彼のほうは、そこまで盛り上がっていたわけではなかったのかも……」

「そもそもレナードは、ブランチに本当に興味があったと思うか」

「そうね、最初はあったんじゃないかしら。貧しいレナードは、ブランチに誘いをかけようと考えたんだと思う。彼女の自宅で日曜の夕食を食べて、映画に行ったりして。そうしているあいだ、お金を節約して貯金できるでしょう? 結婚については分別を持って考えていた、って言ってたわ。銀行に少なくとも千ドル貯まるまでは、結婚するつもりはなかったんですって。夕食に出かけたり喫茶店で会ったりするのを、エラリー夫妻はもちろん許さなかった。だからレナードは、ブランチと外で会うことはしなかったの。彼の堅固な自尊心を褒めてあげなくちゃね。家族に認めてもらえないなら、ブランチの相手としてふさわしくないということだ、って譲らなかったみたい。それで喧嘩になって、別れたのよ」

「それから、どうなったんだい？」

マーガレットは両手を広げた。「そこまでよ。それで終わり。ブランチは何回かお店に行って、よりを戻そうとしたんだけど、レナードが取り合わなかったの」

「彼女が熱を上げすぎたんだな」と、ジムが言った。「男のほうが怖くなったんだろう」

「本当にそうなのかしら……」マーガレットは考え深げに眉根を寄せた。「恋愛は別として、結婚するなら、しっかり地に足のついた妻をもらったほうがいいとは言っていたけれど――」眉間の皺がさらに深くなった。「深読みしすぎかもしれないけど、レナードは違う意味でブランチが怖くなったんじゃないかしら。ブランチは気まぐれだったと言っていたわ。上機嫌だったかと思うと、次の瞬間にはいきなり気分が落ち込むんですって。彼には手に余る女性だったんじゃない？　しかもレナードはこの町の出身だから、エラリー家の昔の話も知っているし」

「ちゃんと結婚している姉たちもいるよ」と、ジムが口を挟んだ。

「それはまあ、エリノアとテレサは充分、地に足がついたタイプだから。私は直接ブランチを知らないけど、たぶん彼女は違うんだわ……きっと、全然違うのよ」少し間をあけて、念を押すように言った。

「二人の恋愛は――そう呼べるかどうか知らないが――いつ終わりを告げたんだい？」

「二年前の夏よ。レナードは去年の十月に結婚したの。もしブランチが、恋愛を邪魔されたせいで祖母を殺すとしたら、もっと前に犯行に及んでいたんじゃないかしらね」

「そうだな。さらに蓄積されたものがあったとしたら別だが……」

その晩、マーガレットがスクラップブックを、ジムがファイルをじっくり読んでいると、電話がかかってきた。待ちかねていた病理検査の結果を知らせるものだった。そして、ジムが期待していたとおりの情報がもたらされた。ルーカス・エラリーの死因は、動脈血栓ではなかった。アセトアニリド中毒だったのだ。少なくとも十グレインは摂取しているという。

病理医と話し終えると、ジムはストレイダー署長に電話をした。エラリー家の人々に会う前に、ストレイダーに来てもらって話し合うためだった。

第十四章

家を出ていくほかの家族の後ろで、ブランチは少し躊躇《ちゅうちょ》する様子を見せた。ポーチでハリーのほうを向き、腕をつかんだ。「私、怖いの」と、ささやく。「ハリー、私を見守っていてくれる？　お願い」

ハリーはブランチを抱き寄せた。「望むところさ――それこそ、僕が一生をかけてやりたいことだよ」

ブランチはハリーの口づけを受け入れた。ハリーの後頭部に手を回し、自分から彼の唇を引き寄せた。「恐ろしくて仕方がないの」かすれ声で言う。「私を守って」首をかしげ、暗がりの中で相手の表情を読み取ろうと目を凝らした。「守ってくれるわよね？」

「ああ」ハリーの口調が急に硬くなった。「君のためなら僕が何だってすることは、よく知っているだろう」

「本当に？」ブランチはハリーから体を離した。抑揚のない声で言う。「でも今は、私がオニールさんと会うのを、あなたにはどうにもできないのよね。なぜ、オニールさんが私たち全員と話をしたがっているのかだって、わからないんでしょう？」

「そりゃあ、わからないさ」ハリーはブランチと並んで階段を下りた。ほかの者たちはロイの車に乗り込んでいた。バイロ刑事が車の前に立っている。

「ブランチと僕は、自分の車で行きます」ハリーはバイロに向かって言った。

「わかりました。私が最後尾について行きます」

エリノアとノーマンはいなかった。二人は、ジムの了承を得てニューヨークへ出張に出かけ、その夜遅くに帰ってくる予定だった。

オニール家の私道を歩きながら、ハリーはブランチの腕を小脇に抱え、安心させるように力をこめた。保護者のような優しさと愛情のあふれるまなざしでブランチを見る。彼女は小さくてか細く、この事件で困惑しきった、あどけない子供のようだ。

「ブランチをこの件からなんとしても守ってあげたい」マーガレットが玄関ドアを開けたとき、ハリーは思った。「彼女には耐えられやしない。どんなことだって耐えられないんだ」

マーガレットはソファを前に引き出し、夫の周囲に半円形になるように椅子を並べておいた。すでにコップとクルーズリー医師が座っていて、エラリー家の面々が部屋に入ってきたのを見て立ち上がった。

女主人役と言えるかどうかわからない、少々面映ゆい役目から解かれ、マーガレットはキッチンに引っ込んだ。キッチンは真っ暗だった。ダイニングのドアを開けたままにし、朝食用アルコーブに座って聞き耳を立てた。

一同は、アンナについて訊かれるのだろうと身構えた。が、ジムは言った。「今夜おいでいただいたのは、事件に関してよく思い出してもらうためです――夫人が撃たれた日まで遡ってみたいと思います」

全員の顔に表れた驚きをよそに、ジムは続けた。「みなさんから、もっと情報をいただかなければなりません。まずはアセトアニリドについてです。二日前の晩、何者かがアセトアニリドを使ってエッタを殺そうとしました。この中に、アセトアニリドの入った頭痛薬を服用したことがある方はいらっしゃいますか」

最初に口を開いたのはハリーだった。「そんなの、聞いたこともありません」

「そうですか？　いろいろな薬に入っているんですがね」ジムは一同の顔を一人一人順番に見ながら、よく知られた薬の名をいくつか挙げた。ブランチの顔にいちばん長く視線を注いだが、ブランチは落ち着いてジムを見返した。薬の名の一つに、ジョーンが動揺したように眉をひそめたのには気づかなかった。

「薬の扱いには、特別な知識――医学的知識――が必要なんじゃありませんか」と尋ねながら、ロイはクルーズリーに鋭い視線を向けた。

「いいえ、そんなことはありません。ラベルの注意書きに安全な量が記されていますから、二、三倍多く入れればいいだけのことです」

ローラが深いため息をついた。「どういうことなのか理解できませんし、私たちに対する不当な仕打ちとしか言いようがありませんわね。うちの家族は誰もエッタの事件に関わっていませんが、こんなことが続けば、お互い疑心暗鬼に駆られないともかぎりません」そこでいったん言葉を切ってから言った。「もう終わりにしていただけませんか、オニールさん」

「そのために、みなさんに集まっていただいたのです。さて、アセトアニリドですが……」

全員、アセトアニリドなど知らないと明言した。ローラは、ジムが挙げた薬の一つをたまに使用したことはあるが、少なくともここ二年は使っていないと答えた。アセトアニリドが含まれているとわかったからには、二度と使わない、とも言った。「危険ですもの、とても」

「過剰摂取すれば、そうですね」と、ジムも同意した。「ルーカスさんが亡くなった晩のことですが……」

クルーズリーが身を乗り出し、恐れていることが事実かどうかを確かめようとジムの瞳を探るように見つめると、ジムは目を背けた。

それで充分だった。やはり自分は、二件の殺人を自然死と誤診したのだ。

（少なくとも）椅子に背を預けながらクルーズリーは思った。（ルーカスの件に関しては、ライトも同意したんだ。彼は検死官だ。責任の半分は彼にもある）

クルーズリーが考え事をしているあいだに、ジムはエラリー家の人々と、ルーカスの七十五歳の誕生日にあった出来事を確認していた。贈り物、かかってきた電話、お祝いを言いに訪ねてきた人間、夕食会で彼らが何を食べ、どんな言動をしたか……。クルーズリーは意気消沈して、そのあと起きたことへの自分の対応を再度、思い返していた。

あらゆる症状が動脈血栓を示していた。「あの状況で、誰が殺人を疑うというのだ？」昨日から何十回と自問してきた言葉を胸の内で繰り返す。「ましてや、ルーカスは高齢だった。どんな医師だろうと同じ診断をしただろう。ライトだって疑問を持たなかった。あの家族との付き合いが私より長いライトが、特におかしいとは思わなかったんだからな」

クルーズリーの頭の中では、さまざまな考えが錯綜していた。そしていつしか、ルーカスとアンナに初めて会ったときのことが浮かんできた。マギーに招かれて家へ行った日のことだ。当時のクルーズリーは、ウォレントンで開業したばかりの新参者で、家族の誰もまだ彼の患者ではなかった。幼い男の子たちも客間にいた。ウォレンとウィルだ。「甥っ子なの」と、マギーが言った。「ウィルはおとなしくて、ウォレンはやんちゃなのよ」

遠い昔のことなのに、不思議なくらいよく覚えている。マギーが熱のこもった黒い瞳で自分を見つめていた。予測不能で、扱いにくかったマギー。哀れなマギー。強引で、衝動的で、真っすぐな彼女は、まだデートをしていくらも経たないうちから、クルーズリーへの愛をあからさまに表現していた。ほどほどという言葉は、彼女の辞書にはなかった。クルーズリーにとっては、魅力的であると同時に腰の引ける女性でもあり、マギーの思いの深さに、どうしても感情がついていかなかった。彼女との結婚によってもたらされる物質的なメリットについて妹に話しているのを聞かれてしまった件は、果たして自分に非があったのだろうか。立ち聞きしたマギーだって悪いではないか。それに、たとえ聞いてしまっても、それを理性的に受け止めるべきだったのではないのか。事業を発展させようとしている若き医師は、結婚に際しても仕事のあらゆる側面を検証して当然だ、と理解したっていいはずだ。

マギーは、お世辞にも理性的な人間ではなかった。理性とは程遠いと言っていい。理性的な当たり前のことが、彼女の心を壊していった。空想家でロマンチストだった、哀れなマギー……。

クルーズリーがわれに返ったとき、ジムは夕食会で出された飲み物について一同に尋ねていた。

「飲み物を渡したのは、どなたです?」

「僕じゃないですかね」と、ハリーが申し出た。「絶対とは言えませんが、僕だった気がします」

「作ったのは?」

「ノーマンです」と、テスが言った。「はっきり覚えています」

「全員同じものを飲んだのですか？」

「お祖母様以外は」と答えたのはジョーンだ。「お祖母様は、コーラを一杯飲んだだけでした」

「ほかのみなさんは、バーボン・コークですか？　ルーカスさんが好まれる飲み物ではないように思えますが」

「ええ、そのとおりです」と、ジョーンが言った。「ブランチがソーダを頼むのを忘れたんです。それで、お祖父様はバーボン・コークを飲んでみると言って」

「なるほど。ルーカスさんがどこに座っていたか覚えていますか。それと、みなさんが座っていた場所も」

その質問に答えたのはブランチだった。「特に決まった場所に座っていたわけではありません。ジョーンと私は、おつまみのソルテッドナッツを配っていましたし、テスはしばらくピアノを弾いてからお祖母様のそばに座りました。みんな、あちこち動きまわっていたんです」

「ちょっと待ってください」ハリーはジムを睨みつけた。「どれもアンナ伯母さんとは関係ないことばかりじゃありませんか。もしかして、ルーカス伯父さんもエッタのように毒物を盛られたと思っているんじゃないでしょうね」

「ここ一カ月にあったことすべてに関心があると考えていただければ結構です。ルーカスさんは、奥さんの事件のわずか二週間前に亡くなったわけですから」

「そんな」ローラが言った。「まさか、ルーカスもだなんて！」

「まあ、そう結論を急がないでください」ジムは根気強く話しかけた。「先に進めていいですか」

「しかし――」ロイが口を挟みかけた。

「マーティンさん、私は起きたことを把握しようとしているだけです。ご協力願えませんか」

冷ややかなその声に、一同は何も言えなかった。少し間をおいてジムは尋ねた。「一杯目と二杯目のあいだは、どのくらいあいていましたか」

誰も答えなかった。相変わらず、ジムの目も互いの目も避けている。ようやくジョーンが口を開いた。「テスは、またピアノを弾きに戻りました。彼女にお酒を持っていってあげたのを覚えています。『ラプソディ・イン・ブルー』を弾いていました」

「それで？」

「二杯目もデルメインさんが作ったのですか」

「彼とロイとハリーです――三人ともキッチンにいました」

「全員、二杯目のお酒を飲んだと思います。いえ、お祖父様は最初は飲みませんでしたわ。そういえば、こんなことを――」ジョーンはふと口をつぐみ、恐怖に駆られたように目を見開いた。

「何と言ったんですか」

「どうということではありませんわ。一杯目はたいしておいしくなかったと言っただけです。近頃の人間は、とんでもないものを飲むんだな、って」ジョーンは慌てたように急に早口になった。「味覚がどうかしている、って言ってました」

「それでも、二杯目を飲み干したんですよね」

「わかりません」ジョーンは、弱々しいかすれ声になった。「覚えていません」

「飲み干しましたよ」ハリーが呑気な口調で引き継いだ。「それでノーマンと僕が、ちょっと冷やかしたんです。伯父さんが気に入らなかったのはコーラだったようで、三杯目は水割りがいいと言っていました」

「三杯目を飲んだのですか。それとも、発作が先でしたか」

「発作が先です」

「二杯目を飲んだあと、どれくらい経って発作に見舞われたんでしょうか」

一同のあいだで、ひとしきり話し合いが行われた。ジムはブランチを注視した。表情は虚ろで、伏し目がちだ。

全員を解放したあと、ジムは少しのあいだジョーンを引き留めた。「読書はよくなさるんですか」

「え――ええ、しますけど」

「そうだと思いました。司書ですものね。おやすみなさい」

クルーズリーは、みんなと一緒には帰らなかった。颯爽《さっそう》とした若々しい雰囲気がなくなり、六十八の疲れた顔になっていた。「ルーカスの遺体を掘り返して、アセトアニリドを検出したんですか」と尋ねる。

「はい」

「つまり、あなたが正しかった」くるりと背を向け、クルーズリーは重い足どりで出口へ向かった。

不意に、ジムは彼が気の毒に思えてきた。「先生、ご存じとは思いますが、州検事局は遺体発掘を行った件については口外したがりません。明日の新聞の見出しになることはありませんよ」

クルーズリーが足を止めた。「それでも、私の心には刻まれています。自分が一度ならず二度も誤診をしたと思うと、やりきれないんです」

玄関に向かう廊下で、クルーズリーは再び立ち止まった。「そういえば、アセトアニリドを含む薬の中にカイリー・ペイン・リリーバーがありましたね。それで思い出したことがあります。三、四年前、アンナはその鎮痛剤を頻繁に服用していたのです。神経性の頭痛がすると言っていました。それを知って、もちろん、すぐにやめさせました。血圧が高かったので、やたらと飲むのは危険だと判断したからです」

「完全に服用をやめたのは、確かですか」

「はい、間違いありません。薬の成分を説明して、代わりの頭痛薬を処方しましたから。私が診ているあいだは決してその鎮痛剤を服用させないことを、彼女はよく理解していました。当時、その錠剤のことを知っていた家族もいたと思います。といっても、何年も前の話ですよ」――たいしたことではない、という身振りをした――「きっと家族も忘れているでしょう。ですが、一応、お話ししておいたほうがいいかと思いまして」

「賢明な判断です。ありがとうございました、先生」ジムは心から礼を言った。「また往診をお願いできますか。この足であまり動きまわりたくないので」

「もちろんです。では、これで」

クルーズリーの車のドアが閉まり、エンジンをかける音が聞こえるまで、ジムとコップは無言で座っていた。やがて、コップが口を開いた。「アセトアニリドに関するいい話が聞けましたね。手がかりになるかもしれない」

「そうだな」ジムは煙草に火をつけ、頭をさすった。「ああ、もうくたくただ。今日は長い一日だった」

ダイニングを通ってマーガレットが姿を見せた。「本当にそうね。もう寝たほうがいいわ」

ジムは椅子の背もたれ越しに振り向いた。「ずっとキッチンに座っていたのかい？　君のことをすっかり忘れていたよ。コップを帰す前に、三人で寝酒を一杯やらないか」

マーガレットは飲み物を作ってトレイに載せ、クラッカーとチーズを添えて持ってきた。

コップは、それを一口飲んで唇を舐めた。「こいつは、うまい……ルーカス老人が酒を飲んだとき、ほかの連中は動きまわっていたとすると、彼のグラスに毒物を入れるチャンスは全員にあったということですよね」

ジムは目を閉じ、頷いた。ブランチに対して抱いている彼の考えを、まだコップには打ち明けていなかった。立証するには材料が乏しすぎる。

「新たに判明した殺人事件について、グッドリッチ検事は何と言っているんです？」

「明日、こっちへ来るそうだ」ジムは目を開いて、渋い顔で言った。「エラリー夫妻を殺した犯人を一刻も早く知りたいとさ」

コップの含み笑いがやむと、クラッカーを噛む音だけが部屋の中に響いた。マーガレットが訊いた。

「ねえ、ジム、エラリー夫妻はどうやって生計を立てていたの？　かなり貧しかったって言ってたけど、それでも生活しなくちゃならないでしょう。食費、税金、光熱費、衣服代……。なにかしら収入がなくちゃ、やっていけないわ」

「ダウンタウンに抵当不動産が二軒あって、そこの賃貸料があったんだ。自分たちの住んでいたぼろ家も抵当に入っている。土地に価値があるとはいえ、あの家を誰が欲しがる？　そこら辺のことは、すでに捜査済みだ。ノーマンも、多少の援助をしていたようだ。それに、ルーカスは町立裁判所の職員をして給料を得ていた。だが、そんなささやかな資産のために殺されたとは考えられない。その線は排除していいだろう」

コップがグラスの氷をかきまわしながら、重々しい口調で言った。「殺害された理由がわかれば、大きな取っ掛かりになるでしょうね」

「頼りにしているよ」

ひどく疲れているうえに、仕事柄、ベッドに入れば事件を頭から締め出せる能力が身についているにもかかわらず、その夜、ジムはなかなか眠れなかった。片手を頭の下にしてダイニングのベッドに仰向けになり、もう一方の手にはずっと煙草が握られていた。傍らの灰皿の中で、燃えさしの山がどんどん高くなっていく。

ルーカスについてわかっていることを整理してみた。頑固で気位が高く無口な男だった、とストレイダーは言っていた。妹の溺死、息子たちの死、リタのスキャンダル、徐々にではあるが家業が傾いて陥った経済的苦境、といった度重なる不運のせいで、世間に対して背を向けるようになった。

「つまり」と、ストレイダーは言った。「死んだ晩に何を考えていたとしても、それを彼から聞いている人間はいないんですよ。妻を除いてね。彼女は、たぶん知っていたでしょうな」

「知っていたに違いありません。だから、殺されたんです」と、ジムは指摘した。

「そうなんですが……二つの事件は関連性がないという可能性はありませんか。ルーカスが自分でアセトアニリドを飲んだのではないという証拠はないわけですし」

「妻が二週間後に背中を撃たれ、妹の家政婦がアセトアニリドを盛られて殺害されかけた証拠ならあります。それで充分だと思いますが」

「ええ、まあ、そうですよね」ストレイダーは慌てて言った。「あらゆる角度から検証すべきだと思っただけです」

もちろん、さまざまな角度から検証している、と、ベッドの上で居心地のいい態勢を探して動きながらジムは思った。最も時間をかけて考えているのは、二つの殺人と、未遂に終わった三つ目の事件の動機だ。

エッタが元気になったら、すぐにでも詳しく事情を訊く必要があるだろう。だが、何を見聞きしたのか思い出すとはかぎらない。本人が気に留めていなかった可能性が高いからだ。

ジムの思考はブランチへと移った。事件のあった午後、彼女は妹のジョーンの姿が見えて声も届くロックガーデンで作業をしていた。そのときジョーンは、読書をしていた……。

ブランチは、その日の午後だけでなく、午前中の話もしていた。その日は一日中、庭にいたと証言した。あのとき彼女は祖父の書斎で、机を挟んでジムと対峙して座っていた……緑色の服を着て。

緑色の服――それこそが、このあいだの午後、ジムの頭に引っ掛かっていながらすり抜けてしまったものだった。服の色だ。ファッションの専門家は何と呼ぶのか知らないが、ジムなら若葉色と呼ぶ。森に茂った葉の陰に溶け込む、柔らかな色合いの緑。

ジムは満足そうに微笑んだ。目の前に矢印が現れたのだ――小さいがくっきりとした――方向を指し示す矢印が。

だが次の瞬間、満足感は消え失せた。確かな証拠が必要だ。

「明日の晩、誰かにロックガーデンを調べさせよう。コップとバイロはだめだ――ラファティーがいいだろう。彼はいつもガーデニングの話をしているから、きっと植物を元通りに植えられるはずだ。やってみる価値はある。凶器のベレッタが埋められているかもしれない」

ブランチを犯人とするには、ジョーンが妻と同じような読書の仕方をするという仮定が前提だ。マーガレットは関心のある本を読んでいるとき、周りがまったく見えなくなる。ブランチが納屋の陰から抜け出し、峡谷沿いに森まで走って犯行に及んでからロックガーデンに戻ってきたとしても、マーガレットなら気づかないだろう。

ジムの推理が正しいとすれば、ジョーンも本に夢中になるタイプでなければならない。そうすれば、たとえ一瞬、本から目を離したところで、ブランチの不在を気に留めたりはしないはずだ。森へ行く前に二、三度、庭と母屋とのあいだを行き来して存在を印象づけておけば、少々長く姿を消しても不思議には思われない。

だが、なぜだ？　なぜ、ブランチなのだ？　ほかの人ではなく、どうして彼女が？

煙草の火を消し、両手を頭の下で組んだ。愛、憎しみ、復讐、恐怖、金――これらが殺人の主な動機だ。

ジムは一つ一つ検証してみた。ブランチは、〈パッカード・マーケット〉のハンサムなレナード・ヒルズと付き合っていたが、二年前に別れた。この恋愛を邪魔されたことで祖父母を恨み、復讐を考えたとしても、二年も待つだろうか。

それは長すぎるように思う。もしかしたら、レナードが戻ってきてくれることを期待して様子を見ていたのかもしれない。しかし昨年の十月、レナードが別の女性と結婚したために悲しみと絶望に打ちひしがれ、祖父母への復讐を決意した可能性はある。

しかし、それ以降に別の理由が加わったとしたら？　何らかの方法で母親と連絡を取り合うようになっていたとしたら、どうだろう。娘たちを捨てて家出をし、子供と会えなくなるきっかけとなった義父母のひどい仕打ちに対して、母親のリタが何年も憎しみを募らせていたとしたら？

ジムは、もどかしそうに息を吐き出した。今のところ、行方不明のリタに当てはまりそうな候補はいない。マッジ・ランキンもエッタ・モーズリーも、リタではなかった。

だったら、金という動機の線を考えてみよう。この事件で唯一、金銭面の動機となり得るものがひらめいた。マギー・エラリーだ。マギーは川で入水自殺をしたときに、手提げ金庫に入った、彼女にとって最も大切な財産を抱えていたと思われていた。

その話に、ノーマンが疑問を抱いた。

ジムは思った。「ノーマンが正しいとしたら？　そしてこの春、ロックガーデンを造り始めたブランチが、その金庫を掘り出したのだとしたら？　彼女はその金を独り占めしようとしたが、祖父母に気づかれてしまった。マギーの残した金は、法的には一ペニーたりともブランチのものではない。マギーの不動産は兄のルーカスとエドワードに半分ずつ譲渡され、エドワードの持ち分は、今は妻のローラと息子のハリーが受け継いでいる。だがブランチは、見つけた金を自分のものにしようと決心した。祖父母さえ殺せば、それが実現する……」

ジムは苦笑いした。庭に金が埋まっているとだけ考えているノーマンより質《たち》が悪い。こっちは、その金を巡って二人の人間が殺されたと推測しているのだ。しかも、この推理の穴は子供にだってわかる。正直なことで定評のあるエラリー夫妻なら、ブランチに殺されるより前に、金庫の発見を知った時点ですぐに周囲に知らせただろう。

とにかく、明日の夜、ベレッタを探す名目でロックガーデンを掘り返してみよう。何が見つかるか見ものだぞ……。

第十五章

月曜の午後八時、ウォレントン・ハイスクールの講堂で町民集会《タウンミーティング》が開かれた。行政委員の署名入りで新聞に告示された集会の招集状には、既存の二校の中間地点にある町有地に新たな小学校を建設する計画の立案に、一万九千八百三十四ドルの支出を認めるか否かの町民投票を行うという目的が明記されていた。

町民にとっては重大な議題であり、六千人の登録有権者のうち、八百人が参加した。会場に用意された座席は満席で、後ろに立っている参加者も大勢いた。

行政委員長と町役場の書記が舞台袖から登場した。壇の中央にテーブルと椅子がセットされている。こうした集会を山ほど経験してきた年かさで世慣れた書記は、会場を埋め尽くす人々を一瞥《いちべつ》しただけで、この問題に対する賛成派と反対派それぞれの好戦的な顔ぶれを見つけ出すことができた。彼はにんまりし、二年の任期に初めて就いてひどく緊張している様子の生真面目な行政委員長に、冷やかすような視線を送った。

「今夜は、古い町が熱く燃えそうだ」と、書記は小声で呟いた。

行政委員長が手に取った木槌で叩いて合図すると、会場を包んでいた話し声がやんだ。委員長は咳払いをした。「議事を進行する議長の選出に入ります。推薦のある方はどうぞ」

二列目にいた男が立ち上がった。「チャーリー・グランビーを議長に推薦します」

「その推薦に賛成」と、後方で声が上がった。

「チャーリー・グランビーが推薦され、支持を受けました。ほかに推薦者はいませんか」

ほかには誰も出なかった。愛想のいい、悠然とした物腰のチャーリー・グランビーは、ウォレントンの町のまとめ役の中でも最長老だった。議長に選出されたグランビーは壇上に上がり、テーブルの前に座った。

グランビーは、町役場の書記に向かって言った。「ハウレットさん、集会の招集状を読んでいただけますかな?」

ハウレットが立ち上がり、招集状を読み上げた。

「さて」と、グランビーが聴衆に微笑みかけた。「ご意見のある方はいらっしゃいますか」

いよいよ、議題をめぐる大論争が始まった。最初に発言した二人は小学生の子を持つ親で、既存の二校の混雑ぶりを続けざまに非難した。町民に選択の余地はない、新しい学校を造るしかないのだ、と力説した。

「議長――」次に立ち上がったのは、婦人市民向上協会の中年のメンバーだった。「既存の学校が飽和状態で、新たな学校が必要なのは間違いありません。私自身、新学校の建設を待ち望んでいます。子供たちは未来を担う町民であり、最高の教育を受ける権利があるからです。可能なかぎり最高の教育をです。ただ――」

「ただ」という言葉に、婦人協会の副会長であるヘレン・ソーンダーズとともに三列目の席に座っていたマーガレットは、協会仲間の女性のほうを憤然と振り向いた。

「——私が問いたいのは、現時点で建設計画を推し進めるべきかどうかということです。建設費が非常に高額なのは事実です——ここは、現実的に考える必要があるのではないでしょうか」顔を上げた周囲の人々に、控えめな、感じのいい笑顔を向けた。「新学校をこの目で見たい気持ちはみなさんと同じですが、一、二年待ってもいいのではないかと思うのです。みなさんが自宅の改修を考える場合なら、おそらく価格が少し落ち着くまで待つでしょう。個人に通用する理屈は、コミュニティ全体でも同じではないでしょうか」

反感のこもった視線のほうが、賛同の頷きより圧倒的に多かった。彼女のいる席は、小学生の子供を持つ若い親たちに囲まれていた。その顔つきに居心地悪くなったのか、女性はそそくさと発言を切り上げた。「ですから私は、少なくともあと一年、学校建設計画を延期することを提案したいと思います」

女性が腰を下ろしたとき、会場にはマーガレットも含め、反論したそうな人たちが十人以上はいた。だがマーガレットより一瞬早く、議長の視線は二列後ろの参加者の姿を捉えた。すかさず男性が立ち上がり、個人だろうとコミュニティだろうと、建設費が安くなるまで待つという意見に疑問を投げかけた。「そういう姿勢が、わが国の急速な不況をもたらした根源にほかなりません」と、きっぱりと言った。「費用に関しては、来年安くなるか高くなるか、誰にもわからないのです。何よりも重要なのは、われわれには来年や再来年ではなく、たった今、新しい学校が必要だということです。児童数が多すぎるという理由で、この秋、再び二学年を二部授業にしようとしているんですよ？　早々と日が暮れてしまう冬場、三、四年生が下校時に交通事故で命を落としたとしたら、学校建設に反対している人たちは、さぞ寝覚めが悪いことでしょう。ただ一つ、先ほど発言された方の意見に賛成する点があります。子供たちには、最高の教育を受ける権利があるということです。その権利を最大限守ってやる責任が、われわれにはあると思います」

男性が腰を下ろすと、賛否のざわめきが起きた。別の男性が立ち上がり、議長ではなく直前の発言者に語りかけた。「なあ、ジェシー、教育には国庫補助がもらえるだろう？ それをもらって、しばらく様子を見て何が悪いんだ？」

「そうだ、そうだ！」と、「何を言ってるんだ！」という怒号が重なり合った。議長の視点からすれば、集会はまさに混沌とした様相を呈してきた。参加者たちが席に座ったまま大声で意見を言い合い、議長のグランビーを無視して会場中が騒然となった。グランビーは何度も木槌を振り下ろし、ついに一喝した。「みなさん、お静かに！ どなたにも発言する機会は与えますから。怒鳴り合っていても議論は前に進みません」

会場内に響き渡ったその声に、騒ぎが静まった。グランビーは持っていた木槌で、十列目で立ち上がった長身で猫背の禿げた男を指した。「では、ロス、どうぞ意見を述べてください」

「ロス・クレディーよ」ヘレンがマーガレットに耳打ちした。「子供がいない男やもめで、名士録には資産七万八千ドルと書かれているわ」

マーガレットは、アップ・ウェザレルがウォレントンの長老と称した男に興味津々のまなざしを向けた。そのとき、アップ本人が会場後方にいるのが目に入り、手元のメモ帳に視線を落とす前にマーガレットにウインクをしたように見えた。

「ひと言、言わせていただきたい」と、ロス・クレディーが口を開いた。「わしには、意見を言う資格があると思う。ウォレントンで生まれ育って、この町で今日まで生きてきた。その歳月が何年に及ぶかは言わないが――」

「代わりに俺が言ってやるよ、ロス」と、誰かが声を上げた。「七十一年さ！」

会場に笑いが起こった。笑い声がやむのを待ってクレディーは、「ありがとう、サム」と言ってから続けた。「わしは人口千人だった子供のときから、今日の一万四千人に増加するまで、この町をずっと見てきた。そして、税金がどんどん増えるのも見てきたのだ。一九一四年には一パーセントだったのが――」

「今は一九四九年だぞ」と、野次が飛んだ。

ウォレントンの長老は、野次った人間を振り向いた。「今年が何年かなど、わかっておる。君と同じように、ちゃんと数は勘定できるのだ！　だが、現在の三・三パーセントの税金が高すぎることもわかっておる！　なぜ、これほど高くなってしまったのか？」憤慨したクレディーの声が大きくなった。「あれやこれやと積み重なった結果だ。学校には高価な設備が整った体育館や運動場があるうえに、この町の子供たちが責任ある市民に成長し、まっとうな暮らしができる稼ぎを得るようになるのに何の関係もない工芸品や美術品を買い揃え、音楽鑑賞までさせておる！　わしが子供のときは、草むらに立つ、教室が一つだけの校舎と、屋外のトイレと井戸しかない学校に通い、冬はストーブで暖め、運動場にはブランコがあるだけだった。それでも、わしらはなんとかなった。元気も創造力もあって、自分たちで遊びを編み出し、近頃の子供が買い与えられている高価な道具なんぞを使うより、ずっと楽しく遊んでいたものだ。わしらは――」

周囲に渦巻く非難の呟きをようやく耳に留めたクレディーはひと息おき、喧嘩を挑むかのように顎を突き出した。「よかろう。誰もわしの身の上話に興味はないとみえる。だが要するに、わしらの時代には、子供は甘やかされなかったということだ。みな、人に頼らず自分の力で生きるよう育てられた。近頃の子供たちは違う。しかも今、さらに子供を甘やかそうとしておる。はっきり言わせてもらおう。新しい学校など要らん！　わしらに必要なのは――」

クレディーの周りを包んでいた呟き声は、一気に異議を唱える大声へと変わった。彼は片手を上げて騒ぎを制し、声を張り上げた。「最後まで言わせてくれ！」

グランビーが木槌でテーブルを叩いた。「静粛に！　どうか静粛に！」

間もなく、クレディーは発言を再開できた。彼は参加者一同を睨《ね》めつけた。「町民に多額の公債を押しつけることなく、この学校問題を解決するには、ウェストエンド・スクールの講堂を分割して教室を造るしかないと思う。先週、わしは実際に見に行ってみたが、十分な広さの教室が二つは取れる。それに、サウス・スクールには大きな体育館がある。永久に潰してしまうのが嫌だというなら、備品は保管しておいて、移動式の仕切り壁で区切れば――」

それ以上は言葉を続けられなかった。グランビーは、今度は数分間も木槌を叩き続けて、ようやく会場を静かにさせた。かぶっている帽子の色と同じくらい怒りで顔を真っ赤にした老女が立ち上がり、会場中に響き渡る鋭い声で言った。「ロス、私は子供の頃、あなたと同じ学校に通っていたけれど、今はあんなところに猫だって通わせるものですか！　時計を巻き戻して、私の孫たちを教室が一つしかない校舎で勉強させると言いに来たのなら、あなたなんか――」

「ルーシー！　教室が一つしかない校舎に戻すとはひと言も言っとらんぞ。わしが言いたいのは――」

「いいえ、言ったわ、ロス。あなたの言うとおりになったら、この町には下水道も公園も水道も、街灯だってなくなるってことよね。そして税金は昔どおり一パーセントのまま。それが、あなたの——」

バン！　バン！　バン！　木槌が続けざまに打ち鳴らされた。「静粛に！」グランビーが怒鳴った。「ルーシー、座りなさい！　ロスもだ！」

ルーシーは議長の声など聞いていなかった。興奮のあまり、帽子が曲がっている。それを水平に直し、今しがたの抗議の言葉を、中断されたにもかかわらずそのまま続けた。「——望みなんでしょう！　何年も町民集会であなたの意見を聞いてきたけれど、町の改善のために一セントだって支払うことに同意したためしがないじゃないの。賛成したのは、自宅の前の通りを舗装するときだけだったわ。そのうえ——」

グランビーが疲れ果てて木槌を置いたのは、十一時十五分だった。集会は、推進派の勝利に終わった。マーガレットとヘレンのほか、何人もの婦人協会の若いメンバーや、わが子に直接影響のある親たちが意見を述べた。そして、その後の投票により、町民たちは新しい小学校建設計画への支出を認める決定を下したのだった。

教育委員会から受け取った報告書を自分が読み上げて聴衆の関心を惹きつけたことに満足し、そのうえ勝利も得て得意満面のマーガレットが帰宅すると、州検事がまだ家にいた。グッドリッチは、申し訳なさそうな笑みを浮かべて言い訳をしながら立ち上がった。「こんなに遅い時間になっているとは気づきませんでした。ケガ人のご主人をベッドから引きずり出しておくつもりはなかったんですが」

ジムは、大丈夫だと言ったが、さすがに疲れた顔をしていた。一日中、電話や部下との打ち合わせに追われていたのだ。

グッドリッチが帰ると、マーガレットはすぐにジムのベッドを整えた。町民集会のことで頭がいっぱいの彼女は、集会での出来事をはつらつとジムに話して聞かせた。

ジムはベッドに入り、マーガレットはその傍らに座った。「グッドリッチに何を言われたの？」

ジムは肩をすくめた。「何を言われるっていうんだ？　こっちはベストを尽くしているんだ」

「ゆうべ、ロックガーデンを徹底的に捜索したのは確かなの？」

「母屋の電気が消えた三十分後に着手して、夜明けまで植物を一つ一つ掘り返して捜索したが、ベレッタは出てこなかった。それに――」一瞬、口ごもってから、ジムはマギーの金庫に関する推理を打ち明けた。「ばかげた思いつきだよな……窮余《きゅうよ》の一策ってやつさ」少し間をおいて続けた。「明日、もう一度エラリー家の娘に話を聞いてみる。コップは病院へ行って、エッタに関して進展がないか確認する予定だ」

マーガレットが言った。「今、町じゅうエラリー家の噂で持ちきりよ。集会が始まる前にね、ヘレンがお母さんとその話をした、って言ってたの。彼女のお母さん、リタをよく知っていたんですって。リタは、娘たちをとても可愛がっていたらしいわ。だから、家を出てから一度も子供と連絡を取ろうとしないなんて信じられないそうよ。本当は連絡があったんじゃないかと思っているみたい。もちろん、義父母はリタを許さないだろうし、家にも入れないでしょうけど、実は近くの町にいて、娘たちはこっそり会いに行っているのではないかって、ヘレンのお母さんは言うの」

「ただの推測だろう……」と、ジムは肩をすくめた。

「でも彼女は昔、リタと仲がよかった人なのよ。信憑《しんぴょう》性はあるんじゃないかしら」マーガレットは譲らなかった。「リタがランキン夫人や家政婦になりすましていたっていう推理のほうが、よっぽどメロドラマ的だと思うけど」

「そうだな」ジムは何かを考えている口ぶりで同意を示した。「ひょっとすると、部分的には当たっているかもしれない」眉を寄せて考え事をしながら、目はどこか遠くを見ている。「こいつは、今まで以上にメロドラマ的な推理を加える必要があるかもな」


「おかけください」と、ジムが言った。

「どうも」ハリーは、どさりと腰を下ろして肘掛けに肘を載せ、実際よりもリラックスしているふりをした。

午前十一時だった。マーガレットがお隣のホークス夫人と庭でお喋りしている声が、開いた窓から入ってきた。通りの向こうの家で屋根職人が屋根板をハンマーで叩く音が微かに聞こえる。ほのぼのとした家庭的な部屋の中に、陽ざしが燦々《さんさん》と降りそそいでいた。表に面した窓の下には、サラの引き回し玩具《プルトイ》が転がっている。とても殺人事件の聴取を受ける場所には見えないな、とハリーは思った。身を乗り出して煙草を勧めるジムも、今のところ、ハリーの思い描く取り調べ官のイメージではない。

「足首はいかがですか」ハリーは自分から会話の口火を切った。

「おかげさまで、少しずつよくなっています」その朝は、ベッドから椅子までの距離しか動いていなかったのだが、こう続けた。「だいぶ歩けるようになりましてね。今も、病院から戻ってきたところなんですよ。エッタに会ってきました」

「ほう？　エッタの容体はどうです？」

「ずいぶん回復しています。今朝はかなり長い時間、話ができました」
「そうですか」その口調からは、儀礼上、関心を示しているにすぎないのが伝わってくる。
ジムは煙草を吹かし、沈黙の時間を引き延ばした。だが、ハリーは身じろぎせずに辛抱強く待った。
これが、ベレッタがなくなっているのに気づいてパニックに陥ったと言った男の態度だろうか、と
ジムは内心で思っていた。
ハリーは冷静に、ジムの当て推量に備えて心構えをしていた。すると、ようやくジムが切りだした。
「エッタは、エラリー夫人が殺された日、あなたの家の書斎にブランチさんがいたと言っています」
ハリーの頭がわずかに下を向いた。それから、反抗心をあらわにして再びジムを見た。「そうなん
ですか。だから何だというんです?」
ジムは初めて高揚感を覚えた。てっきり、即座に否定すると思っていたのだ。すぐには答えず、フ
ァイルを開いてブランチの供述書を取り出した。「私は一日中自宅にいました」と、供述を読み上げ
る。「庭から一歩も出ませんでした」
「ブランチは両方の家を行き来するのに慣れているから、忘れていただけでしょう」
「事件が起きた、わずか数時間後に?」ジムは首を横に振った。「いいえ、私は違うと思いますね。
彼女は、あなたのお宅にいた事実を意図的に隠したのです。あとから不安になったのでしょう。書斎
の机のところにいたのをエッタに見られたのを知っていたんです――エラリーさん、あなたが銃を保
管していた場所ですよ。だから、エッタに毒物を――」
「違う!」抗議の声のあまりの大きさに、ジムばかりかハリー自身もぎょっとした。ハリーは身を乗
り出して大きく息を吸い、尋ねた。「いったい、何が言いたいんですか。エッタがそこまで話したな

ら、ブランチが机の中にあった切手を取りに行ったことも話したはずですよね。ブランチは廊下で会った彼女に、切手を取りに来たと説明したんですから。セイブルックの友人に急いで出したい手紙があったんですよ」

「手紙の話はしていませんでした。エラリーさん、彼女があの日お宅へ行ったことを隠したのは意図的だったと考えるのが妥当だとは思いませんか。そんななんでもない用事のために行ったのなら、黙っている理由がないでしょう」

「理由ならある」ハリーは語気鋭く力説した。「ブランチは、こんなふうに警察に誤解されるのがわかっていたんだ。だから、隠したんですよ」

「本当に？　本人から聞いたんですか。彼女は、自分からあなたに情報を提供したんですか」

「僕は――」ハリーは言葉に詰まった。「そうですよ！」荒々しく言い放った。

彼の瞳は、まだ強烈な反感を宿していた。だが、その陰に――怒りの陰に、懸命に自分を奮い立たせている姿が見える気がする――何かある、と、ハリーの様子を注視しながらジムは思った。彼の心の中にある不安や疑念のようなものが、表に出したい感情を弱めているのだ。

「彼女が自分から話したのではありませんね、エラリーさん。書斎にいるところを、あなたが目撃したんでしょう。そのときはなんとも思わなかったが、夫人が撃たれ、ベレッタがなくなっていることに気づいたとき、彼女が机に近づいたのを思い出した。だから私に、ベレッタは一丁しか持っていないと嘘をついたんですよね。そして本人に問いただしたら、切手の話を聞かされた」

「違う！　見当違いもいいところだ。あの日、ブランチを初めて見かけたのは、アンナ伯母さんが死んだあとだったんですよ」

ジムは、ゆっくりとかぶりを振った。「残念ながら、その話は信じられません。あなたは大きな過ちを犯しています。彼女を愛していて、それが彼女のためだと考えているのでしょうが――」

「オニールさん、あなたがどう思っているか知らないが――」

ジムは手を上げてハリーを制した。「あの日エッタは、お宅でブランチさんに会ってはいません。屋敷内に隣家の人間は誰もいなかったと証言しています。誰もです」わざと繰り返し、要点をはっきりさせた。「ブランチさんも、姉妹も、夫人もです。夫人が亡くなるまで、一人として見なかったし、言葉も交わしていないそうです」

「だったら、何で――だとすると――」ハリーは唖然としてジムを見た。その目に浮かんでいた戸惑いが恐怖に変わった。弾かれたように立ち上がると、とたんに怒りがほかの感情をすべて吹き飛ばした。「まんまと人を騙して、さぞや頭が切れるつもりになっているんだろうな。あんたは――」いったん口をつぐみ、脇に下ろした両手を開いたり閉じたりした。「あんたは、何を証明しようとしているんだ」

ジムはハリーを見上げ、真顔になって言った。「おそらく、あなたにも答えはわかっているはずです。すでにヒントは充分あげたじゃありませんか。エッタは、なぜ犯人が夫人を殺そうと考えたのか、見当がつかないと言っていました。あなたなら、動機に心当たりがあると思います。エラリーさん、自ら利用されるのは、愚かな行為ですよ。たとえ、愛は盲目だとしてもね」

「いい加減にしてくれ」ハリーが声を荒らげた。「何の話か、さっぱりわからない！　もうたくさんだ。帰らせてもらう」

ハリーはくるりと踵《きびす》を返すと、ドアに向かった。立ち去るというより、逃げ去るような感じだった。

ジムが背後から声をかけた。「リタ・クビアックについては、どうです？　ブランチさんは何か言っていましたか」

ハリーが急に立ち止まった。「リタ・クビアックだって？　今度は何を言いだすつもりだ」ジムの答えを待たず、彼は部屋を走り出て去っていった。

苦しみを抱えた若者が逃げるように出ていってから五分後、ストレイダー署長から連絡があり、ジムは、ブランチの友人でセイブルックのビーチで夏を過ごしている、グレース・ディーリングという女性のことを知った。向こうには電話機が備わっているというので、早速、グレースに電話をかけ、最後にブランチから手紙をもらったのはいつだったかを尋ねた。

「二週間前にこちらへ着いたあと、ブランチから連絡はありません。確かに、ウォレントンを発つ前、週末をセイブルックで一緒に過ごさないかと誘いましたけど、あまり乗り気ではないようで、特に日程も決めなかったんです。ですから、手紙が来るとは思っていませんでしたし、今のところ届いていません」

「そうですか。どうもありがとうございました、ディーリングさん」

「あの、すみません。どんな内容の手紙なのか、考えてもわからないんですけど――」

「私もですよ」ジムは朗らかに言って、電話を切った。

昼食を食べているあいだも午後も、ジムには考えることが山ほどあった。すでに得ていた、ばらばらな情報の一つにハリーから聞き出した内容を新たに加え、いくつもの推理に当てはめてみる。苦労の末、それらをすべて整理し、あとはとうとう最後のピースを残すだけになった。

夕食後、サラを寝かしつけたマーガレットは、リビングで読書をしていた。部屋の反対側で頬杖をついて目を閉じ、ひたすら集中している夫の様子を、時々ちらっと確認した。すると突然、ジムが背筋を伸ばし、アンナのスクラップブックを手に取った。

「マーガレット、ちょっと来てくれ！」ジムが開いていたのは、カメラに背を向けかけたマギー・エラリーの写真が貼られたページだった。

第十六章

ジムの家を出てから一日中、ハリーは心の中で言い続けていた。「ブランチに会いに行こう。オニールが言ったことを伝えなくては。二人で事態をなんとかするんだ」

だが、実際には行かなかった。海で乗るつもりのボートのペンキ塗りを口実に、午後は納屋にこもっていた。そしてほとんどの時間を、丸椅子《スツール》に座って、ぼんやりと宙を見て過ごした。前途に待ち受けるものの恐ろしさに気持ちが萎え、行動に移ることができなかったのだ。

エッタが入院してから毎晩そうしているように、母のローラとレストランへ夕食に出かけた。ローラは、週末までに家を閉めて海辺の別荘に移る計画を淡々と話していた。デザートを食べるときになって、「グレタ・ハンソンに、掃除と荷造りを手伝いに来てもらわなくてはいけないわね」と言ったのを聞いて、ハリーがはっと、われに返った。

「家を空けることをオニールに話したかい？」

「いいえ、話していないわ。彼に何の関係があるの？」

「大ありだと思うよ。町を離れるなと言われるかもしれない」

ローラは、いまいましげに舌打ちをした。淡い色の瞳に怒りが浮かんだ。「そんなの、聞いていないわ。アンナが撃たれたのは事故なのに、警察は初動捜査のミスを認めたくなくて、どんどん話を大きくしているのよ。自分の別荘に行くのをあの人が阻止しようとするなら、こっちにも考えがあるわ。人を不当に扱うのを禁じる法律だってあるんですからね！」

「母さん……」ハリーはデザートの皿を脇に押しやり、テーブルに両肘をついた。母の思考回路には慣れているつもりだったが、それでも、半ばあきれた思いで母の顔を見据えた。「アンナ伯母さんは、僕のベレッタで撃たれたんだ。事故なんかじゃない」

「でも、あなたが撃ったわけじゃないでしょう。あなたは公園に、私は家にいたんですもの、警察に疑われる筋合いはないわ。私たちの計画を邪魔する権利はないはずよ」

「エッタは、僕らの家の中でアセトアニリドを飲まされたんだよ」

「自分が服用していた薬だったと、怖くて言えないだけよ」

「ルーカス伯父さんのことは？　伯父さんが死んだとき、僕らもその場にいたんだ。ほかの人同様、僕たちにもアセトアニリドを飲ませるチャンスはあった、ってことになる」

ローラは耳を貸そうとしなかった。ルーカスは動脈血栓で死んだのにオニール刑事が余計な詮索をしただけだ、土曜の夜にみんなを聴取した結果、今頃、壁にぶち当たっているに違いない、と言い張った。「わからないわ」ローラは悲しげな顔で言った。「あなたは、どうしてそう悪いほうにばかり考えるの？　偶然が重なっただけなのに、どうしても殺人にしたいわけ？」

ハリーは答えなかった。この人は救いようがない、と考えていたのだ。もう何年も、母と大事な話をしようと試みては挫折感を味わってきた。ついさっきまで、現状について話し合う相手が欲しくて、もう少しで母に助けを求めるところだったが、思いとどまってよかった。

コーヒーを飲む母を見ながら思った。「こういう人生を送ってきた人なんだ。金のおかげで、物事のつらい面から隔離されてきた。社交クラブにブリッジ・パーティー、お茶会、教会の仕事。しょせん、塀で囲われた庭で生きているんだ」

レストランから帰宅したハリーは、浮かない顔で敷地内を歩き、峡谷から森を抜けて墓地の端まで行った。なぜ、そんなことをしたのか、自分でもわからなかった。見るものなど何もない。

家に戻ろうと回れ右をした。「王様の馬と家来は通りを行進し、再び来た道を戻っていった」と、古い歌の一節を口ずさむ。

木の生い茂った峡谷を戻り始めたときには、日が暮れかかっていた。子供の頃の記憶がいくつもよみがえる。従姪たちや近所の子供たちと、ここでよく遊んだものだ。みんなで、いろいろなものになって、ごっこ遊びを楽しんだ。先住民、開拓者、探検家、戦士、愛国者……。

目の前に懐かしい木があった。その木を囲んで、ハリーたちは植民地の勅許状を取り上げにハートフォードに来たイギリス総督ごっこをしたのだった。立ち止まって木を見上げたハリーの顔に、その日初めて笑みが浮かんだ。ハリーは勅許状をひそかに持ち去って守るワズワース大佐（一六八七年、英国政府に植民地の明け渡しを求められ、勅許状を木の中に隠して守った）役で、この木が、勅許状を隠した〈チャーターオーク〉だった。

大きな幹にはツタが厚く絡まっているが、ハリーが勅許状に見立てた紙きれを隠した洞《うろ》は残っていた。屈んでツタを取り払う。昔、ワズワース役をしていたときは肩の高さにあった割れ目が、今では腿の位置になっている。ハリーはツタを取り除き、中に手を入れた。

ジョーンとブランチは、二人だけで遅めの夕食を摂った。食べ終わる頃には、広くて薄暗いキッチンから太陽の光がなくなろうとしていた。ブランチはガーデニング用の手袋を取りに、廊下の物入れに向かった。家の中はどこも夕闇に包まれつつあった。黒褐色のオーク材の羽目板も、地味な茶色や緑や栗色の壁紙も、光を失ってくすんだ色になっている。ジョーンは、一足先に裏のポーチに出て夕刊を読んでいた。ブランチは手袋を捜し出し、引き出しを閉めた。足早に書斎の前を通り過ぎながら、顔を背けた。祖母は、この部屋の中で死んだのだ。

屋外には、まだ陽ざしが残っていた。太陽は沈んだものの、燃えるような色が幾重にも細く走る空の景観は見事だった。ジョーンは、峡谷沿いに立つ高い松の木のくっきりとしたシルエットを、夢見心地で眺めていた。

「見て」と、彼女が話しかけた。「別世界のものみたいよ――空の色も、木も」

ブランチは、松の木に目をやった。ひょろりと高いその木は周囲のすべてを見下ろすかのごとく、血のように赤い空を背景にぽつんとそびえ立っている。

「ほんと、別世界だわ。地獄の門の門番みたい」

ブランチは身震いし、両手を強く握り締めた。「どうしてお祖父様は、あの木をずっと残していたのかしら。あんなもの、切り倒せばいいのに。おぞましい木！」

ジョーンは姉を見上げた。初めはその激しい口調に驚いただけだったが、やがて怪訝な顔になった。

ブランチは網戸にしがみつくように体を押しつけていた。恐怖におののいた目で木を見つめている。

「おぞましいわ」と、もう一度言った。

妹の視線に気づいて、ブランチは引きつった口元に曖昧な笑みを浮かべ、手袋をはめた。「すっかり暗くなる前に作業に取りかからなくちゃね」

ブランチが納屋のほうへ歩いて見えなくなるまで、ジョーンは後ろ姿を目で追った。視界から消えたあとも、新聞を膝の上に置いたまま、読もうとはしなかった。やがて彼女の視線は、姉が感情をぶつけた松の木へ移った。後ろの空は色が少しずつ薄くなり、赤からサーモンピンクに変わっている。「ブランチは、どうしてあんなに動揺したのかしら」と、心の中で思った。「なんだか様子が変だったわ」

近頃、ブランチは奇妙な言動をいくつも見せていた。気分の波が激しく、黙り込むと、いつまでも口をきかずに一人の世界に引きこもって家族を寄せつけないし、興奮すると、ささいなことでもやけに熱を帯びる。とにかく、彼女らしくないのだ。

「今回のことでブランチがどう感じているのか、どうもわからないわ」ジョーンは考え込みながら声に出して言った。「いったい、何を考えているのかしら」

ジョーンの思考は、ある道筋を手探りで進んでいた。いったん行きかけたが、その疑念に背筋が寒くなり、進むのをやめた道だった。キーワードは、アセトアニリドだ。〈カイリー・ペイン・リリーバー〉。オニール刑事の口から挙がるまで、忘れていた薬の名だった。その後、詳細を思い出した。クルーズリー医師が深刻な口調で言ったのだ。「乱用すると危険です。過剰摂取すれば死に至ることもあるのですよ」ブランチと自分も、その部屋の中にいた……。

でも、お祖母様を殺したのは、アセトアニリドではなく銃弾だ。

不意に、祖父の誕生日の夕食会が頭に浮かんだ。もし、お祖父様が自然死だったとオニール刑事が思っていたとしたら、あんなにたくさん質問をするだろうか。違う、とハリーは言った。きっとアセトアニリドが死因なのだ、と。日曜に、ハリーはブランチではなくジョーンを連れて、墓が掘り返されていないか確かめに墓地に行ったのだった。墓は、特に変わりないように見えた。動脈血栓で死んだお祖父様が、そこに眠っているのだ。

だけど……お祖母様がアセトアニリドを購入したということは、誰にだって買えるということだ。ジョーンはため息をついて顔を上げた。疑念に気を取られているあいだに、空は薄いピンクになっていた。「もう、やめましょう」と、一度は思ったジョーンだったが、再び思い直した。「いいえ、やっぱりだめだわ。どうしてブランチのことがこんなに気になるのか、考えてみなくちゃ」

アセトアニリドだけでは不充分だ。そこへ、ブランチの言動を足してみる。それから――「読書はよくなさるんですか」と、オニール刑事は訊いた。

確かにそのとおりだ。お祖母様が撃たれたときは、『ノー・ハイウェイ』を読んでいた。オニールが知りたかったのは、あの午後、彼女の注意力がどのくらい読書に割かれていたかだ。

「全部だわ」と、ジョーンは呟いた。「面白い本だったもの。時々は本から顔を上げたと思うけれど……ブランチは、毎回そこにいたかしら」

おもむろに頭を振った。「庭にいると思い込んでいたから、たとえいなくても気がつかなかったかもしれないわ」敷地の裏側の境界線となる峡谷に目を転じた。もし、ブランチが納屋の後ろからそっと抜け出したとしたら……。

納屋の向こうにブランチの姿が現れた。彼女は不機嫌だった。というより、激怒していた。毅然と持ち上げた頭と、いからせた肩から、遠くにいても憤りの激しさが伝わってくる。半ば走っているような歩き方でこちらへ向かいながら叫んだ。「ジョーン、私のロックガーデンで何をしていたの?」

「ロックガーデン? 私は近づいてもいないわよ」

「いいえ、行ったはずだわ! しらじらしい顔で、そんなところに座っていたってだめよ。植物をめちゃくちゃにしたくせに。ヒエンソウをアネモネの球根の中に植え替えたでしょう」ブランチは裏階段の下に立って怒りに燃える目で睨みつけ、ジョーンを責め立てた。「あそこで何をしていたのよ?」

「ブランチ、ロックガーデンには行っていないって言ってるでしょう!」ジョーンは立ち上がり、困惑顔で姉を見た。「でも、それが何だっていうの?　何か問題があるの?」

「じゃあ、やっぱりあなたがやったのね。認めたも同然だわ!」ブランチの顔はこわばり、顔色が真っ青だった。小柄にもかかわらず、頭を反らしたブランチは威嚇的で、目はギラギラと血走っている。

「何も認めてなんかいないわ。私が訊いているのは――」

「どんな下心があるの?　何が見つかると思ったわけ?」

「ばかげてるわ。これ以上、話したくもない」ジョーンは姉に背を向けて家の中に入った。

ブランチが大声を上げながらそのあとを追った。「話してよ。ちゃんと答えて!」だが、ジョーンは立ち止まらず、振り返ることもしなかった。キッチンを抜け、足早に家の表に出た。

正面階段を下りたところで足を止め、初めてブランチを見た。明かりはほの暗く、ブランチの色白な顔の中で、目だけが異様にぎらついている。

「いったい、どうしてしまったの?」ジョーンは、あえて苛立った声で訊いた。

「私のロックガーデンで何を探していたのよ?」

「だから、行っていないって言ってるでしょう」

「そんなことないわ!　あそこを掘り返せるのは、あなただけですもの。今朝、私が買い物に行っているときね。それとも昨日、ローラ叔母様を訪ねていたあいだかしら。チャンスはいくらでもあったわよね。探していたのは何?　私が何を埋めていると思ったの?」

ブランチが震えているのがわかった。ジョーン自身も震えていたが、懸命に唾をのみ込み、落ち着いた声で言った。「いいえ、ブランチ。私じゃないわ」

「嘘よ！　お祖母様が死んだ日、あなたはこっそり家に戻って盗み聞きしたんだわ！　お祖母様が言ったことを聞いていたのね」ブランチの声から急に抑揚が消えた。「好きに探せばいい。でも、見つかりっこないわ。あれは私のものよ。お祖母様は違うって言ったけど、結局、私のものになったわ。お母様だって――」

「お母様？」

「夢で見たのよ。あなただって、お母様が会いに来た夢を見たんでしょう？　私が見たっておかしくないじゃない」

「お母様は何て言ったの？――夢の中で」

「自分のものを手に入れなさい、って」

「ブランチ、あなたのものって何なの？　私があなたから何を奪おうとしたと思っているの？」

「しらばっくれて！　こっそり探していたくせに、よく言うわね！　でも、絶対に見つからないわ」再び声を荒らげた。「お祖母様そっくりね！　お祖母様と同じように、私のすべてを台無しにしようとしているんでしょう。お祖母様は、私がお母様に似ているから嫌っていたのよ」

「嫌ってなんかいなかったわ。お祖母様は、私たちみんなに厳しかったのよ」

「いいえ、嫌ってたわ。私だけをね。私がお母様に似ていたからよ。私が幸せになるのが嫌だったの。レンを私から遠ざけたのは知ってるわよね？　私が嫌いだったからに違いないわ」

「まあ、ブランチ、そうじゃないわ。だって……」ジョーンは一歩前に踏み出した。手を差し出したがブランチが引っ込めたので、その手を下ろした。「レンは、あなたにお似合いじゃなかったわ。そりゃあ、とても二枚目だったけど、でも――とにかく、違った種類の人だった。あなたは、たまたまお店で知り合ったから惹かれたんでしょう？　殿方と知り合うのは苦手だったものね。家にこもりすぎですもの。レナードに出会って、居心地がよかったのよね。それを愛だと勘違いしたのよ。だけど……お祖母様は年の功で、全部見抜いていたわ。あなたのほうがレナードより家柄がいいし、繊細で知的だとわかっていたから、結婚相手に彼はふさわしくないと確信していたの」

「そんなの、でたらめよ。私はレナードを愛していたわ。ほかの誰でもなく、彼だけを愛したの」

「彼と会ったのは、ほとんどがお店だったでしょう。二人でデートしたのは、ほんの数回だった。なのに、どうしてわかるの？　ハリーがいるじゃない――彼はあなたに夢中だわ。ハリーのほうが、ずっとあなたにお似合いよ」

「ハリーでは嫌なの」ブランチはすすり泣いていた。「私が欲しいのはレンなのよ。彼と一緒になれないのなら、ここを出ていくまでだわ。自分のものを手に入れて、二度と帰らない」固い決意を物語るように、ブランチの体はこわばっていた。「私は本気よ。それを手にしたら出ていくの。そうしたら、好きなだけロックガーデンを探せばいいわ」

「ブランチ、本当に誰かが庭を掘り返したの？」

「ええ」

ジョーンは丸めた両手を顎の下に当てた。恐怖で声が震えた。「私はやっていないわ。きっと警察よ」

「いいえ、違う、警察じゃない！」

「絶対そうよ。オニールさんは、あなたが思ってるよりずっと多くのことをつかんでいるんだわ。もし、あなたが庭に何かを埋めたのなら――ねえ、ブランチ、何を埋めたの？」

ブランチは反対側の壁へ後退《あとずさ》って体をもたせかけた。二人のあいだに流れる沈黙のなかで、彼女の荒い呼吸だけが大きく聞こえた。両腕を横に伸ばした姿には、果てしない絶望が見て取れた。まるで、黒褐色の木材にピンで留められた標本のようだ。

「ブランチ、話して」ジョーンが急《せ》き立てるように言った。「隠していたら、助けてあげられないでしょう？　もう秘密でもなんでもないのよ。何もつかんでいなければ、警察はロックガーデンを掘り返したりしない。わかるわよね？」

「ええ、わかったわ――やっと」ブランチはジョーンの顔に視線を注いだ。「あなたは本当のことを言っているのね。警察は知っているんだわ。私を止めるつもりなのよ。お祖母様よりひどい」喘ぐように大きく息を吸う。「警察は……ほかに私に何をする気なの？」

「ブランチ――」

ブランチは叫び声を上げた。「警察！　嫌、嫌よ！」

それ以上、聞き取れる言葉は出てこなかった。耳をつんざくような金切り声を発し続け、その声はどんどん大きくなって、家じゅうに不快に響き渡った。

ジョーンは姉をつかんだ。ブランチは狂ったようにその手を叩いて逃れると、踵《きびす》を返して家の裏から逃げ出した。

ジョーンは玄関のチェストにつまずき、その上にへたり込んで両手に顔をうずめた。

峡谷から戻ってきたハリーは、叫び声が聞こえる距離にはいなかったのだが、二人の刑事の姿に気づいた。一人は母の、もう一人はブランチたちの家の外に配置されている刑事で、その二人がブランチの家に向かって走っていくのが見えたのだ。ハリーもそのあとを追った。

玄関の網戸は鍵が閉まっていた。一人の刑事が体当たりしているあいだに、もう一人はポーチの手すりを跳び越えて家の裏に急いだ。裏口は鍵が開いていた。ドアをいっぱいに開き、拳銃を手に中へ突入した。

玄関では、まだジョーンがチェストにかぶさるようにして顔を覆っていた。何があったかをようやく説明できたときには、すでに数分が過ぎていた。刑事たちはブランチを追ったが、敷地内と納屋を捜索しているあいだに、彼女はとうに川へ逃げていたのだった。

第十七章

ジムは電話に向かって言った。「救急隊が必要としたときのために、そちらの装備を川へ運んでもらえますか。救急隊は今、現場に向かっていますから、合流してください。マギーと母親が溺死した場所はわかりますよね」

一瞬の沈黙のあとでストレイダー署長が言った。「彼女が町を出ようとしているとは考えていないんですか」

「ええ。ですが、念のため、それも視野に入れる必要があります」

「わかりました。すぐに向かいます」

ジムが受話器を置くと同時に、玄関の呼び鈴が鳴った。マーガレットが応対し、アップ・ウェザレルを伴ってリビングに戻ってきた。

「何の用だ」ジムは迷惑そうにアップを見た。

「オニールさん、数分前ジョーンの家を訪ねたら、家の明かりが煌々《こうこう》と灯っていて、あちこちで慌ただしい人の動きがあるじゃありませんか。すると、あなたの部下にさっさと追い払われてしまったんです。警察がそこらじゅうにいて、家に近づくこともできない。だから、ジョーンのことが心配で……。もちろん、仕事上の興味もありますしね。何があったんです？　ジョーンは無事なんですか」

屈託のないアップの喋り方が、ジムの警戒心を解いた。「彼女なら大丈夫だ。今はとにかく忙しいんだ。あと二時間は手が離せない。そのあと寄ってくれれば、何でも情報を提供するよ」

「そうですか……」アップは赤い髪を指でクシャクシャと掻《か》き、首を振った。「何もないよりましですかね。それまで、あっちへ戻って取材してみます」探りを入れるような抜け目のない目をジムに向ける。「ひょっとして、ジョーンの母親に出くわすってことはありそうですか」

「二時間後に会おう」

「わかりました、こちらに伺います。それじゃあ」アップは玄関に向かった。戸口で、入ってくるコップと鉢合わせした。

「ひと言いただけますか、コップ刑事」アップは情報をもらえる気満々で、大真面目に訊いた。

「誰だ、お前?」と呟いただけで、巨体のコップは大股に通り過ぎていった。

ほとんど虚脱状態のジョーンは、姉たちの手でベッドに運ばれた。クルーズリー医師が呼ばれ、鎮静剤を投与した。クルーズリーが帰ると、何が何だかわからないといった呆然とした様子のテスとエリノアは、ベッドのそばに座った。

「ハリーはどこ?」少ししてジョーンが訊いた。

「ブランチを捜しに出ているわ」と、エリノアが答えた。「ノーマンとロイも、警察も――総出で捜索しているの」

ジョーンは目を閉じた。無言のまま横たわっている。テスがささやいた。「逃走だなんて、考えただけでも耐えられない。あの子がお祖母様を殺したはずがないわ」

「しーっ!」エリノアが唇に指を当てた。

目をつぶったまま、ジョーンが言った。「ブランチがやったのよ、テス。彼女の言動を目にしていないから、そんなことを言えるんだわ」ジョーンは身震いした。「私は見たの。ロックガーデンを私が掘り返したと責め立てて……」

「その話はしないで。今は考えるのをやめましょう」テスがジョーンの手を握った。「少し眠りなさい。そろそろお薬が効いてくると思うわ」

数分後、ジョーンは眠りに落ちた。

エリノアが小声で言った。「ノームが正しかったわね。マギー大叔母様は本当にお金を埋めていて、それをブランチが見つけたのよ」

座っている二人の耳に、下で動きまわる人たちの足音が聞こえてくる。外で明かりが揺れ、二人はそっとブランチの部屋へ移動して、敷地の裏側を見渡せる二重窓の前にひざまずいた。

数人の男たちがモックオレンジの木の下に集まっていた。木は花を落としており、周囲に散らばった花びらをライトが照らしている。

さらに二つの照明が設置され、写真係が三脚にカメラをセットして、ポケットに手を入れて待機していた。

コップ刑事だとわかる巨体が、動きまわって指示を飛ばしている。四人の男が土を掘り始めた。

「マギー大叔母様のお金だわ」エリノアは、不安そうにテスの手を握った。

三十分が経過した。草の生えていないモックオレンジの木の根元を掘り返す男たちは、少しずつ範囲を広げていった。テスとエリノアのいる場所からは遠くて、そのうちの一人がついにコップに向かって、「あったようです」と言ったのは聞こえなかった。しかし、全員が掘る手を止め、照明が近くへ運ばれて一カ所を照らすのは見えた。

コップは「続けろ」と命じ、しゃがんで成り行きを見守った。

その直後、再び掘削の手が止まった。一人が穴の中から何かを持ち上げ、草の上に置いた。四角い箱であることは、テスとエリノアの位置からも確認できた。

二人はしっかりと手を握り合った。「あったわ」エリノアが震えながらささやいた。「マギー大叔母様のお金よ」

「ええ——でも見て、エリノア！　また掘り始めたわ」

男たちは穴に戻った。一鋤《すき》ずつ、四方に次々に土が投げ上げられていく。直径約三十フィートの穴の中に立つ彼らの膝丈くらいの深さまで掘ったところで、再び作業が止まった。

しゃがんだコップが前屈みになった。彼らが発見したのは、もともと使われたものにしてはきれいすぎて新しく見える毛布にくるまれた、人骨と衣服の布切れだった。

「彼女だ」と、コップは小さく唸った。


マーガレットが、夫と州警察の警部補、ストレイダー署長、コップ、アップ・ウェザレルにコーヒーを出したのは、真夜中のことだった。コーヒーを注いでいるとき、電話が鳴った。

ジムは受話器を取り、しばらく相手の話を聞いたあとで、「ああ……すぐに頼む」と言った。そして電話を切ると、オペレーターにハンプトンの州検事局の番号を伝えた。

グッドリッチはすぐに電話に出た。ジムは言った。「ブランチ・エラリーの遺体が川から引き上げられました。直ちに鑑識のラボに運びます……はい、マギーとその母親が身を投げた、まさにその場所です。これで捜査終了になるかと」

相手が何か言い、それに応えてジムは言った。「はい、そうします。今夜の仕事は、ほぼ終わりましたから」ジムの視線がアップを捉えた。「一人だけ。地元紙の記者です。予想以上に早く解決したので、ほかの記者は嗅ぎつけていないようです……そっちに大勢詰めかけているんですか。足止めしておいてくださってよかったですよ。明日の朝、電話しましょうか。それとも、こちらへいらっしゃいますか……了解しました。では、明日お会いしましょう。失礼します」

ジムは電話を切った。無言の一同を一人一人見まわす。最初に口を開いたのは、ストレイダーだった。「かわいそうに。彼女は正気じゃなかったんでしょうな」

「どうでしょうか。その点が裁判で争われるのを何度も見てきました。ある医者がああ言えば、別の医者がこう言う」ジムは言葉を切り、サンドイッチをかじってコーヒーカップを手に取った。

アップが頼んだ。「事件を最初から振り返って、どう解決に導いたのか聞かせてもらえませんか」

「勘弁してくれよ」と言うジムに、「私も、ぜひ聞きたいですな」と、ストレイダーが後押しし、二つ目のサンドイッチに手を伸ばしていたコップを除くほかの二人も、頷いて同意を示した。

「では、少し待ってください」ジムはサンドイッチを食べ終え、マーガレットにカップを差し出してお代わりを催促した。そして、銃がなくなったことをハリーが黙っていた件からどう推理を発展させたかについて話し始め、黙々と食べ続けているコップをちらりと見た。「今夜、君にベレッタを渡したとき、ハリーは何と言っていた?」

「事件当日、書斎でブランチを見かけたことを認めました。アンナが殺されたあと、ブランチにそのことを尋ねたら、エッタに会ったので切手を取りに来たと説明した、という話を聞かされたそうです」

「やっぱりな」ジムは片手でカップを口に運びながら、もう片方の手を表情豊かに揺り動かした。コーヒーを飲んでカップを置き、話を続けた。「だから、税関に銃の記録があると私がハリーに話した夜、ブランチはエッタに毒を盛ったんです。エッタから、ハリーやほかの人間に切手の話が嘘だとバレるのを恐れたんでしょう。彼女は、しだいに追い詰められていった――」

電話が鳴って、話が中断された。ジムが受話器を取った。「もしもし」と応えて少し待ってから言った。「彼女のキーホルダーに？　でかしたぞ！　アセトアニリドはどうだ……ないか。とにかく、捜索を続けてくれ。ほかにも彼女が隠しているものがあるなら、どうしても見つけ出したい」

ジムは受話器を戻した。「手提げ金庫の鍵が、ブランチのキーホルダーについていたそうです――鍵を隠すには絶好の場所だ」

ジムは次に、ブランチが着ていた緑色の服がヒントになったことを告げた。「おそらく、こういうことでしょう。チェザリーの葬儀がある少し前に祖母と口論になり、何らかの脅し文句を言われた。ルーカスの死に疑問を抱いたか、ほかの家族に金庫が見つかったことを知らせると言ったか、あるいはその両方だったかもしれない。とにかく、ブランチはすぐに祖母を殺す決意をし、ハリーの銃を手に入れた。事件当日の午後、彼女はロックガーデンでしばらく作業をすることでアリバイ工作をした。祖父の葬儀を経験したばかりだったから、チェザリーの葬儀にどれくらいの時間がかかるか把握していたはずです。妹のジョーンは読書に夢中だし、たとえブランチがいないことに気づいたとしても、言い訳はいくらでもできたでしょう。彼女は森へ行き、祖母を狙撃して、即座に取って返した。峡谷の木の洞《うろ》に銃を隠し――」

ジムの顔が曇った。「峡谷を徹底的に捜索したのに、誰も銃を発見できなかったとはな」

皿に残った最後のサンドイッチを見つめていたコップが、われに返ったように、ぼそっと言った。

「木にびっしりとツタが絡まっていて、そこに洞があることを知る人間でなければ、見つけるのは無理でした」

「それにしたって……」上司であるジムの顔は曇ったままだった。

鉛筆を手に忙しくメモを取っていたアップが、機転を利かせてあいだに入った。「ブランチを疑い始めた――それから?」

「動機を解明する必要があった」と、ジムは答えた。「この事件で金が絡むとすれば、マギーが金庫を家の敷地内に埋めたというノーマンの仮説以外、考えられません。そこで、ブランチが庭いじりを趣味にしていて、ロックガーデン造りを始めたことを思い出したのです。もし、彼女がその金を見つけたとすれば、わがものにしようとしたかもしれない。ルーカスの金庫内の埃についていた跡を見れば、そこに保管されていたマギーの手提げ金庫を、彼の死後、アンナが撃たれた日までのあいだにブランチが動かしたのは明白でした。アンナが死んだあとは、金庫を取り出すチャンスはなかったでしょうからね」

ジムは台に載せた足の位置を変えてから続けた。「そこで思いついたのがリタ・クビアックです。彼女が誰で、今どこにいるのかを考えてずいぶん時間を無駄にしましたよ。このあいだ妻から、リタと知り合いだった人が、あんなに子供を可愛がっていたリタが十七年も連絡してこないのは信じられない、と言ったのを聞かされて、リタについてもう少し理性的に考えてみたんです。それまでは、ある晩、ウォレントンに戻ったリタが、ジョーンに会ったあとアンナに部屋から連れ出され、家に来るなと義父母から釘を刺されたのだと思っていました。だが、言われるままにおとなしく帰って、それ以降、一度も子供に会う努力をしなかったというのは、どうも納得がいきませんでした。リタが別人になりすましてエラリー家に入り込んでいるという思いつきにとらわれていなかったなら、もっと早く彼女が死んでいることに気づいたでしょう。駆け落ち相手と別れたのだから、姿を現さない理由はほかに考えられませんからね。

私はそれを、ブランチが金庫を見つけたことと結びつけて考えるようになりました。ただ、金庫が見つかったのを知って、なぜ祖父母がすぐにみんなに知らせなかったのかが、どうしてもわからなかった」

ジムはひと息おいた。「この足首のせいで動けずにこうして座っていると、考える時間がたっぷりありましてね。初めは、ブランチがロックガーデンを造り始めて金庫を掘り当てたとき、祖父母のどちらかが一緒にいたのではないかと考えました。あるいは、ブランチがどこかへ隠そうとしているときにたまたま通りかかったか。しかし、その推理は行き詰まってしまった。エラリー夫妻のような生真面目な人たちが金庫の発見を黙っていた理由が説明できないからです」

ジムはため息をついた。「その点が、ずっと頭から離れませんでした。最初にブランチに話を聞いたとき、ロックガーデンの作業はすべて自分一人でやっていると言っていました。もし、そこで金庫を見つけて金を独り占めしようと思ったなら、元の場所に埋めておきさえすれば、祖父母に知られることはなかったでしょう。

それでようやく私は、そもそも金庫はロックガーデンに埋められたのではないと結論づけたのです。そして、庭を掘り返すというノーマンの提案にルーカスが反対した点について考えてみました。ルーカスは、ばかげた考えだと言いましたが、実際はそれほどばかげたアイデアでもありません。ノーマンは、自分が費用を払って芝生を元通りに戻すと約束したのです。金に困っていたルーカスにとって、やるだけやってみて損はないはずです。それなのに、彼は断固として突っぱねた。となると、金庫以外に、掘り出されてはまずい何かがあるのではないかと思えてくる。そこで、ジョーンが見た母親の夢を思い出しました」

ジムは身を乗り出した。「リタが戻った夜、エラリー夫妻とのあいだに、ひどい言い争いがあったとしましょう。どのように彼女が死んだのか知らないが、たぶん、もみ合いになったのでしょう。もう一度子供たちの顔を見に二階へ駆け上がろうとしたリタをルーカスが止めようとして、彼女が階段から落ちて首の骨を折ったのかもしれないし、暖炉のレンガに頭をぶつけたのかもしれない。病理医が骨を調べれば、おそらく死因は判明するでしょうが、何があったかの詳細まではわかりません。ただし、エラリー夫妻の人柄を考えれば、事故だった可能性が高いと思います。だがリタが死んだ夜、自分たちと嫁との不仲を思うと、警察に信じてもらえるかどうか夫妻は不安になった。たとえ信じてもらえたとしても、二階で眠っている子供たちの未来に暗い影を落とす悲劇には違いない。夜の出来事だったし、ウォレントンに戻ってくることを誰にも知らせていない、とか、知り合いには会わなかった、と、リタから聞いていたんでしょう。二人は事故を隠蔽《いんぺい》する決断をした。遺体を外に運び出し、庭に埋めた……」

声がしだいに小さくなり、ジムは黙り込んだ。夜陰に紛れ、二人が人目を忍んで必死に遺体を埋める姿を思い浮かべたのだ。エラリー夫妻の人生において、ただ一度の大きな不法行為だったことだろう。

「ブランチは、遺体を見つけたんでしょうか」ストレイダーが話を促した。

ジムは言った。「いや、違うでしょう。でなければ、モックオレンジの木の下に新たに遺体を埋め直す理由がない。おそらく、ロックガーデンを造るにあたって、ブランチはたまたま母親が埋められている場所を選んでしまったんだと思います。エラリー夫妻がどんなに動揺したか、想像に難くない。ほかの場所にするよう、ブランチを説得しようとしたはずです。それで、ブランチが疑いを抱いた――少なくとも好奇心は持ったでしょう。すでに、ノーマンがその場所を掘り返そうとするのに反対していたので、夫妻はブランチに怪しまれると思ったに違いありません。もし私が彼らのような苦境に立たされたら、その夜のうちにリタの遺体を移します。たぶん、夫妻もそうしたのでしょう。そして、ブランチはこっそり祖父母のあとをつけて、すべてを目撃したのです。モックオレンジの下に遺体を置いて新たな穴を掘るまで、ブランチは二人の前に立ちはだかって問い詰めることをしなかったはずです。そうでなければ、元の場所へ遺体を戻したでしょうからね。それから彼女はその場に姿を現して、二人が埋めようとしているものを見せろと迫った。そして――」ジムは首を横に振った――

「さぞや大きなショックだったでしょう！」

警部補が尋ねた。「骨だけの遺体を見て、ブランチはなぜ、それが母親だとわかったんだろう。夫妻はきっと、見知らぬ他人とか使用人とか、彼女が生まれる前に死んだ人間だと説明しただろうに」

その疑問にコッブが答えた。「凝ったデザインのブローチと、変わった形をしたボタンが骨の中に交じっていました。それらが母親のものだと気がついたのかもしれません」

「やっぱりそうか」と、ジムは言った。「ブランチは、遺骨が母親だとわかったんだな。そこに金庫の発見というピースが加わってくる。ルーカスが掘り当てたんです。ブランチが現れる前か後かは問題じゃない。一度は祖父母を告発しようと思ったかもしれないが、金庫の発見がブランチの気持ちを変え、現金と引き換えに黙っておくつもりになった。ところが、思わぬ障害にぶつかった」

ジムは、話に耳を傾ける一同に意味ありげな視線を投げかけた。「エラリー夫妻の性格ですよ。そこを無視するわけにはいかない。リタを死なせてしまったとき隠蔽しようとしたのは、ひとえに孫たちを守るためだった。だが、その罪に窃盗まで加える気はなかったんです。金庫に入っている金の半分はエドワードの遺族が相続するべきだと、ブランチに言ったのでしょう。自分たちに権利のあるあとの半分の金は、口止め料として彼女に渡すと申し出たかもしれないし、そうは言いださなかったかもしれない。ほかの孫娘たちのことも考えてやらなくてはいけませんからね。夫妻は年を取ってきていたし、孫たちが大人になった今、もはやリタにまつわる真実が明るみに出てもかまわないと思った可能性もあります。何があったにせよ、とにかく、二人はブランチの脅しに応じなかったんでしょう。おそらくルーカスは、マギーの手提げ金庫を自分の金庫の中にしまい込んだのだと思います。ブランチに毒殺されるまで、どれくらいの期間、彼がしまっていたかを突き止めるには、ブランチがいつロックガーデンを造り始めたか調べる必要がありますね。その間《かん》、ブランチは母親のことを口外しなかった。金を渡すよう、祖父母にプレッシャーをかけていたに違いない。だから夫妻は、金庫が見つかったことを家族に話すのを遅らせ、ブランチの気持ちを変えようと努力していた。そんな膠着《こうちゃく》状態を破ったのは、ブランチでした。ルーカスに毒を飲ませ、手提げ金庫を手に入れて——ルーカスの金庫内にあったのか、外にあったのかはわかりませんが——マギーがもともと埋めていたモックオレンジの下に埋め直したんです。そして彼女のその行動が引き金となり、アンナと対立することになった」

ジムはいったん話を切ってから、最後に付け加えた。「今話した内容で、ほぼ合っていると思います」

　コッブが尋ねた。「一つだけ不思議なんですが、どこを掘ったらいいか、どうしてわかったんですか」

「ああ、それかい？」その推理を内心、自慢に思っていたジムだったが、ことのほか、さりげない口調で言った。「ヒントは、初めからずっと私の顔を見つめていたんだよ」ジムはスクラップブックを手に取った。「ここに、マギーがモックオレンジの前で撮ったスナップ写真があります――彼女のモックオレンジ、と書かれている。マギーが自分で植えたものです。オレンジの花は結婚式には付き物だ。実現しなかった自分の結婚式を思ったとき、その花はマギーの気分にぴったりだったのでしょう。その下に金を埋めたのは、ある意味、象徴的だったと言えるかもしれません」

　そのあとも、ジムはいくつかの質問に答えなければならなかった。やがてサンドイッチもなくなり、コッブが立ち上がって言った。「そろそろ休ませてあげないといけませんね」ほかの面々も口々に挨拶をして、コッブのあとに続いて帰っていった。

　マーガレットは、夫の椅子の肘掛けに腰を下ろした。「かわいそうに。どんな罪を犯したにしても、彼女は今夜、その代償を払ったわね。真っ暗な闇のなかで、川に身を投げたんですもの」

「年を重ねるにつれて、殺人事件への考え方が変わっていくよ」と応え、ジムは疲れた様子で椅子から立った。「さあ、今夜はもうお開きだ」

訳者あとがき

著者ドリス・マイルズ・ディズニーは、一九〇七年十二月二十二日、アメリカ、コネティカット州グラストンベリーに生まれ、約三十年間の作家生活で四十七作の長編小説を残した。一九三六年にジョージ・J・ディズニーと結婚。一人娘のエリザベス・マイルズ・ディズニーは、作家兼舞台女優である。娘が誕生した一九四三年、ディズニーの処女作である *A compound for Death* が出版され、一九四五年以降は毎年一、二冊のペースで作品を発表した。多作家であるとともに、多様性に富む作風で知られ、作品によって巧みにアプローチを変えることで定評がある。

シリーズ物では、三人の主人公を生み出した。保険調査員のジェフ・ディマルコ、郵便監察官のデイヴィッド・マッデン、そして本書『ずれた銃声』*Fire at Will*（一九五〇）に登場する、州検事局刑事ジム・オニールである。登場人物の多くは、ディズニーや娘の友人・知人といった身近なモデルを参考に考案したと言われており、保険業界で働いたことのある自身の経験がディマルコ・シリーズに生かされていることからも、それがうかがえる。

ディズニーの小説の特徴は、プロットの独創性と、細部まで行き届いた登場人物の性格描写にある。巧みな会話運びで登場人物たちの人間性や関係性を浮かび上がらせる手法は、プロットに深みを与え、読者にそれぞれの人物像を鮮明に伝える効果をもたらしている。

また、ディズニー作品には幼い子供がたびたび登場する。母親としての観察眼からか、子供の描写は実に生き生きとしていて、大人とは違った視点が加わることでストーリーに幅が生まれている。本書でも、主人公ジムの三歳になった娘サラが、子供らしさを遺憾なく発揮していて微笑ましい。それによって、よき家庭人であるジムの日常と、小さな町の平和な生活が、より具体性を持って読む者に印象づけられるのである。さらに、婦人協会の一員として町の活動に参加する妻マーガレットを通して、ごく平凡な人々が暮らす、どこにでもある町が舞台であり、殺人事件に関わった人間もまた、決して特別ではない普通の人々であることが強調され、読者の共感を呼び起こすのに一役買っている。

Family Skeleton（一九四九）（クロード・ビンヨン監督、*Stella*、一九五〇）、*Straw Man*（一九五一）（ドナルド・テイラー監督、*The Straw Man*、一九五三）をはじめとして、ディズニー作品は、しばしば劇場映画、テレビ映画として映像化されている。プロットと人物描写に長けた彼女の小説が映画化しやすいのは、容易に頷けるところである。

ディズニーは一九七六年三月九日、ヴァージニア州フレデリックスバーグの病院で、癌《がん》のため六十八歳の生涯を閉じた。

日本ではやや馴染みの薄いディズニー作品をこのたび、こうして世に送り出せることは、訳者としてうれしいかぎりだ。これを機会に、ディズニーの小説の素晴らしさが広く認識されることを願ってやまない。

友田葉子

二〇一九年五月

ニューイングランドの〈郊外《サバービア》〉にこだわった作家

横井　司（ミステリ評論家）

海外ミステリの通史として基本的な文献であり、今なお参照されることの多い『娯楽としての殺人』（一九四一）の著者であるハワード・ヘイクラフトは、同時代のミステリ文壇を概括した「第二次世界大戦中および大戦後の推理小説《フーダニット》」というエッセイを、『ニューヨーク・タイムズ・ブック・レビュー』一九四五年八月十二日号に寄せている。そこでヘイクラフトは、大戦中はかつての大家たち――ドロシー・L・セイヤーズ、S・S・ヴァン・ダイン、フランシス・アイルズ、ダシール・ハメット――のような「画期的業績」[1]を生み出さないにしても「有能で人を楽しませる」作家が登場したといって、大戦中にデビューした英米のミステリ作家の名前を思いつくままに列挙している。アメリカ作家42名（ウールリッチとアイリッシュを別作家としてあげており、E・S・ガードナーの別名義A・A・フェアも含まれているので、正確には40名）、イギリス作家18名（オーストラリアとニュージランドを含む）の中には、レイモンド・チャンドラーやクレイグ・ライス、ロックリッジ夫妻、エリオット・ポール、ヒュー・ペンティコースト、ドロシー・B・ヒューズ、コーネル・ウールリッチ（ウィリアム・アイリッシュ）、ローレンス・トリート、フランク・グルーバー、エリザベス・デイリー、フランシス・クレイン、デイヴィッド・ドッジ、ヴェラ・キャスパリ、マーガレット・ミラー、C・W・グラフトン、マシュー・ヘッド、ヒルダ・ローレンス、ブルーノ・フィッシャー、J・T・ロジャーズ、レイモンド・ポストゲイト、アン・ホッキング、H・F・ハード、マニング・コールズ、E・X・フェラーズ（エリザベス・フェラーズ）、パトリック・ハミルトン、シリル・ヘアー、L・A・G・ストロング、アーサー・アップフィールドなど、少なくとも長編が一冊、訳されたことがあって、日本の読者にもそこそこお馴染みの名前が見られる（我こそは海外ミステリ通と思われん方は、それぞれの訳書をあげてみられたい）。と同時に、今日に至るまで長編が紹介されずにきた作家の名前も多い。その、現在まで未訳のままだった作家のひとりが、今回ここに刊行なった『ずれた銃声』のドリス・マイルズ・ディズニーである。

ヘイクラフトは右のエッセイを、自らが編んだミステリ評論アンソロジー『推理小説の美学』（一九四六）に再録しているが、同書にはあとふたつ、ディズニーの名前が出てくる箇所がある。ひとつはジェイムズ・サンドー「読者へのミステリ・ガイド」に付せられたヘイクラフトのまえがき《エディターズ・ノート》中で、サンドーはあげていないが「書架目録に加えても損はしない作品(2)」を書いた作家の一人としてディズニーの名前が見られる。もうひとつは、「リンチ判事」名義の書評家による「男女の戦い――判事と彼の妻がミステリを調べる」Battle of the Sexes: The Judge and His Wife Look at Mysteries の中だ。リンチ判事のエッセイは同時代評であるから、とりあえず措くとして、サンドーのリストに付せられたヘイクラフトの追記は、充分、名作リストとして通用する。現にロジャー・M・ソービンの *The Essential Mystery Lists: For Readers, Collectors, and Librarians* 二〇〇七年版には Howard Haycraft's Additions to James Sandoe's Honor Roll of Crime Fiction と題して、ヘイクラフトの追加作品がリスト化されているくらいだ。

第二次大戦後、ヘイクラフトの二著を手にした江戸川乱歩が、戦争のために情報が途切れた海外ミステリの動向をまとめ、それに基づいてタイムラグを埋めるようにして海外作品が紹介されていくことになったわけだが、まずは路標的作品が中心となるのは致し方なかった。その後、海外ミステリ界の事情がほぼ同時代的に入ってくるようになってからは、同時代の話題作が中心になったことは充分予想がつく。そのために、路標的作品を翻訳している段階で紹介を逸した作品は、その後、海外でよほど話題にでもならない限り、日本に紹介される機会を失ってしまう。ドリス・マイルズ・ディズニーはそうした「『(日本で)失われた四、五十年代』に最盛期を迎えたミステリ作家の一人[3]」であった。

作者の経歴については、本書の訳者あとがきに述べられているので、こちらでは省略するとして、以下、本書『ずれた銃声』の読みどころを紹介してみたい。

『ずれた銃声』は、ディズニーが創造した三人のシリーズ・キャラクターの内の一人、コネティカット州ハンプトン郡州検事局勤務の州警察刑事ジム・オニールが登場する。以下にシリーズのリストをあげておく。

A Compound for Death（一九四三）
Murder on a Tangent（一九四五）
Appointment at Nine（一九四七）
Fire at Will（一九五〇）本書
The Last Straw（一九五四）

一九四三年の *A Compound for Death* はディズニーのデビュー作で、ヘイクラフトがサンドーのリストに対してエディターズ・ノートであげていたのが、同作である。

　シリーズ第四作である『ずれた銃声』の特徴は、まず、ジムが家族と郊外に居を構え、家族とのやりとりや土地の人間とのやりとりが、生き生きと描かれている点にある。シリーズのどこかの時点で妻のマーガレットと知り合ったジムは、結婚して子どもを儲けてから、「ハンプトン郊外よりもこぢんまりしたコミュニティで育てたい」というマーガレットの意向で、ウォレントンに新居を構えたという設定である。このウォレントンというのが実際にあるのか、それとも架空の場所なのかは判然としないが、大都市ではなく地方都市、ないし郊外を舞台とするミステリという点に注目される。ひとつには、一九五〇年代当時のアメリカは郊外移住ブームの初期の頃で、若い夫婦者は競うようにして郊外に居を構えたという社会情勢を背景にしていることがうかがえるからだが、と同時に、五〇年代ごろから郊外を舞台とするミステリが見られるようになり、本書はその先駆的な一冊である点が注目されるからだ。

　コネティカット州が含まれるニューイングランドといえば、アメリカで最も古い伝統のある州のひとつで、ミステリ・ファンにはエラリー・クイーンの『災厄の町』（一九四二）に始まるシリーズの舞台となったライツヴィルや、『ガラスの村』（一九五四）のコミュニティがある州として知られている。その後、ヒラリー・ウォーが『失踪当時の服装は』（一九五二）でニューイングランドの地方都市にある大学を舞台に、警察捜査小説《ポリス・プロシューデラル》の先駆といわれるようになる作品を上梓し、『ながい眠り』（一九五九）以降、フェラーズ署長シリーズで郊外を舞台とするミステリを発表していく。郊外を舞台とするミステリの嚆矢はウォーであるという仮説も立てられているくらいだ(4)。

こうした流れの中で、そして日本に翻訳されているもので大物といえば、ハリイ・ケメルマンの『金曜日ラビは寝坊した』(一九六四)に始まる〝ラビ〟・デイヴィッド・スモール・シリーズがあげられよう。同シリーズを論じた杉江松恋は、ラビ・シリーズの舞台である架空の都市バーナード・クロッシングは「ユダヤ人にとっての〈郊外〉《サバービア》」だから、ホロコーストの話題や大陸からの移住者が登場しないと指摘する。その上で、大場正明の『サバービアの憂鬱』(一九九三)に言及しつつ、「郊外の暮らしの幸福は、さまざまな異分子を排除したところに成立して」いること、「収入がほぼ一緒、宗教など文化も同じ人々が集住することにより、『見たくないものを見ないで済む』ユートピアが成立していた」ことを指摘し、「時間の経過とともに、そうした欺瞞の衣は綻びていく」と述べ、その時間の経過による綻びがシリーズに刻印されていることに注意を喚起する(5)。

ニューイングランドを舞台とする作品としては、その後も、エドワード・D・ホックのサム・ホーソーン・シリーズなどがあり、コージー・ミステリなどの舞台としても選ばれるのだが、そうしたニューイングランドの郊外(ないし田舎町)を舞台とする作品の系譜の中に、ディズニーの『ずれた銃声』も含まれるのだ。

『ずれた銃声』をジャンル的に位置づければ、警察捜査小説《ポリス・プロシューデラル》ということになるだろうが、作品の性格は、ヒラリー・ウォーのように、執拗な捜査をリアリスティックに描くというよりも、ハリイ・ケメルマンの世界に近いように思われる。コミュニティの中でさまざまな隣人との付き合いや交渉が描かれている点、特に本書の場合、新しい小学校を建てるという議案をコミュニティの人間が相互に意見を出し合って決めるという町民集会《タウンミーティング》の描写は、ケメルマンの作品世界との親近性が高いように思える。

その一方で、コミュニティの旧家のスキャンダルを背景に、その旧家で起きた殺人事件の解決を描くというスタイルは、エラリー・クイーンのライツヴィルものを連想させずにはいない。その旧家の家系図を冒頭に掲げ、さらにはファミリー・ネームがエラリーということになってくると、読者に対する目配せだろうかと深読みしたくなってくる。そんなこんなを鑑みるに、エラリー・クイーンとハリイ・ケメルマンをつなぐミッシング・リンクとして本書を位置づけることも可能なのではないか。

ディズニーはニューイングランドの郊外《サバーブ》や小都市《スモール・タウン》にこだわった作家として知られ、中産階級の価値観や隣人との関係におけるストレスを見事に描いた作家として評価されることが多い(6)。退役軍人会の会員の葬儀で弔銃隊のメンバーが足りないからとジム・オニールが隣人に駆り出される冒頭や、悪意ある噂話に花を咲かせる隣家の夫人を怒らせる場面などは、そうしたディズニーのこだわりがよく現われた場面といえる。ちなみに、弔銃隊に駆り出されたオニールが、自分たちの撃った空砲の一斉射撃が揃わなかったことを、経験の乏しい素人がやることだからと思って、実弾の銃声を聞き逃し、みすみす目の前で殺人を許してしまうという事件の開幕は、謎ときミステリのオープニングとして印象的で秀逸なものといえよう。

本書を謎ときミステリという観点からみた場合、右で述べた殺人の場面におけるケレン味もそうだが、安楽椅子探偵もののスタイルを採っていることも、クイーンやケメルマンのような本格ミステリと近しいものを感じさせる。ところで、ジム・オニールが安楽椅子探偵になってしまうのが、子どもが片づけ忘れた玩具に脚を引っかけて地下室への階段を転げ落ち、骨折してしまったからだというのが、ケッサクである。こうした理由で安楽椅子探偵を強いられるという設定は、古今東西のミステリを見回してもあまりないだろう。玩具をちゃんと片づけておくよう躾けておかない妻に対する不満をぶちまけたり、妻が外出中になかなか寝付かない娘とのやりとりなど、五〇年代のミステリらしいほのぼのさというか、古き良きアメリカン・ホーム・コメディの味わいを感じさせるのも読みどころである。クイーンやウォーの場合、物語が謎や捜査中心に進むので、徹底してクールな作風であり、こうしたほのぼのとした描写は見られない。あるいは、今日のコージー・ミステリにも通ずる味わいといえるかもしれない。

こうした刑事とその家族を、子どもの成長を軸にして年代記風に描くというスタイルは、エド・マクベインの87分署シリーズ（第一作は一九五六年刊）や、都筑道夫が『黄色い部屋はいかに改装されたか?』（一九七五）で紹介しているデル・シャノンの作品（一九六三年刊の『ダブル・ブラフ』）などにも見られるし、アメリカ産のテレビ・ドラマが盛んに放送されていた一九五〇年代から六〇年代にかけての間に翻訳されれば、それなりに読者に受け入れられたと思われるのだが、シリーズが五〇年代前半で終了しているために、紹介される機会を逸してしまったのは残念だった。

ディズニーがジム・オニール・シリーズを打ち切ったのは、六〇年代に入ってヒラリー・ウォーが開拓したクールな警察捜査小説《ポリス・プロシューデラル》や、ウィリアム・P・マッギヴァーンに代表されるような社会派ミステリ（あるいは悪徳警官もの）などが一世を風靡したために、リアリズムよりはロマンティシズムをベースとする古き良きアメリカ社会を背景とするような作品を書く気になれなかったということかもしれない。『ずれた銃声』の中で、ジム・オニールが「こいつは、今まで以上にメロドラマ的な推理を加える必要があるかもな」と言う場面があるが、こうした発言は時代の動向に敏感だからこそ言わせることができたように思う。

もっとも、ディズニーの作風は、コージー・ミステリを彷彿させるような、ほのぼのとしたものとして捉えられるだけのものでもなかったようだ。アンソニー・バウチャーが「日常生活のアシッドエッチング」と評したことが伝えられているが、[7] アシッドエッチングがグラスの表面のようにもろいものの上に繊細な線描を施していくものであることから、ちょっとしたことで崩壊してしまうような共同体、人間関係などの上に成り立っている微妙な関係性の綾を描く作風といったものが連想される。そうした特徴は、『ずれた銃声』におけるエラリー家の人々に見出せなくもないが、まだまだミステリの定型に引きずられて、充分に描ききれていない憾みもある。そうした特質は、むしろノン・シリーズ作品の方によく出ているようだ。

本書を皮切りに、そうしたアシッドエッチングを思わせる作品群が訳されていくことを期待したい。

註

（1）引用は大社淑子訳。『推理小説の美学』（鈴木幸夫訳編、研究社、一九七四）収録。

（2）引用は三浦玲子訳。『ミステリの美学』（仁賀克雄編訳、成甲書房、二〇〇三）収録。

（3）引用は『ミステリマガジン』一九八五年四月号に掲載されたディズニーの短編「休暇旅行」のループリックから。

（4）川出正樹・霜月蒼・杉江松恋・米光一成『サバービアとミステリ　郊外／都市／犯罪の文学』（二〇一〇）。右の四名による座談会を起こしたもの。電子書籍版で刊行されたが現在は入手が難しい。以下のアドレス（翻訳ミステリー・シンジケート）で抜萃を読むことができる（二〇一九年八月以降は新サイトに以降予定だそうだが、とりあえず左には現在のアドレスを掲げておく）。http://d.hatena.ne.jp/honyakumystery/20101203/1291329000

（5）杉江松恋「ケメルマンの閉じた世界」『路地裏の迷宮踏査』東京創元社、二〇一四。

（6）クリス・スタインブラナー&オットー・ペンズラー編著 *Encyclopedia of Mystery & Detection*（一九七六）のディズニーの項目や、*Twentieth-Century Crime & Mystery Writers*（一九八〇）におけるディズニーの項目（執筆はマーヴィン・ラックマン。一九九六年刊の第四版まで継続掲載）。

（7）アシッドエッチングはアンティークグラスに模様を付ける方法のひとつ。ワックスに浸したグラスの表面に針を使って線描したあと、硫化水素に浸けることで、傷をつけた部分が腐蝕し定着するという方法で、硫化水素を吸い込んで健康を害する職人が多かったという。バウチャーの評は、註（5）前掲 *Encyclopedia of Mystery & Detection* に引かれているものだが、出典は不詳。『ミステリマガジン』一九八四年十二月号に掲載されたディズニーの短編「午後のドライブ」のルーブリックにも紹介されているが、スタインブラナー&ペンズラーの本からの孫引きかと思われる。

●ドリス・マイルズ・ディズニー作品リスト

〈長編〉

1 A Compound for Death（一九四三）ジム・オニール＃1
2 Murder on a Tangent（一九四五）ジム・オニール＃2
3 Dark Road（一九四六）別題 Dead Stop　ジェフ・ディマルコ＃1
4 Who Rides a Tiger（一九四六）別題 Sow the Wind
5 Appointment at Nine（一九四七）ジム・オニール＃3
6 Enduring Old Charms（一九四七）別題 Death for My Beloved
7 Testimony by Silence（一九四八）
8 That Which Is Crooked（一九四八）
9 Count the Ways（一九四九）
10 Family Skeleton（一九四九）ジェフ・ディマルコ＃2
11 Fire at Will（一九五〇）ずれた銃声　友田葉子訳　論創海外ミステリ　ジム・オニール＃4
12 Look Back on Murder（一九五一）
13 Straw Man（一九五一）別題 The Case of the Straw Man　ジェフ・ディマルコ＃3
14 Heavy, Heavy Hangs（一九五二）
15 Do unto Others（一九五三）
16 Prescription: Murder（一九五三）

17 The Last Straw（一九五四）別題 Driven to Kill　ジム・オニール＃5
18 Room for Murder（一九五五）
19 Trick or Treat（一九五五）別題 The Halloween Murder　ジェフ・ディマルコ＃4
20 Unappointed Rounds（一九五六）別題 The Post Office Case　デイヴィッド・マッデン＃1
21 Method in Madness（一九五七）別題 Quiet Violence / Too Innocent to Kill　ジェフ・ディマルコ＃5
22 My Neighbor's Wife（一九五七）
23 Black Mail（一九五八）デイヴィッド・マッデン＃2
24 Did She Fall or Was She Pushed?（一九五九）ジェフ・ディマルコ＃6
25 No Next of Kin（一九五九）
26 Dark Lady（一九六九）別題 Sinister Lady
27 Mrs. Meeker's Money（一九六一）デイヴィッド・マッデン＃3
28 Find the Woman（一九六二）ジェフ・ディマルコ＃7
29 Should Auld Acquaintance（一九六二）
30 Here Lies（一九六三）
31 The Departure of Mr. Gaudette（一九六四）別題 Fateful Departure
32 The Hospitality of the House（一九六四）別題 Unsuspected Evil
33 Shadow of a Man（一九六五）
34 At Some Forgotten Door（一九六六）

35 The Magic Grandfather（一九六六）別題 Mask of Evil
36 Night of Clear Choice（一九六七）別題 Flame of Evil
37 Money for the Taking（一九六八）
38 Voice from the Grave（一九六八）
39 Two Little Children and How They Grew（一九六九）別題 Fatal Choice
40 Do Not Fold, Spindle or Mutilate（一九七〇）別題 Death by Computer
41 The Chandler Policy（一九七一）ジェフ・ディマルコ＃8
42 Three's a Crowd（一九七一）
43 The Day Miss Bessie Lewis Disappeared（一九七二）
44 Only Couples Need Apply（一九七三）
45 Don't Go Into the Woods Today（一九七四）
46 Cry for Help（一九七五）
47 Winifred（一九七六）

〈中短編〉

"Ghost of a Chance" in *The American Magazine*（一九五四・一〇）
"Vacation Trip" in *Alfred Hitchcock's Mystery Magazine*（一九八三・一一）休暇旅行　延原泰子訳『ミステリマガジン』一九八五・四
"Afternoon Drive" in *Alfred Hitchcock's Mystery Magazine*（一九八三・一二）午後のドライヴ

延原泰子訳『ミステリマガジン』一九八四・一二

＊リスト作成にあたって以下のサイトを参照した。

Allen J. Hubin. *Crime Fiction III: A Comprehensive Bibliography, 1749-1995*

file:///Crime%20Fiction%203/0START.HTM

William G. Contento & Phill Stephensen-Payne. *The FictionMags Index*

http://www.philsp.com/homeville/fmi/0start.htm

〔著者〕
ドリス・マイルズ・ディズニー
アメリカ、コネティカット州、グラストンベリー生まれ。グラストンベリーの学校を卒業後、保険会社などで働く。1943年、A Compound for Death で作家としてデビュー。創作したシリーズ・キャラクターに、保険調査員ジェフ・ディマルコ、郵便監察官デイヴィッド・マッデン、州検事局刑事ジム・オニールなどがある。

〔訳者〕
友田葉子（ともだ・ようこ）
非常勤講師として英語教育に携わりながら、2001年、『指先にふれた罪』（DHC）で出版翻訳家としてデビュー。その後も多彩な分野の翻訳を手がけ、『極北×13＋1』（柏艪舎）、『カクテルパーティー』、『血染めの鍵』（ともに論創社）、『ショーペンハウアー　大切な教え』（イースト・プレス）をはじめ、多数の訳書・共訳書がある。津田塾大学英文学科卒業。

ずれた銃声《じゅうせい》
――論創海外ミステリ　231

2019年4月20日　初版第1刷印刷
2019年4月30日　初版第1刷発行

著　者　ドリス・マイルズ・ディズニー
訳　者　友田葉子
装　丁　奥定泰之
発行人　森下紀夫
発行所　論 創 社
〒101-0051　東京都千代田区神田神保町2-23　北井ビル
TEL:03-3264-5254　FAX:03-3264-5254　振替口座 00160-1-155266
WEB:http://www.ronso.co.jp

印刷・製本　中央精版印刷
組版　フレックスアート

ISBN978-4-8460-1816-0